RACHEL GIBSON

SEM CLIMA PARA O *Amor*

TRADUÇÃO:
Carolina Caires

Título original:
I'm in no mood for love

Copyright © 2006 by Rachel Gibson

1ª Edição – Outubro de 2008
1ª Reimpressão da 2ª Edição – Março de 2015

Grafia atualizada segundo o Acordo Ortográfico da Língua Portuguesa
de 1990, que entrou em vigor no Brasil em 2009

Editor e Publisher
Luiz Fernando Emediato

Diretora Editorial
Fernanda Emediato

Produtora Editorial e Gráfica
Priscila Hernandez

Assistente Editorial
Adriana Carvalho

Assistente de Arte
Nathalia Pinheiro

Diagramação
Kauan Sales

Preparação
Sandra Martha Dolinsky

Revisão
Daniela Nogueira
Marcia Benjamim

DADOS INTERNACIONAIS DE CATALOGAÇÃO NA PUBLICAÇÃO (CIP)
(Câmara Brasileira do Livro, SP, Brasil)

Gibson, Rachel
  Sem clima para o amor / Rachel Gibson ;
tradução Carolina Caires. -- 2. ed. -- São Paulo :
Jardim dos Livros, 2013.

  Título original: I'm in no mood for love.

  ISBN 978-85-63420-67-1

  1. Ficção norte-americana I. Título.

13-11367   CDD: 813

Índice para catálogo sistemático

1. Ficção : Literatura norte-americana   813

EMEDIATO EDITORES LTDA
Rua Gomes Freire, 225 – Lapa
CEP: 05075-010 – São Paulo – SP
Telefax: (+ 55 11) 3256-4444
E-mail: jardimdoslivros@geracaoeditorial.com.br
www.geracaoeditorial.com.br

Impresso no Brasil
Printed in Brazil

Gostaria de expressar meus mais sinceros agradecimentos aos leitores de romances que têm me apoiado de modo tão fiel desde a publicação do meu primeiro livro. Este é para todos vocês.

Um

Na primeira vez que Clare Wingate se viu em uma cama desconhecida, ela tinha vinte e um anos, enfrentava um término difícil de namoro e havia bebido vodca demais. O amor de sua vida a havia trocado por uma estudante loira de artes com seios enormes, e Clare passou a noite no Humpin' Hannah's, agarrada ao balcão do bar e tentando curar o coração despedaçado.

Na manhã seguinte, acordou em uma cama com cheiro de óleo de patchuli, de frente para um pôster de Bob Marley, e o cara a seu lado roncava tanto que abafava o latejar de sua cabeça. Ela não sabia onde estava nem o nome do roncador. E não esperou para perguntar.

Pegou suas coisas e zarpou. Enquanto dirigia de volta para casa sob a luz impiedosa da manhã, dizia a si mesma que havia coisas piores na vida que sexo casual com qualquer um. Coisas ruins, como ser reprovada na faculdade ou estar dentro de um prédio em chamas. Sim, essas coisas eram bem ruins. Mas, ainda assim, uma noite e nada mais não fazia seu estilo. Sentia-se enojada e irritada. Mas, quando chegou ao apartamento, já havia assimilado tudo como aprendizado. Coisas que muitas jovens faziam. Seria algo do qual tiraria uma lição, do qual se lembraria no futuro. Algo que ela jurou que nunca mais aconteceria.

Clare não havia sido criada para buscar consolo em um copo de bebida e um corpo quente. Não, ela havia sido criada para controlar seus impulsos e manter os sentimentos guardados atrás de uma fachada perfeita de sorrisos simpáticos, palavras gentis e modos impecáveis. Os Wingate não bebiam demais, não falavam alto demais nem usavam sapatos brancos na véspera do Memorial Day, dia em que os norte-americanos homenageavam os mortos nas guerras. De jeito nenhum. Eles não metiam os pés pelas mãos e, com certeza, não iam para a cama com desconhecidos.

Clare havia sido criada com limites, mas nascera romântica. No fundo de sua alma, ela acreditava em amor à primeira vista e em atração instantânea, e tinha o hábito ruim de se meter em relacionamentos de modo precipitado. Parecia destinada a viver sofrendo decepções amorosas, rompimentos dolorosos e casos-relâmpago em noites de bebedeira.

Felizmente, já perto dos trinta anos, ela aprendeu a colocar em prática as restrições que lhe foram ensinadas. Para sua recompensa, aos trinta e um anos, o destino a abençoou e ela conheceu Lonny. O amor de sua vida. O homem que conheceu em uma exposição de Degas, que a deixou totalmente apaixonada. Ele era lindo, romântico, e não tinha nada a ver com os arrasadores de coração que ela conhecera antes. Ele se lembrava de aniversários e de ocasiões especiais, e era brilhante no que dizia respeito a arranjos de flores. A mãe de Clare o adorava porque ele sabia usar um pegador de tomates. Clare o adorava porque ele entendia sobre seu trabalho e a deixava em paz quando tinha pouco tempo para a entrega de um.

Depois de um ano de namoro, Lonny se mudou para a casa de Clare, e eles passaram o ano seguinte em total sintonia. Ele adorava os móveis antigos da casa dela, e os dois adoravam tons pastel e eram malucos por textura. Nunca brigavam, nem mesmo discutiam. Lonny não era de fazer drama emocional, e quando pediu Clare em casamento, ela disse sim.

Lonny era o homem perfeito. Bem... exceto por seu pouco interesse em sexo. Às vezes, ele passava meses sem querer transar, mas Clare dizia a si mesma que nem todos os homens eram como cachorros no cio.

Foi o que ela escolheu acreditar até o momento em que, chegando a casa apressada e mais cedo no dia do casamento de sua amiga Lucy, encontrou o marido em flagrante delito com o rapaz da assistência técnica da Sears. Ela demorou alguns instantes para processar o que estava acontecendo no chão de seu *closet*. Ficou ali com o colar de pérolas de sua bisavó na mão, chocada demais para se mexer, enquanto o homem que havia consertado sua máquina de lavar no dia anterior cavalgava seu noivo como um caubói. E sua ficha só caiu quando Lonny olhou para cima e, assustado, deu de cara com ela.

— Pensei que você estivesse doente — disse ela de modo idiota.

E então, sem mais nada dizer, levantou a barra de seu vestido de madrinha, de seda e tule, e saiu correndo da casa. Dirigiu até a igreja com a visão borrada, e foi forçada a passar o resto do dia dentro de um vestido cor-de-rosa bufante, sorrindo como se sua vida não houvesse pulado as grades de proteção e se jogado de um penhasco.

Enquanto Lucy fazia seus votos, Clare sentiu seu coração se quebrar pedaço por pedaço. Permaneceu diante da igreja, sorrindo, enquanto por dentro se sentia oca e vazia, exceto pela dor que oprimia seu peito. Na festa de casamento, forçou-se a sorrir e fez um brinde à felicidade da amiga. Acreditava ser sua obrigação fazer um brinde decente, e foi o que fez. Preferiria morrer a arruinar o dia de Lucy com seus problemas.

A amiga acabava de lembrar-lhe que não devia beber muito. Mas uma taça pequena de champanhe não faria mal. Afinal, não seria nada comparado a virar doses seguidas de uísque.

Pena que deu ouvidos a si mesma.

Antes de abrir os olhos na manhã seguinte ao casamento de Lucy, uma sensação de *déjà vu* tomou conta de sua cabeça latejante. Era uma sensação que ela não tinha havia anos. Clare espiou, entre pálpebras inchadas, a luz da manhã entrando por uma fresta larga entre as cortinas pesadas e incidindo no cobertor dourado e marrom sobre ela. O pânico foi sufocante, e ela logo se sentou, com o som de sua pulsação ressoando nos ouvidos. A colcha deslizou por seus seios nus e parou em suas coxas.

Na penumbra do quarto, seu olhar distinguiu a cama *king-size*, uma mesa de hotel e luminárias nas paredes. Na estante à sua frente, a televisão estava ligada em um telejornal matutino de domingo, e o volume estava tão baixo, que ela mal conseguia ouvir. O travesseiro a seu lado estava vazio, mas o relógio grande e prateado sobre o criado-mudo e o barulho da água do chuveiro atrás da porta fechada do banheiro indicavam que não estava sozinha.

Ela jogou a colcha para o lado e praticamente pulou da cama. Para seu desespero, não estava vestindo nada do dia anterior além do perfume Escada e de uma tanga cor-de-rosa. Pegou o corpete cor-de-rosa a seus pés e olhou ao redor à procura do vestido, que estava jogado em um pequeno sofá, com uma calça Levi's desbotada.

Não restava dúvida de que havia feito a mesma coisa de novo, e como nas vezes anteriores, não conseguia se lembrar dos detalhes importantes depois de um determinado momento da noite.

Lembrou-se do casamento de Lucy na St. John's Cathedral e da festa depois, no Double Tree Hotel. Lembrou-se de ter bebido todo o champanhe antes da primeira rodada de brindes, e de precisar encher a taça de novo várias vezes. Lembrou-se de ter trocado a taça de champanhe por um copo comum cheio de gim tônica.

Depois disso, as coisas ficaram meio confusas. Em um momento de consciência, recordou ter dançado na festa, e teve a lembrança aterrorizante de ter cantado alguma música sobre popozudas. Em algum lugar. Teve *flashes* sobre suas amigas, Maddie e Adele, arranjarem um quarto no hotel para ela dormir antes de voltar para casa e confrontar Lonny. O frigobar do quarto. Ficar no bar lá embaixo? Talvez. E depois disso, branco.

Clare vestiu o corpete e se esforçou para fechar os ganchos entre seus seios enquanto atravessava o quarto em direção ao sofá. No meio do caminho, tropeçou em uma sandália de cetim cor-de-rosa. A única lembrança clara como água em sua mente era a de Lonny e o técnico.

Sentiu um aperto no peito, mas não tinha tempo para se entregar à dor e à surpresa do que vira. Enfrentaria Lonny, mas, primeiro, tinha que sair daquele quarto de hotel.

Com o corselete parcialmente fechado sobre os seios, pegou o vestido bufante de madrinha, vestiu-o pela cabeça e lutou para fazer descer metros de tule, remexendo-se, virando-se e esforçando-se, até acertar tudo ao redor do corpo. Sem fôlego, enfiou os braços entre as alças finas e levou a mão às costas à procura do zíper e dos botões pequenos na parte de trás do vestido.

O chuveiro se fechou e Clare olhou para a porta fechada do banheiro. Pegou a bolsa de mão do sofá, e em meio aos tules e ao cetim, atravessou o quarto correndo. Levantava a barra da frente com uma mão e segurava os sapatos com a outra. Havia coisas piores do que acordar num quarto de hotel desconhecido, disse a si mesma. Pensaria nessas coisas piores quando chegasse a casa.

— Já vai, Claresta? — perguntou um homem de voz rouca a poucos metros dela.

Clare parou de repente diante da porta fechada. Ninguém a chamava de Claresta, além de sua mãe. Virou a cabeça e sua bolsa e um dos sapatos caíram no chão com um barulho seco. A alça de seu vestido escorregou pelo braço e seu olhar parou em uma toalha branca enrolada na parte inferior de um tanquinho. Uma gota de água escorregou pela linha de pelos castanhos-claros na barriga bronzeada do rapaz, e Clare subiu os olhos pelo peitoral bem definido coberto por uma pele morena e pelos curtos e úmidos. Uma segunda toalha estava pendurada em seus ombros, e ela continuou subindo o olhar, passando pela garganta e pelo queixo com barba por fazer, até chegar a um par de lábios que esboçavam um sorriso malicioso. Ela engoliu em seco, e então olhou para dentro dos olhos verdes-escuros cercados por cílios grossos. Ela conhecia aqueles olhos.

Ele encostou um dos ombros no batente e cruzou os braços diante do peito largo.

— Bom-dia.

Sua voz estava diferente da última vez em que ela a ouvira. Mais baixa, uma voz que não era mais de garoto, e sim de homem. Ela não via aquele sorriso havia mais de vinte anos, mas o reconheceu também. Era o mesmo sorriso que ele esboçava enquanto a convencia a jogar War, brincar de médico ou de verdade ou desafio. Cada brincadeira acabava com Clare perdendo alguma coisa. Seu dinheiro. Sua dignidade. As roupas. Às vezes, as três coisas.

Não que ele precisasse se esforçar demais na lábia. Ela sempre fora maluca por aquele sorriso e por ele. Mas Clare já não era mais uma menininha, susceptível à conversa mole de meninos com sorrisos maliciosos que surgiam em sua vida todo verão e arrebentavam seu coração.

— Sebastian Vaughan.

Seu sorriso enrugou os cantos de seus olhos.

— Você cresceu desde a última vez que a vi nua.

Com a mão prendendo a frente do vestido, Clare se virou e encostou as costas na porta. A madeira fria tocou sua pele entre o zíper aberto. Ela prendeu uma mecha de cabelo castanho-escuro atrás da orelha e tentou sorrir. Teve que cavar fundo dentro de si, até a parte que havia sido esmagada pelas boas maneiras. Aquela parte que levava presentes a festas e enviava cartões de agradecimento assim que chegava em casa. Aquela parte que tinha uma palavra gentil — senão um pensamento — para todo mundo.

— Como você está?

— Bem.

— Maravilha. — Ela passou a língua nos lábios secos. — Acredito que veio visitar seu pai... — acrescentou.

Ele se afastou do batente e levou a mão a uma das pontas da toalha ao redor de seu pescoço.

— Já falamos sobre isso ontem à noite — disse ele secando a lateral da cabeça.

Na infância, seus cabelos eram loiros como o sol. Estavam mais escuros agora.

Obviamente eles haviam conversado sobre algumas coisas das quais ela não conseguia se lembrar. Coisas nas quais ela nem sequer queria pensar.

— Eu soube sobre sua mãe. Meus pêsames.

— Também falamos disso.

Ele levou a mão à cintura.

Oh.

— O que está fazendo aqui na cidade?

Da última vez que tivera notícias de Sebastian, ele estava servindo a Marinha no Iraque, no Afeganistão e sabe Deus onde. Da última vez em que o vira, ele tinha onze ou doze anos.

— Idem. — Ele franziu o cenho e olhou para ela com mais atenção. — Você não se lembra de ontem à noite, não é?

Ela deu de ombros. Um deles estava descoberto.

— Eu sabia que você estava "manguaçada", mas não pensei que estivesse tão pra lá de Bagdá a ponto de não se lembrar de nada.

Era típico dele dizer coisas como aquela. Obviamente, não havia desenvolvido bons modos com o tanquinho.

— Nunca entendi muito bem essa expressão, mas tenho certeza de que eu não estava "manguaçada".

— Você sempre levou tudo ao pé da letra. Quer dizer que você estava totalmente de porre. E, sim, estava.

Seu sorriso se transformou em uma carranca que ela não tentou evitar.

— Eu tinha motivos.

— Você me contou.

Ela torceu para que não houvesse contado tudo.

— Vire-se.

— O quê?

Ele fez um gesto com o dedo para que ela se virasse.

— Vire-se para eu poder subir seu zíper.

— Por quê?

— Por dois motivos. Se meu pai descobrisse que eu deixei você sair correndo daqui com o vestido meio aberto, ele me mataria. E se vamos conversar, prefiro não ficar aqui tentando imaginar se você vai perder o que resta dessa coisa.

Ela ficou olhando para ele por alguns instantes. Queria que ele a ajudasse? Provavelmente seria melhor que não saísse correndo do quarto com o vestido aberto nas costas. Mas, na verdade, não queria ficar para conversar com Sebastian Vaughan.

— Se por acaso não percebeu, estou só de toalha. Daqui a dois segundos, vai ficar bem óbvio que espero poder vê-la nua. — Ele sorriu mostrando uma fileira de dentes perfeitamente retos e brancos. — De novo.

Ela sentiu seu rosto arder quando entendeu o que ele disse, e segurando o cetim e o tule, virou-se para a porta. Estava prestes a perguntar a ele o que exatamente eles haviam feito na noite passada, mas não queria os detalhes. Também ficou tentando imaginar o que havia contado a ele a respeito de Lonny, mas pensou que também não queria saber.

— Acho que bebi mais do que pretendia.

— Você tinha direito de dar uma travada. Encontrar o noivo de quatro como um cavalo chucro é de tirar qualquer um do normal.

As pontas de seus dedos deslizaram pelas costas dela quando ele segurou o zíper.

Ele riu e disse:

— Acho que o cara da máquina de lavar não é o mais solitário da cidade, afinal.

— Não tem graça.

— Pode não ter — ele afastou os cabelos dela para o lado e escorregou o zíper lentamente para cima —, mas você não devia levar tão a sério.

Ela pressionou a testa na porta de madeira. Aquilo não podia estar acontecendo.

— Não é sua culpa, Clare — disse ele como se fosse um consolo. — Você simplesmente não tem o equipamento certo.

Sim, havia coisas piores do que acordar em um quarto de hotel com um desconhecido. Uma delas era ver o amor de sua vida com um homem. A outra era subir o zíper do vestido. Ela fungou e mordeu o lábio inferior para controlar o choro.

Ele soltou seus cabelos e prendeu os dois fechos sobre o zíper.

— Você não vai chorar, vai?

Ela balançou a cabeça. Não demonstrava muita emoção em público, ou, pelo menos, tentava não demonstrar. Mais tarde, depois que conversasse com Lonny e ficasse sozinha, desabaria. Mas pensou que se precisava de um motivo para chorar, agora tinha. Havia perdido o noivo e dormido com Sebastian Vaughan. Tirando uma doença que lhe corroesse a carne, não conseguia pensar como sua vida poderia ficar pior do que já estava naquele momento.

— Não acredito que dormi com você — Clare resmungou.

Se sua cabeça já não estivesse latejando, teria batido a testa na porta.

Ele abaixou o braço.

— Não dormimos muito, não.

— Eu estava bêbada. Nunca teria feito sexo com você se não estivesse bêbada. — Ela olhou para ele virando a cabeça. — Você se aproveitou de mim.

Ele semicerrou os olhos.

— É o que acha?

— Está na cara.

— Você não reclamou.

Ele deu de ombros e caminhou em direção ao sofá.

— Não lembro!

— Ah, que pena. Você me disse que teve comigo a melhor noite de sua vida. — Ele sorriu e derrubou a toalha. — Você estava insaciável.

Obviamente ele não havia perdido o hábito de ficar pelado, e ela manteve o olhar fixo no quadro de passarinho na parede atrás dele.

Ele deu as costas para ela e pegou sua calça *jeans*.

— Em um determinado momento, você começou a gemer tão alto que tive certeza de que a segurança do hotel bateria à nossa porta.

Ela nunca gemia alto durante o sexo. Nunca. Mas sabia que não estava em posição de argumentar. Mesmo se houvesse gritado como uma atriz de filme pornô, não se lembraria.

— Já estive com mulheres agressivas... — Ele balançou a cabeça. — Quem imaginaria que Claresta se tornaria tão selvagem na cama?

Ela nunca havia sido selvagem na cama. Sim, escrevia sobre sexo intenso e quente, mas nunca havia perdido o controle o suficiente para ser selvagem. Já tentara algumas vezes, mas era tímida demais para gritar, gemer e...

Ela perdeu a luta, e seu olhar escorregou pela pele lisa das costas dele, para a leve depressão de sua coluna enquanto ele subia a calça Levi's para cobrir o traseiro nu.

— Preciso sair daqui — ela murmurou e se inclinou para pegar a bolsa do chão.

— Quer uma carona para casa? — perguntou ele com a cabeça baixa, ainda realizando a tarefa.

Casa. Ela sentiu um aperto no peito e uma dor de cabeça ao se levantar. O que enfrentaria em casa seria um pesadelo ainda maior do que aquele que estava a sua frente: um tanquinho duro como pedra e um traseiro bacana.

— Não, obrigada. Você já me ajudou bastante.

Ele se virou e suas mãos pausaram sobre a braguilha aberta.

— Tem certeza? Só precisamos sair do quarto ao meio-dia. — Ele mexeu um dos cantos da boca e voltou a sorrir com malícia. — Quer criar lembranças das quais não se esquecerá?

Clare abriu a porta atrás de si.

— Sem chance — disse ela, e saiu do quarto.

Ela havia caminhado cerca de três metros quando ele a chamou.

— Ei, Cinderela. — Ela olhou para trás enquanto ele pegava sua sandália cor-de-rosa e a jogava para ela. — Não se esqueça do sapatinho.

Ela pegou o sapato com uma das mãos e atravessou o *hall* correndo, sem olhar para trás. Desceu a escada e passou correndo pela recepção, com medo de encontrar convidados do casamento, que não eram da cidade, hospedados ali. Como poderia explicar sua presença à tia-avó e ao tio de Lucy, de Wichita?

As portas do hotel se abriram, e com a luz forte do sol da manhã em seus olhos, Clare atravessou o estacionamento descalça e deu graças a Deus ao ver que seu Lexus LS estava exatamente onde se lembrava de tê-lo deixado no dia anterior. Pegou o vestido, entrou no carro e partiu. Enquanto dava a marcha a ré, olhou de relance seu rosto no espelho retrovisor e se assustou ao ver o delineador preto sob os olhos vermelhos, os cabelos desgrenhados e a face pálida. Parecia um zumbi. E Sebastian mais parecia um modelo saído de um *outdoor* da Levi's.

Ao sair de ré do estacionamento, pegou os óculos no painel do carro. Nunca mais queria ver Sebastian. O fato de ele ter se oferecido para levá-la para casa havia sido uma gentileza, mas, como era típico dele, estragara tudo com a sugestão de criarem lembranças inesquecíveis. Engatando a primeira marcha, cobriu os olhos com seu Versace dourado.

Imaginou que Sebastian estivesse na casa do pai dele, como fazia na infância, quando sua mãe o mandava de Seattle a Idaho para passar o verão. Como ela não pretendia visitar a própria mãe em breve, sabia que não corria o risco de encontrar Sebastian de novo.

Saiu do estacionamento e subiu a Chinden Boulevar em direção à Americana.

O pai de Sebastian, Leonard Vaughan, trabalhou para sua família durante quase trinta anos. Desde que Clare se lembrava, Leo vivia no depósito que ele transformou em casa na propriedade de sua mãe, na Warm Springs Avenue. A casa principal havia sido construída em 1980 e estava registrada na Sociedade Histórica de Idaho. O depósito ficava nos fundos da propriedade, meio escondido pelos salgueiros e arbustos floridos.

Clare não conseguia lembrar se a mãe de Sebastian já havia morado no depósito com Leo, mas acreditava que não. Era como se Leo sempre houvesse vivido ali sozinho, cuidando da casa e da propriedade e bancando o motorista de vez em quando.

O semáforo no cruzamento da Americana com a Anna Morrison e a Katherine Albertson ficou verde quando Clare passou. Não ia à casa da mãe havia mais de dois meses. Desde que Joyce Wingate dissera, em uma sala cheia de suas amigas da Comunidade Voluntária, que Clare escrevia romances para mulheres, só para ridicularizá-la. Clare sempre soube que sua mãe não gostava de seus textos, e Joyce sempre ignorou a carreira da filha, fingindo que ela escrevia "ficção para mulheres" — até o dia em que Clare apareceu no jornal *Idaho Statesman* e o segredinho podre dos Wingate se revelou e respingou por toda a seção Life. Clare Wingate, sob o pseudônimo de Alicia Grey, formada na Boise State University e em Bennington, escrevia romances de época para mulheres. Não só os escrevia, como também era bem-sucedida e não pretendia parar.

Desde que se tornou grande o suficiente para unir palavras, Clare inventava histórias. Histórias sobre um cão imaginário chamado Chip ou a bruxa que ela acreditava viver no sótão de seu vizinho. Não demorou muito para que a personalidade naturalmente romântica de Clare e seu amor pela escrita se encontrassem e Chip ganhasse uma namorada poodle, Suzie, e a bruxa do sótão do vizinho se casasse com um feiticeiro que se parecia muito com Billy Idol no vídeo de "White Wedding".

Quatro anos antes, seus primeiros romances de época haviam sido publicados e sua mãe ainda não conseguira se recuperar do choque e da vergonha. Até a matéria no *Statesman*, Joyce havia conseguido fingir que a escolha da carreira de Clare era uma fase passageira, e assim que superasse seu fascínio pelo "lixo" escreveria "livros de verdade", dignos da literatura da biblioteca dos Wingate.

No porta-copos entre os bancos de seu carro, o celular de Clare tocou. Ela o pegou, viu que era sua amiga Maddie e desligou. Sabia que ela provavelmente estava preocupada, mas não queria conversar. Suas três melhores amigas eram as melhores mulheres para ter por perto, e conversaria com elas depois, mas não naquele momento. Ela não sabia se Maddie estava ciente da noite anterior, mas a amiga escrevia sobre crimes e provavelmente daria um toque psicótico ao que quer que fosse. Adele era igualmente bem-intencionada. Escrevia fantasia e costumava animar as pessoas contando histórias bizarras de sua vida pessoal, e Clare não queria ser animada naquele momento. E também tinha Lucy, que havia acabado de se casar. Os direitos do mais novo livro de mistério de Lucy haviam sido comprados por um grande estúdio. E Clare sabia que a última coisa de que Lucy precisava era que seus problemas roubassem o mínimo que fosse de sua felicidade.

Ela entrou na Crescent Rim Drive e passou pelas casas que davam vista para os parques e para a cidade abaixo. Quanto mais se aproximava de sua casa, que dividia com Lonny, mais seu estômago revirava. Enquanto entrava com o carro na garagem da casa vitoriana branca e azul na qual vivera por cinco anos, seus olhos ardiam com a emoção dolorosa que ela não conseguia mais conter. Apesar de saber que estava tudo terminado com Lonny, ela o amava. Pela segunda vez naquela manhã, a sensação de *déjà vu* pesou em sua nuca e se alojou no peito.

Mais uma vez, ela havia se apaixonado pelo homem errado.

Mais uma vez, havia entregado seu coração ao homem que não podia amá-la tanto quanto ela o amava.

E como naqueles outros momentos do passado, ela recorreu a um desconhecido quando tudo ruiu. Apesar de, tecnicamente, Sebastian não ser um desconhecido, não importava. Na verdade, tornava o que ela fizera ainda pior.

Mais uma vez, ficara autodestrutiva e acabou irritada consigo mesma.

Dois

Sebastian Vaughan vestiu a camiseta branca e enfiou a parte de baixo dentro da calça *jeans*. A boa ação já era, pensou ao pegar seu BlackBerry no sofá. Olhou para a tela e viu que havia recebido sete *e-mails* e duas ligações. Guardou o aparelho no bolso de sua calça Levi's pensando que veria tudo depois.

Não devia ter ajudado Clare Wingate. Da última vez em que tentou as coisas deram muito errado.

Sebastian foi até o criado-mudo, pegou seu Seiko e olhou para o mostrador, para a bússola, os marcadores de distância e outros recursos. Ainda precisava ajustar o relógio de aço inoxidável para a hora local, e puxou o pino. Enquanto avançava uma hora, pensou na última vez em que vira Clare. Ela devia ter cerca de dez anos, e o havia seguido até um lago não muito distante da casa onde o pai dele morava. Ele segurava uma rede para pegar sapos e girinos, e ela permaneceu em pé na beira do lago sob um enorme algodoeiro enquanto ele entrava na água e fazia suas coisas.

— Eu sei como os bebês são feitos — dissera ela olhando para baixo, para ele, pelas lentes grossas de seus óculos, que aumentavam seus olhos azuis. Como sempre, seus cabelos pretos haviam sido amarrados em duas tranças atrás da cabeça.

— O pai beija a mãe e um bebê entra no estômago dela.

Ele já havia convivido com dois padrastos e também com os namorados da mãe, e sabia exatamente como os bebês eram feitos.

— Quem disse?

— Minha mãe.

— Essa foi a coisa mais idiota que já ouvi — disse ele.

E então, decidiu contar a Clare o que sabia. Disse a ela, em termos técnicos, como o espermatozoide e o óvulo se uniam no corpo da mulher.

Atrás dos óculos, os grandes olhos de Clare ficaram tomados de horror.

— Não é verdade!

— É verdade, sim. — E então, ele acrescentou uma observação: — O sexo é uma coisa barulhenta e homens e mulheres fazem muito.

— Não acredito!

— Pode acreditar. Eles fazem o tempo todo. Mesmo quando não querem ter bebês.

— Por quê?

Ele deu de ombros e colocou alguns girinos na rede.

— Deve ser bom.

— Que nojo!

Um ano antes, ele também achara aquilo tudo bem nojento. Mas desde que completara doze anos, um mês antes, havia começado a ver o sexo de outro jeito. Com mais curiosidade e menos nojo.

Lembrou que quando a sra. Wingate descobrira a conversa sobre sexo entre ele e Clare, a coisa degringolara. Arrumaram suas malas e ele fora mandado de volta para Washington mais cedo. A mãe dele ficara tão irritada com o tratamento dispensado ao filho que se recusara a permitir sua volta a Idaho. A partir de então, o pai dele se vira forçado a visitá-lo em qualquer cidade onde os dois estivessem morando. Mas as coisas entre seus pais se deterioraram até um pleno rancor, e durante anos de sua vida seu pai esteve ausente. Longos vazios nos quais Sebastian não vira Leo.

Naquela época, se tivesse que classificar seu relacionamento com o pai, diria que não existia. Em um dado período de sua vida, culpou Clare pela situação.

Sebastian colocou o relógio no braço e olhou ao redor à procura de sua carteira. Viu-a no chão e se abaixou para pegá-la. Deveria ter deixado Clare em um banco de bar ontem à noite, disse a si mesmo. Ela estava sentada três bancos depois dele, e se não houvesse escutado quando ela dissera seu nome ao *barman*, não a teria reconhecido. Na infância, ele sempre pensara que ela parecia um cartum, de olhos e lábios grandes. Na noite anterior, ela não estava usando óculos de lentes grossas, mas assim que olhou para aqueles olhos azuis, para aqueles lábios fartos e todos aqueles cabelos escuros, percebeu que era ela. O contraste entre pele e cabelos, o que era um tanto assustador na infância, fizera com que ela se tornasse uma mulher deslumbrante. Os lábios, que eram carnudos demais quando ela era pequena, fizeram Sebastian viajar, pensando no que ela podia ter aprendido a fazer com eles depois de adulta. Ela havia se tornado uma linda mulher, mas assim que a reconheceu, deveria tê-la deixado ali, toda triste e chorosa, com seus problemas. Dane-se. Não precisava dessa dor de cabeça.

"Pelo menos uma vez, tente fazer a coisa certa", resmungou ao enfiar a carteira no bolso. Ele a acompanhou até o quarto do hotel para ter certeza de que ficaria em segurança, e ela o convidou a entrar. Ficou ali enquanto ela se lamentava mais um pouco, e quando adormeceu, ele a colocou na cama. Como um santinho, pensou ele. E foi aí que cometeu um erro tático.

Por volta da 1h30 da madrugada, enquanto cobria Clare, percebeu que havia bebido várias cervejas Dos Equis e tequila do frigobar dela. Em vez de ir embora e correr o risco de passar a noite em alguma cadeia da cidade, decidiu ficar e assistir a um pouco de televisão até ficar sóbrio. No passado, ele já havia dividido uma caverna com guerrilheiros e tanques de guerra Abrams repletos de fuzileiros navais. Havia ido atrás de histórias sem fim e sido perseguido pelo deserto do Arizona por polígamos irados. Saberia lidar com uma moça embriagada, cheirando a gim, totalmente vestida e desmaiada. Sem problemas. Não mesmo.

Tirou os sapatos, ajeitou os travesseiros e pegou o controle remoto. Naqueles dias, ele mal dormia, e estava totalmente desperto quando ela acordou e começou a mexer no vestido. Observá-la era muito mais divertido que a maratona de *Golden Girls* na televisão, e ele aproveitou muito bem o *show* enquanto ela se despia, até ficar apenas de tanguinha cor-de-rosa e um adesivo anticoncepcional bege. Quem poderia imaginar que a menina de óculos de lentes grossas e tranças apertadas cresceria e ficaria tão bem de calcinha de *stripper*?

Caminhou pelo quarto e sentou-se no sofá. Seus sapatos estavam no chão, e ele enfiou os pés dentro deles sem amarrar os cadarços. Na última vez que olhou o relógio, eram 5h15. Devia ter adormecido em algum momento durante a quarta temporada de *Golden Girls* e acordado poucas horas depois com a bundinha nua de Clare contra o botão de sua calça, as costas pressionadas contra o peito dele e sua mão no seio nu dela como se fossem namorados.

Ele acordou muito duro e em ponto de bala. Mas a havia violentado? Havia tirado proveito dela? Claro que não! Ela tinha um corpo lindo e uma boca que era uma coisa de louco, mas ele não havia encostado um dedo nela. Só nos seios, mas não foi sua culpa. Ele havia adormecido e tido sonhos eróticos.

Mas, quando acordou, não a tocou. Simplesmente se enfiou embaixo do chuveiro para deixar a água fria acalmar seus ânimos. E o que conseguiu com isso? Foi acusado de ter feito sexo com ela mesmo assim. Podia ter trepado com ela de todas as maneiras até domingo. Mas não fez isso. Não era esse tipo de homem. Nunca foi; nem mesmo se a mulher implorasse. Preferia mulheres coerentes, e estava muito irritado por ela o estar acusando de ter tirado vantagem da situação. E de propósito, deixou que ela pensasse isso também. Poderia ter esclarecido as coisas, mas mentiu na cara dura para fazer com que ela se sentisse pior. E não se arrependia. Nem um pouco.

Sebastian ficou em pé e olhou ao redor uma última vez. Olhou para a cama grande e para os cobertores revirados. À luz do sol, *flashes* azuis e vermelhos chamavam sua atenção. Ele caminhou até a cama e pegou um brinco de diamante do meio do travesseiro de Clare. Pelo menos duas pedras brilharam na palma de sua mão, e por um momento ele observou para ver se o diamante era verdadeiro. Então, riu bem-humorado e o colocou dentro do bolso lateral de sua Levi's. Claro que era de verdade. Mulheres como Clare Wingate não usavam bijuteria. Só Deus sabia quantas mulheres ricas ele havia namorado na vida para saber que elas prefeririam cortar o pescoço a usar peças fajutas.

Ele desligou a televisão, saiu do quarto e do hotel. Não sabia quanto tempo permaneceria em Boise. Caramba, só decidira visitar o pai quando começara a fazer as malas. Em um minuto, estava reunindo as anotações que tinha para uma matéria sobre terroristas de seu próprio país, que estava escrevendo para a *Newsweek,* e no minuto seguinte estava em pé, procurando a mala.

Seu Land Cruiser preto estava estacionado perto da entrada, onde o deixara na noite anterior, antes de entrar no bar. Não sabia o que havia de errado com ele. Nunca tivera problemas para escrever uma matéria antes. Não naquele ponto. Não quando todas as anotações estavam organizadas e ele só precisava organizar as ideias. Mas, sempre que tentava, acabava escrevendo uma bobagem enorme e deletava tudo. Pela primeira vez na vida, sentiu medo de perder o prazo. Pegou seus óculos Ray-Ban no painel. Estava cansado, só isso. Tinha trinta e cinco anos e estava cansado pra caramba. Cobriu os olhos com os óculos e começou a caminhar em direção a sua caminhonete.

Estava em Boise havia dois dias, depois de dirigir de Seattle até lá. Se ao menos conseguisse dormir o suficiente — um sono de oito horas poderia resolver —, mas, apesar de dizer que era o que necessitava, sabia que estava se enganando. Sempre conseguira trabalhar dormindo bem menos. Em tempestades de areia ou em dilúvios — certa vez, no sul do Iraque, enfrentara as duas coisas ao mesmo tempo —, ele sempre conseguira terminar seu trabalho e cumprir o prazo.

Ainda não era nem meio-dia e a temperatura em Boise já era de trinta graus enquanto ele atravessava o estacionamento. Ligou o ar-condicionado e o posicionou para soprar em seu rosto. Fizera um *check-up* completo no mês passado. Exames de tudo, desde gripe a HIV. Sua saúde estava perfeita. Não havia nada de errado com seu corpo.

Nem com sua cabeça. Adorava o seu emprego. Trabalhara muito para chegar onde estava. Batalhara por cada avanço e era um dos jornalistas mais bem-sucedidos do país. Não havia muitos profissionais como ele — homens que haviam chegado ao topo não por causa da família, do currículo ou por ser formados na Columbia ou em Princeton, mas por seu talento. Sim, talento e um amor pela área tinham influência, mas, na maior parte do tempo, era seu esforço e a determinação que corria por suas veias. Já o haviam chamado de arrogante e esnobe, o que ele acreditava ser verdade. O que irritava seus críticos mais que tudo, no entanto, era que a verdade não lhe tirava o sono.

Não, algo mais vinha acabando com sua paz. Algo que o surpreendera. Ele já havia percorrido o mundo todo, sempre se impressionando com o que via. Já havia relatado diversidades como a arte pré-histórica nas cavernas de Bornéu oriental e os incêndios enormes no Colorado. Já havia percorrido a Rota da Seda e visto a Muralha da China. Tivera o privilégio de conhecer coisas simples e extraordinárias, e amara todas. Quando parava para analisar a própria vida, sentia-se surpreendido de novo. Sim, também já havia passado por coisas ruins. Havia se envolvido com o Primeiro Batalhão do Quinto Regimento dos Fuzileiros Navais, enquanto eles avançavam quinhentos quilômetros Iraque adentro, até Bagdá. Estivera perto de conflitos e conhecia o barulho de homens brigando e morrendo bem a sua frente. Conhecia o gosto do medo e de cordite em sua boca.

Conhecia o gosto da fome e da violência, já vira as chamas do fanatismo ardendo nos olhos de homens-bomba e as esperanças de homens e mulheres corajosos, determinados a proteger a si mesmos e a suas famílias. Pessoas desesperadas olhando para ele como se pudesse salvá-las, mas a única coisa que podia fazer por elas era contar sua história. Transformá-la em matéria e levá-la ao conhecimento do mundo. Mas não bastava. Nunca bastava. Na verdade, o mundo não dava a menor importância a nada, a menos que ocorresse em seu quintal.

Dois anos antes do 11 de Setembro, ele havia escrito uma matéria sobre o Talibã e a interpretação rígida das leis islâmicas sob o comando do mulá Muhammad Omar. Discorrera sobre as execuções públicas e castigos a civis inocentes, enquanto as nações poderosas — as campeãs da democracia — ficavam fora do cenário e pouco faziam. Havia escrito um livro, *Fragmentados: vinte anos de guerra no Afeganistão*, sobre sua experiência e as consequências inerentes de um mundo que se voltava para o outro lado. O livro recebera elogios da crítica, mas as vendas foram modestas.

Tudo isso mudou em um dia ensolarado de setembro, quando os terroristas sequestraram quatro aviões comerciais, e as pessoas de repente passaram a prestar atenção ao Afeganistão, e as atrocidades cometidas pelos talibãs em nome do islamismo foram expostas.

Um ano depois do lançamento, o livro chegou ao topo das listas de best-sellers, e Sebastian se tornou, de uma hora para outra, o garoto mais popular da escola. Todos os veículos de comunicação, do *Boston Globe* ao *Good Morning America* queriam uma entrevista. Ele concedeu algumas, rejeitou a maioria. Não se importava com os holofotes, nem com a política nem com os políticos. Era independente e costumava votar em todas as linhas partidárias. Ele se interessava, acima de tudo, em mostrar a verdade e expô-la ao mundo. Era seu trabalho. Havia se esforçado para chegar ao topo — às vezes, com muita luta —, e adorava isso.

Mas, ultimamente, não vinha sendo fácil. Sua insônia era física e mentalmente esgotante. Sentia que tudo pelo que havia se esforçado tanto estava se esvaindo. A chama interna estava enfraquecendo. Quanto mais se esforçava, mais fraca era a chama, e isso o assustava profundamente.

O trajeto da Double Tree, que teria demorado quinze minutos para um morador de Boise, demorou uma hora. Ele entrou em uma rua errada e acabou perto das montanhas, até finalmente admitir seu fracasso e inserir as coordenadas no GPS da SUV. Ele não gostava de consultar o GPS e preferia fingir não precisar dele. Sentia-se tolo. Como parar para pedir informações. Não gostava de pedir ajuda nem em outro país. Era um clichê, mas que sabia fazer parte dele. Assim como detestava fazer compras e ver mulheres chorando. Fazia qualquer coisa para evitar o choro de uma mulher. Algumas coisas eram clichês, pensou, porque costumavam acontecer com muita frequência.

Eram cerca de 11 horas da manhã quando entrou na mansão Wingate e passou pela casa de três andares construída principalmente de calcário que havia sido levantada por detentos de uma antiga penitenciária quilômetros adiante. Lembrou-se da primeira vez que vira a estrutura imponente. Tinha cerca de cinco anos e acreditava que, com certeza, havia uma família vivendo dentro daquela casa escura. Surpreendera-se ao saber que apenas duas pessoas viviam ali: a sra. Wingate e sua filha Claresta.

Sebastian continuou dando a volta por trás e estacionou na frente da garagem de pedra. Joyce Wingate e o pai de Sebastian estavam no jardim, apontando para fileiras de roseiras. Como sempre, seu pai vestia uma camisa bege, calça marrom e um chapéu panamá que cobria seus cabelos escuros, que estavam ficando brancos. Ele se lembrou, de repente, de quando ajudava seu pai naquele jardim. De quando se sentia sujo e matava aranhas com uma pá. E adorava aquilo. Naquela época, ele admirava aquele homem como se fosse um super-herói. Conversava com ele e absorvia todas as suas palavras, tudo, de adubo a pesca e como empinar pipa. Mas, claro, tudo aquilo havia passado, e por anos a amargura e a decepção haviam substituído a adoração que sentia pelo herói.

Depois que terminou o ensino médio, seu pai enviou-lhe uma passagem de avião a Boise. Ele não a usou. No primeiro ano em que frequentou a Universidade de Washington seu pai quis visitá-lo, mas ele disse não. Não tinha tempo para um pai que não tivera tempo para ele. Quando se formou, a relação entre seus pais havia se tornado tão amarga que ele pediu a Leo para não ir à cerimônia.

Depois de se formar, dedicou-se a construir sua carreira. Ocupado demais para parar e reservar tempo de sua vida ao pai. Fez um estágio no *Seattle Times*, trabalhou por muitos anos na *Associated Press* e escreveu centenas de textos como *freelancer*.

Sebastian vivia sua vida adulta sem qualquer perturbação. Livre. Percorrendo o mundo sem amarras para limitá-lo. Sempre se sentiu superior aos pobres coitados que arranjavam tempo para telefonar para casa por um telefone por satélite. Nunca direcionava sua atenção a outros pontos. Tornou-se obstinado e totalmente focado. Sua mãe sempre o encorajava em tudo que fazia. Era sua maior incentivadora e torcedora. Ele não a via tanto quanto gostaria, mas ela sempre compreendia. Ou, pelo menos, sempre dizia compreender.

Ela sempre foi sua família. Sua vida estava completa. Ele e seu pai mal se conheciam, e nunca sentiu vontade de vê-lo. Sempre pensou que, se em algum momento, no futuro, sentisse o desejo de entrar em contato com o pai — talvez no fim dos quarenta, quando fosse o momento de pegar leve —, haveria tempo.

Tudo isso mudou no dia em que enterrou sua mãe.

Sebastian estava no Alabama, ocupado com sua pesquisa, quando recebeu um telefonema com a notícia de que ela havia morrido. Mais cedo, naquela mesma tarde, enquanto podava suas clematites, ela havia caído de um banquinho. Nenhuma fratura, cortes nem arranhões. Apenas um hematoma na perna. Naquela noite, faleceu sozinha na cama, quando um êmbolo foi de sua perna ao coração. Tinha cinquenta e quatro anos.

Ele não estava ali. Nem sequer soube de sua queda. Pela primeira vez na vida sentiu-se totalmente sozinho. Durante anos, havia percorrido o mundo, acreditando estar livre de amarras. A morte de sua mãe realmente o libertou, e pela primeira vez ele soube como era se sentir livre. Também sabia que estava se enganando. Não havia percorrido o mundo sem amarras. Elas estavam ali, o tempo todo. Mantendo a vida estável. Até aquele momento.

Ele tinha um parente vivo. Só um. Um pai que ele mal conhecia. Caramba, eles não se conheciam! Não era culpa de ninguém, apenas o modo como as coisas aconteciam. Mas, talvez fosse hora de mudar isso. Talvez fosse hora de passar alguns dias se reconectando a seu pai. Ele achava que não demoraria muito. Não esperava um momento perfeito, apenas algo simples e sem a pressão que existia entre eles.

Sebastian saiu da Land Cruiser e atravessou o gramado vasto até o jardim de flores de cores explosivas. Pensou no diamante em seu bolso. Pensou em dá-lo à sra. Wingate para que ela o devolvesse à Clare. Teria que explicar onde o havia encontrado, e a ideia fez com que ele sorrisse.

— Olá, sra. Wingate — cumprimentou a idosa ao se aproximar.

Na infância, detestava Joyce Wingate. Ele a culpava por sua relação esporádica e ruim com o pai. Superara esse problema mais ou menos na mesma época em que parara de culpar Clare. Não que nutrisse amor por Joyce; não tinha sentimentos de nenhuma espécie. Até aquele momento, ele não havia pensado em Clare, nem coisas boas nem coisas ruins. Mas agora pensava, e não eram bons pensamentos.

— Olá, Sebastian — disse ela, e colocou uma rosa vermelha em um cesto que levava no braço flexionado.

Vários anéis de rubis e esmeraldas deslizaram por seus dedos ossudos. Usava uma calça creme, uma blusa lilás e um enorme chapéu de palha. Joyce sempre fora extremamente magra, do tipo de magreza que se origina do fato de estar sempre controlando tudo na vida. Seus traços fortes dominavam seu rosto grande e os lábios amplos estavam sempre contraídos em sinal de desaprovação. Pelo menos, acontecia sempre que Sebastian estava por perto, e ele se perguntava se era sua personalidade mordaz ou seus modos dominadores que sempre mantiveram o sr. Wingate firmemente plantado na Costa Leste. Provavelmente, as duas coisas.

Joyce nunca fora uma mulher atraente, nem mesmo quando era mais jovem. Mas se, sob a mira de um revólver alguém obrigasse Sebastian a dizer algo gentil, poderia dizer que os olhos dela tinham um tom azul-claro interessante. Como as íris que cresciam à beira de seu jardim. Como os de sua filha. Os traços fortes da mãe eram menores e muito mais femininos no rosto da filha. Os lábios cheios de Clare suavizavam os contornos de sua boca, e ela herdara um nariz menor; mas os olhos eram os mesmos.

— Seu pai me contou que você planeja deixá-lo em breve — disse ela. — Que pena que não vai ficar mais tempo.

Sebastian olhou para a rosa na cesta de Joyce e subiu até seu rosto, para os olhos que lançavam chamas para ele na infância. Um marimbondo enorme passou com a brisa leve, e Joyce o afastou com a mão. A única coisa que ele via nos olhos dela naquele momento era uma dúvida contida.

— Estou tentando convencê-lo a ficar até a semana que vem — disse o pai dele enquanto tirava um lenço do bolso de trás da calça e secava o suor da testa.

Leo Vaughan era poucos centímetros mais baixo que Sebastian e seus cabelos, que já haviam sido castanhos, estavam ganhando dois tons de grisalho. Tinha marcas profundas de expressão no canto dos olhos. Suas sobrancelhas haviam se tornado cheias nos últimos anos e seus cochilos de "vinte minutos" agora pareciam durar uma hora. Leo completaria sessenta e cinco anos no fim da semana, e Sebastian notou que seu pai não andava pelo jardim dos Wingate com a mesma facilidade que recordava. Não que se lembrasse de muitas coisas a respeito de seu pai. Alguns meses ali e uns fins de semana lá não haviam criado lembranças de infância maravilhosas, mas de uma coisa ele se lembrava com muita clareza: das mãos do pai. Eram mãos grandes e fortes o bastante para quebrar galhos e tábuas pequenos, sutis o bastante para dar tapinhas no ombro de um menino e esfregar suas costas. Secas e calejadas, as mãos de um trabalhador. Agora, tinham manchas típicas da idade e de sua profissão, a pele flácida nas falanges inchadas.

— Não sei bem quanto tempo ficarei — disse ele, incapaz de assumir qualquer compromisso. E mudou de assunto. — Encontrei Clare ontem à noite.

Joyce se curvou para cortar outra rosa.

— É mesmo?

— Onde? — perguntou o pai ao enfiar o lenço de novo no bolso de trás.

— Encontrei um amigo da faculdade em um bar no Double Tree. Ele estava ali cobrindo um evento beneficente da Steelhead, e Clare disse que ia a um casamento.

— Sim, a amiga dela, Lucy, se casou ontem. — Joyce assentiu e seu chapéu grande foi para frente. — Não vai demorar muito para que Claresta se case com o namorado dela, Lonny. Estão muito felizes juntos. Estão falando em fazer o casamento aqui no jardim, no próximo mês de junho. As flores estarão se abrindo, e será um período lindo do ano.

— Sim, acho que ela falou alguma coisa sobre Lonny.

Obviamente, Joyce não soubera das últimas notícias. Fez-se um silêncio constrangedor entre eles; ou talvez só ele se sentisse constrangido, porque sabia que não haveria casamento nenhum em junho.

— Não consegui perguntar a Clare com o que trabalha — disse Sebastian para quebrar o silêncio.

Joyce voltou-se para suas rosas.

— Ela escreve livros, mas não como o seu.

Ele não sabia o que era mais chocante: o fato de a sra. Wingate saber que ele havia escrito um livro, ainda que não fosse um romance, ou o fato de Clare ser escritora.

Ele tinha imaginado que ela seria uma voluntária profissional, assim como a mãe. Mas lembrava-se vagamente de ela ter lhe contado histórias meio chatas a respeito de um cão imaginário.

— É mesmo? O que ela escreve? Ficção para mulheres?

— Alguma coisa assim — respondeu Joyce com o olhar flamejante que ele conhecia...

* * *

Só mais tarde, quando Sebastian e seu pai estavam sozinhos, jantando, ele perguntou:

— E então, com o que Clare realmente trabalha?

— Ela escreve livros.

— Já sei disso. Que tipo de livros?

Leo empurrou a tigela de vagem na direção de Sebastian.

— Romances para mulheres.

Ele hesitou ao esticar a mão em direção à tigela. A pequena Claresta? A menina que acreditava que um beijo engravidava? A menininha esquisita de óculos de lentes fundo de garrafa que havia se tornado uma mulher linda?

A linda mulher que usava uma tanguinha cor-de-rosa e ficava ótima? Escritora de romances para mulheres?

— Fala sério!

— Joyce não gosta muito disso.

Ele pegou a tigela e começou a rir. Fala sério!

Três

— Ele me disse que aquilo não significava nada — disse Clare, e tomou um gole de café. — Como se não houvesse problema algum, porque ele não amava o cara da assistência técnica. Foi a mesma desculpa que meu terceiro namorado me deu quando o flagrei com uma *stripper*.

— Safado! — disse Adele, e despejou creme de amêndoa em sua xícara.

— *Gay* ou hétero — Maddie acrescentou —, homem nenhum presta.

— O pior de tudo é que ele levou Cindy — disse Clare referindo-se à yorkshire terrier que ela e Lonny haviam comprado ano passado.

Enquanto ele fazia a mala, ela fora tirar o vestido de madrinha e tomar um banho. Algumas coisas da casa eram só dele, outras, os dois haviam comprado juntos. Ele podia ficar com tudo; ela não fazia questão de guardar nenhuma lembrança, mas não pensou que ele esperaria até que ela entrasse no banho para pegar Cindy.

— Correndo o risco de repetir Maddie — disse Lucy ao se inclinar para frente e servir-se de mais café —, safado.

Lucy estava casada havia menos de vinte e quatro horas, mas deixara o marido quando soubera da decepção amorosa de Clare.

— Tem certeza de que Quinn não se importa de você estar aqui? — perguntou Clare referindo-se ao marido de Lucy. — Odeio saber que estou interrompendo sua lua de mel.

— Tenho certeza. — Ela se recostou e soprou o conteúdo de sua xícara. — Eu o deixei tão feliz ontem à noite que ele não consegue parar de sorrir. — Esboçou um sorriso e acrescentou: — Além disso, só vamos para as Bahamas amanhã cedo.

Apesar de Clare ter visto Lonny com seus próprios olhos, ainda não conseguia acreditar que aquilo havia acontecido. A emoção pura ardia em suas veias e ela hesitava entre a raiva e a dor. Balançou a cabeça e segurou as lágrimas.

— Ainda estou em choque.

Maddie inclinou-se para frente e colocou a xícara e o pires na mesa de mármore e mogno.

— Querida, foi realmente um choque total?

— Claro que sim. — Clare secou as lágrimas de sua face esquerda. — O que está querendo dizer?

— É que... todas nós achávamos que ele era *gay*.

Seus dedos pararam e ela olhou para as amigas sentadas em sua sala de estar, no sofá e na poltrona de sua bisavó.

— O quê? Todas vocês?

Elas desviaram o olhar.

— Desde quando?

— Desde que o vimos pela primeira vez — Adele confessou bebendo café.

— E nunca me disseram?

Lucy pegou a delicada pinça de prata e colocou um torrão de açúcar dentro de sua xícara.

— Nenhuma de nós queria lhe dizer. Nós a amamos e não queríamos lhe causar dor.

Adele acrescentou:

— E achávamos que você já meio que sabia.

— Eu não sabia!

— Nunca desconfiou? — perguntou Maddie. — Ele fazia mesas com cacos de vidro.

Clare colocou a mão livre na parte da frente de sua blusa branca sem mangas.

— Pensei que ele fosse apenas criativo.

— Você nos disse que não faziam sexo com muita frequência.

— Alguns homens sentem menos desejo.

— Nem tanto — disseram as três ao mesmo tempo.

— Ele frequenta o Balcony Club — Maddie franziu o cenho. — Você sabia disso, certo?

— Sim, mas nem todos os caras que bebem no Balcony Club são *gays*.

— Quem disse?

— Lonny.

Nenhuma das três disse nada. Não era preciso. Suas sobrancelhas erguidas falavam por elas.

— Ele usa roupas cor-de-rosa — disse Lucy.

— Os homens, hoje em dia, usam roupas cor-de-rosa.

Adele fez uma cara feia e balançou a cabeça.

— Bem, alguém precisa lhes dizer que não deviam usar.

— Eu não namoraria um cara que usasse roupas cor-de-rosa. — Maddie bebeu um pouco, e então disse: — Não quero um cara que esteja tão ligado a seu lado feminino.

— Quinn nunca usaria roupas cor-de-rosa — disse Lucy, e antes que Clare pudesse contra-argumentar, lançou a prova irrefutável. — Lonny se preocupa demais com as próprias cutículas.

Era verdade. Ele tinha obsessão por cutículas bem cuidadas e unhas perfeitamente cortadas. Clare abaixou a mão no colo, sobre sua saia longa verde.

— Eu achava que ele era só metrossexual.

Maddie balançou a cabeça.

— Existe mesmo essa coisa de metrossexual?

— Ou será que é só outro jeito de chamar os caras mais enrustidos? — perguntou Adele.

— Homens mais o quê?

— Eu vi no programa da Oprah ano passado. Os enrustidos são os homossexuais que tentam passar imagem de hétero.

— Por que alguém faria isso?

— Acredito que seja mais fácil se encaixar na sociedade dessa forma. Ou, talvez, eles queiram ter filhos. Quem sabe? — Adele deu de ombros. — Não estou nem aí para Lonny. Eu me preocupo com você, e devia ter contado ontem em vez de guardar tudo para si.

— Eu não queria estragar o dia de Lucy.

— Você não estragaria — disse Lucy balançando a cabeça, com o rabo de cavalo loiro raspando a gola de sua blusa azul. — Fiquei pensando que alguma coisa podia estar acontecendo quando vocês desapareceram por um tempo. Mas então, quando Adele e Maddie reapareceram, você não estava com elas.

— Eu bebi um pouco demais — Clare confessou, e ficou aliviada por ninguém comentar nada sobre o karaokê e a música das popozudas, nem sobre nenhum outro momento embaraçoso da noite anterior.

Por um momento, pensou se deveria contar às amigas sobre Sebastian, mas, por fim, não disse nada. Há certos momentos de humilhação que é melhor uma garota manter em segredo. Ficar bêbada e vadia na sua idade era um deles. "Você me disse que teve comigo a melhor noite de sua vida", dissera ele, rindo, ao largar a toalha. "Você estava insaciável." Sim, algumas coisas, com certeza, tinham que ser levadas ao túmulo.

— Os homens são tão malvados — disse ela pensando na risada de Sebastian.

Se havia uma coisa que Clare detestava era que rissem dela; principalmente se fosse um homem. Mais especificamente, Sebastian Vaughan. Prosseguiu:

— Parece que eles conseguem perceber quando estamos em nosso pior momento, o mais vulnerável, e esperam a hora certa para se aproveitar de nós.

— É verdade. Os assassinos em série conseguem detectar o ponto mais vulnerável em questão de segundos — Maddie acrescentou, fazendo suas amigas se retraírem. — É uma segunda natureza.

Como Maddie escrevia histórias reais sobre crimes, entrevistava sociopatas e havia escrito sobre alguns dos crimes mais violentos ao longo da história. Assim, costumava ter uma visão meio torta a respeito da humanidade e não namorava ninguém havia cerca de quatro anos.

— Eu contei a vocês sobre meu encontro da semana passada? — perguntou Adele em uma tentativa de mudar de assunto, antes que Maddie começasse a se empolgar.

Adele escrevia e publicava ficção científica e costumava namorar homens muito estranhos. Contou:

— Ele é *bartender* em um barzinho em Hyde Park. — Ela riu. — Escutem só, ele me disse que é a reencarnação de William Wallace.

— Ah, não. — Maddie tomou um gole de seu café. — Por que todo o mundo que afirma ser a reencarnação de alguém, diz ser de alguém famoso? É sempre de Joana d'Arc ou Cristóvão Colombo ou Billy the Kid. Nunca é nenhuma camponesa de dentes podres nem um marinheiro que limpava o banheiro de Cristóvão.

— Talvez só as pessoas famosas reencarnem — disse Lucy.

Maddie soltou um som rude de desdém.

— É mais provável que seja tudo bobagem.

Clare suspeitava disso, e fez o que acreditava ser a primeira de duas perguntas pertinentes.

— Esse *bartender* se parece com o Mel Gibson?

Adele balançou a cabeça.

— Acho que não.

Agora, a segunda pergunta, que era mais importante que a primeira.

— Você não acredita nele, não é? — Porque, às vezes, ela se perguntava se Adele acreditava no que escrevia.

— Não. — Adele balançou a cabeça e sua cabeleira de cachos loiros roçou suas costas. — Eu perguntei, e ele não sabia nada sobre John Blair.

— Quem?

— O amigo e capelão de Wallace. Tive que pesquisar sobre William Wallace para a viagem à Escócia que fiz ano passado. O *bartender* só estava tentando me levar para a cama.

— Cachorro.

— Idiota.

— Deu certo?

— Não. Não me deixo enganar tão facilmente hoje em dia.

Clare pensou em Lonny. Gostaria de poder dizer a mesma coisa.

— Por que os homens tentam nos enganar? — Então, ela respondeu à própria pergunta. — Porque são todos mentirosos safados. — Olhou para o rosto das amigas e rapidamente acrescentou: — Oh, desculpe, Lucy. Todos os homens, menos Quinn.

— Sim — disse Lucy levantando uma das mãos. — Quinn não é perfeito. E pode acreditar, ele não estava nem um pouco perto de ser perfeito quando o conheci. — Parou e esboçou um sorriso. — Bem, só era perfeito na cama.

— Durante todo esse tempo — disse Clare balançando a cabeça — pensei que Lonny tivesse uma libido bem baixa, e ele me deixou acreditar nisso. Eu achava que não era suficientemente atraente para ele, e ele me deixou ter essa ideia. Como posso ter me apaixonado por ele? Alguma coisa tem que estar errada comigo.

— Não, Clare — Adele a confortou. — Você é perfeita exatamente como é.

— Sim.

— Foi ele, não você. E um dia — acrescentou Lucy, a recém-casada —, você vai encontrar um cara ótimo. Como aqueles mocinhos sobre os quais escreve.

Mas, mesmo depois de horas de consolo, Clare não conseguia tirar da cabeça que devia haver algo errado com ela. Algo que fazia com que ela escolhesse homens como Lonny, que nunca a amariam totalmente.

Quando suas amigas se foram, ela caminhou pela casa e não conseguiu se lembrar de um momento em sua vida em que se sentira tão solitária. Lonny certamente não havia sido o único homem de sua vida, mas era o único homem que ela levara para dentro de sua casa.

Entrou no quarto e parou na frente da cômoda que dividia com Lonny. Mordeu o lábio inferior e cruzou os braços sobre o peito. As coisas dele não estavam mais ali, deixando a metade de cima da cômoda de mogno vazia. Sua colônia e escovas; uma foto com ele, ela e Cindy; e o pratinho onde ele deixava os protetores labiais e os botões caídos. Não havia mais nada.

Sua visão ficou embaçada, mas ela se recusou a chorar, temendo que, quando começasse, não conseguisse parar. A casa estava totalmente silenciosa, o único barulho era do ar-condicionado ligado. Nenhum barulho da cachorrinha latindo para os gatos da vizinhança ou de seu noivo trabalhando em sua mais nova obra de arte.

Clare abriu uma gaveta onde ficavam as meias sociais dele cuidadosamente dobradas. A gaveta estava vazia, e ela deu alguns passos para trás e sentou-se na beira da cama. Acima de sua cabeça, a cortina de renda refletia sombras em seus braços e colo, sobre a saia verde. Nas últimas vinte e quatro horas ela havia experimentado todos os tipos de emoção. Dor. Raiva. Pesar. Confusão e perda. E então, pânico e medo. Naquele momento, estava tão apática e tão cansada que provavelmente conseguiria dormir até a próxima semana. Gostaria de poder fazer isso. Dormir até a dor desaparecer.

Quando ela voltara do Double Tree naquela manhã, Lonny esperava por ela. Implorara para que ela o perdoasse.

— Foi só uma vez — dissera ele. — Não vai acontecer de novo. Não podemos jogar fora o que temos porque eu fiz bobagem. Não significou nada. Foi só sexo.

Em termos de relacionamentos, Clare nunca entendera o conceito de sexo sem significado. Quando uma pessoa não estava envolvida com ninguém, era diferente, mas ela não compreendia como um homem podia estar apaixonado por uma mulher e, ainda assim, fazer sexo com outra. Ah, ela compreendia o desejo e a atração, mas não conseguia entender como uma pessoa, *gay* ou heterossexual, podia magoar aquela a quem jurava amar em troca de sexo que não tinha nenhum significado.

— Podemos resolver isso. Eu juro que só aconteceu uma vez — dissera Lonny, como se, repetindo várias vezes, ela fosse acreditar nele. — Amo nossa vida.

Sim, ele amava a vida que eles tinham. Só não a amava. No passado, em outra época de sua vida, talvez ela o houvesse escutado. Não teria mudado o resultado, mas ela pensaria que precisava ouvir, tentaria acreditar nele, ou pensaria que precisava compreendê-lo; mas não naquele dia. Já estava cansada de ser a rainha da negação. Já estava cansada de investir tanto de sua vida em homens que não investiam nada.

— Você mentiu para mim, e me usou para poder viver essa mentira — disse ela. — Não vou continuar vivendo sua mentira.

Quando ele percebeu que ela não mudaria de ideia, passou a agir como qualquer outro homem e adotou uma postura revoltada.

— Se você fosse mais aventureira, eu não teria procurado nada fora do relacionamento.

Quanto mais Clare pensava naquilo, mais certeza tinha de que a desculpa era exatamente a mesma usada por seu terceiro namorado quando ela o flagrara com a *stripper*. Em vez de se envergonhar, ele a havia convidado para participar do ato com eles.

Clare não considerava exagero nem egoísmo de sua parte querer ser suficiente para o homem que amava. Sem terceiros. Nada de chicotes e correntes, nenhum objeto que assustasse.

Não, Lonny não era o primeiro homem de sua vida a magoá-la. Era só o mais recente. Já havia passado pela mesma coisa com seu primeiro amor, Allen. E então, Josh, o baterista de uma banda. E Sam, um paraquedista e ciclista de trilhas; e então Rod, o advogado, e Zack, o bandido. Um namorado havia sido diferente do outro, mas, no fim, independentemente de ela ou eles terminarem o namoro, nenhum dos relacionamentos havia durado.

Ela escrevia sobre amor. Histórias profundas, emocionantes, lindas. Mas era um fracasso total no que dizia respeito ao amor na vida real. Como podia escrever sobre amor? Saber sobre o amor e senti-lo, mas, ainda assim, entendê-lo tão mal? Várias vezes?

O que havia de errado com ela?

Será que suas amigas estavam certas? Será que ela sabia, de modo inconsciente, que Lonny era *gay*? Será que sabia, mesmo inventando desculpas para ele? Mesmo aceitando a desculpa que ele dava para sua falta de desejo sexual? Mesmo quando culpava a si mesma?

Clare olhou-se no espelho acima da cômoda, as olheiras escuras em seu rosto. Rosto vazio. Murcho. Como a gaveta de meias de Lonny. Como sua vida. Tudo havia acabado. Ela havia perdido muitas coisas nos últimos dois dias. Seu noivo e sua cachorra. Sua crença em almas gêmeas e o brinco de diamante da mãe.

Notou a perda do brinco logo depois de chegar a casa, naquela manhã. Demoraria um pouco, mas poderia encontrar um diamante parecido para substituir o perdido. Encontrar algo para substituir o vazio já não seria tão fácil.

Apesar de sua exaustão, o desejo de sair correndo e preencher o vazio a forçou a se levantar. Uma lista de todas as coisas que precisava fazer tomou sua mente. Precisava de um casaco de inverno; era agosto, mas, se não se apressasse, o casaco de lã que havia visto na bebe.com acabaria. E precisava da nova bolsa Coach na qual estava de olho na Macy's. Preta, para combinar com o casaco da bebe. Ou vermelho... ou os dois. Como estaria na Macy's, compraria também um rímel da Estée Lauder e um produto para suas sobrancelhas. Precisava dos dois.

No caminho para o *shopping center* passaria no Wendy's e compraria uma batata frita grande com sal extra. Compraria um rolinho de canela todo melecado do Mrs. Powell e entraria na See's para comprar meio quilo de balas de caramelo e...

Clare se sentou na cama e controlou a vontade de preencher seu vazio com coisas. Comida. Roupas. Homens. Se estava realmente cansada de ser a rainha da negação, precisava cuidar da própria vida e admitir que encher a cara de comida, o armário de roupas e procurar um homem nunca haviam preenchido o vazio enorme de seu peito. Não em longo prazo e, no fim, ela acabava com uns quilos a mais que a forçavam a ir à academia, com roupas que saíram de moda e com uma gaveta de meias vazia.

Talvez precisasse de um psiquiatra. Alguém objetivo que a analisasse de dentro para fora e dissesse o que havia de errado com ela e como poderia consertar sua vida.

Talvez só precisasse de umas longas férias. Com certeza precisava de um tempo sem *junk food*, cartões de crédito e homens. Lembrou-se de Sebastian e da toalha branca enrolada em seu quadril. Ela precisava de férias de qualquer coisa que contivesse testosterona.

Estava fisicamente cansada e emocionalmente ferida, e, para ser sincera, meio de ressaca. Levou uma mão à cabeça que latejava e prometeu ficar longe do álcool e de homens, pelo menos até dar um jeito em sua vida. Até conseguir um momento de clareza. O momento do clique quando tudo voltasse a fazer sentido.

Clare ficou em pé e envolveu com as mãos a coluna da cama e o festão de renda belga. Seu coração e seu orgulho estavam em frangalhos, mas conseguiria se recuperar.

Havia outra coisa. Algo de que ela teria que cuidar logo cedo no dia seguinte. Algo que podia ser muito sério.

Algo que a assustava mais que um futuro incerto sem farra de compras e batatas fritas.

E era a possibilidade de não haver futuro nenhum.

Vashion Elliot, duque de Rathstone, permaneceu com as mãos nas costas e olhou para a pena azul no gorro da srta. Winters, e então, para seus olhos verdes sérios.

Clare mexia os dedos sobre as teclas enquanto olhava a hora no lado inferior direito do monitor do computador.

Srta. Winters era bonita, apesar do nariz empinado. Uma beleza sem a qual ele poderia viver. A última mulher bonita de sua vida demonstrara uma paixão excessiva, dentro e fora do quarto, que ele não esqueceria logo. Claro, essa mulher era sua ex-amante. Não uma governanta calada, contida e puritana.

— Meu último emprego foi com lorde e lady Pomfrey. Fui babá dos três filhos deles.

Sua capa escondia seu corpo pequeno e dava a impressão de que uma rajada forte poderia carregá-la. Ele tentou imaginar se ela era mais forte do que aparentava. Tão teimosa quanto seu queixo indicava. Se decidisse contratá-la, ela teria que ser forte. O fato de ela permanecer no escritório dele mostrava certa força e determinação que ele não costumava detectar no sexo oposto.

— Sim, sim — balançou uma mão impaciente sobre as cartas de recomendação que estavam à sua frente sobre a mesa. — Já que está aqui, presumo que tenha lido meu anúncio.

— Sim.

Ele deu a volta na mesa e puxou os punhos de seu sobretudo. Sabia que era considerado alto e muito grande devido ao tempo que passara realizando trabalho braçal em suas propriedades em Devon e em seu navio, o Louisa.

— Então está ciente de que, se precisar viajar, pretendo levar minha filha comigo.

Ele não tinha certeza, mas achava ter detectado um brilho naqueles olhos sérios que o encaravam de volta, como se a ideia de viajar a animasse.

— Sim, milorde.

Clare digitou mais várias páginas antes de parar de escrever *O duque perigoso*, o terceiro livro daquela série. Às 9 horas da manhã, pegou o telefone. Passara a maior parte da noite em claro, temendo o momento daquele telefonema. O que mais temia, mais que guardar em uma caixa os poucos pertences restantes de Lonny, era telefonar para o consultório do dr. Linden.

Ela apertou os sete números, e quando a recepcionista atendeu, disse:

— Preciso marcar uma consulta, por favor.

— A senhora é paciente do dr. Linden?

— Sim, meu nome é Clare Wingate.

— Precisa marcar uma consulta com o médico ou com Dana, a enfermeira?

Ela não sabia ao certo. Nunca fizera aquilo antes. Abriu a boca para soltar aquilo, falar. Sua garganta ficou seca e ela engoliu.

— Não sei.

— Vejo que você fez seu exame em abril. Existe suspeita de gravidez?

— Não... não. Eu... eu... há pouco tempo, descobri uma coisa. Peguei meu... bem, descobri que meu namorado... quer dizer, ex-namorado, foi infiel. — Ela respirou fundo e levou a mão livre ao pescoço. Sob seus dedos, sua pulsação estava acelerada. Que loucura! Por que tinha tanta dificuldade? — Então... preciso fazer exame de... sabe, HIV. — Um riso nervoso escapou de sua garganta. — Não acho que seja provável, mas quero ter certeza. Ele disse que me traiu apenas uma vez e que usou camisinha, mas quem consegue confiar em quem trai? — Santo Deus. Ela havia parado de gaguejar e começado a falar sem parar. — O mais rápido possível, por favor.

— Deixe-me ver. — Do outro lado da linha, várias batidas no teclado, e, então: — Vamos marcar para você o mais rápido possível. Tenho um horário com Dana que foi cancelado na quinta-feira. Pode ser às 16h30?

Quinta-feira. Três dias. Era uma eternidade.

— Tudo bem. — O silêncio tomou conta da linha, e Clare forçou-se a perguntar: — Quanto tempo vai demorar?

— O exame? Não muito. Você receberá o resultado antes de sair do consultório.

Quando desligou o telefone, recostou-se na cadeira e olhou para frente, para seu computador. Contara a verdade à recepcionista. Não acreditava que Lonny a houvesse exposto a qualquer coisa que fosse, mas ela era adulta e precisava ter certeza, de um jeito ou de outro. Seu noivo havia sido infiel, e se ela o houvesse flagrado no *closet* com uma mulher, também teria marcado o exame. Traição era traição. E apesar do que Sebastian dissera, o fato de ela não ter "equipamento" de homem não tornava as coisas mais fáceis.

Sentiu a testa tensa e levantou a mão para massagear as têmporas. Ainda não eram nem 10 horas manhã e já estava com uma forte dor de cabeça. Sua vida estava uma loucura e era tudo culpa de Lonny. Precisava fazer o exame para saber se não tinha uma doença que poderia tirar-lhe a vida, sendo que não havia feito nada de errado. Era monogâmica. Sempre. Não pulava na cama com...

Sebastian.

Clare abaixou as mãos. Tinha que contar a Sebastian. Pensar naquilo fez suas têmporas latejarem. Ela não sabia se haviam usado preservativo, e precisava contar a ele.

Ou não. Era muito provável que o exame desse negativo. Devia esperar antes de contar, devia pegar os exames primeiro. Provavelmente não teria que contar nada a ele. Qual era a chance de ela fazer sexo com alguém até quinta-feira? Ela o imaginou deixando a toalha cair.

Grande, concluiu, e pegou um frasco de aspirinas que deixava na gaveta de sua mesa.

Quatro

Com meu gravador ao lado de meu bloco de folhas amarelas, olho para o outro lado da mesa, para o homem que conheço apenas como Smith.

Ao meu redor, pessoas da região conversam e riem, mas tudo parece forçado demais, pois ficam de olho em mim e em Smith. Se eu não fosse esperto, se a linguagem que me cerca tivesse toques de árabe e cheiro de cominho, eu pensaria que estava em Bagdá, sentado diante de um fanático chamado Mohammed. A fera interna brilha tanto em olhos de um azul profundo quanto em castanhos. Os dois homens...

Sebastian releu o que havia escrito e passou as mãos no rosto. Não era *ruim*, mas não estava *certo*. Voltou as mãos ao teclado de seu *notebook* e com poucos toques deletou o que havia escrito.

Ficou em pé e empurrou a cadeira pelo chão da cozinha. Não conseguia entender. Tinha suas anotações, um esboço na mente e um gancho bacana para explorar. Só precisava se sentar e escrever uma boa matéria.

— Cacete! — Algo muito parecido ao medo tirou-lhe o ar e desceu até seu estômago. — Cacete! Cacete! Cacete!

— Algum problema?

Sebastian respirou fundo e soltou o ar ao se virar e ver o pai, que estava em pé à porta.

— Não, não, problema nenhum.

Nenhum que quisesse admitir em voz alta, pelo menos. Conseguiria iniciar o texto. Sim. Só nunca havia enfrentado um problema como esse antes, mas daria um jeito.

Caminhou até a geladeira, abriu-a e pegou uma caixa de suco de laranja. Preferiria uma cerveja, mas ainda não era nem meio-dia. Nos dias em que começava a beber de manhã sabia que devia se preocupar de verdade consigo mesmo.

Levou a caixa à boca e tomou vários goles longos. O suco gelado bateu no fundo de sua garganta e levou embora o gosto de pânico em sua boca. Sebastian desviou o olhar da ponta da caixa para um pato de madeira em cima da geladeira. A placa de latão indicava que o pato era um marreco americano. Um marreco de madeira proveniente da Carolina e um arrabio ficavam em cima da lareira na sala de estar. Havia diversas aves de madeira pela casa, e Sebastian tentou determinar quando o pai passara a ter fascínio por marrecos. Abaixou a caixa de suco e olhou para o pai, que o observava por baixo da aba do chapéu.

— Precisa de ajuda com alguma coisa? — perguntou Sebastian.

— Se tiver um tempinho, pode me ajudar a levar uma coisa para sra. Wingate? Mas detesto interrompê-lo quando está trabalhando.

Ele daria um testículo para conseguir trabalhar bastante em vez de escrever e deletar o parágrafo diversas vezes. Passou as costas da mão sobre os lábios e devolveu a caixa à geladeira.

— O que quer levar? — perguntou, e fechou a porta.

— Um aparador.

Ele não sabia que diabos era um aparador, mas parecia pesado. Como algo a que pudesse se dedicar e esquecer o prazo final que se aproximava e sua incapacidade de formar três frases seguidas com sentido.

Sebastian atravessou a pequena cozinha e seguiu o pai para fora. Olmos e carvalho antigos faziam sombra no terreno e a mobília de ferro branco projetava manchas escuras. Sebastian caminhou ao lado do pai pelo quintal, ombro a ombro. Uma imagem perfeita de pai e filho — mas a imagem estava longe de ser perfeita.

— O tempo vai ser bom — disse Sebastian quando passaram pelo Lexus prateado estacionado ao lado de sua Land Cruiser.

— O homem do tempo disse que ficará abaixo dos trinta graus — comentou Leo.

Criou-se um silêncio constrangedor que parecia abafar a maior parte das tentativas de conversa. Sebastian não sabia por que tinha tanta dificuldade de falar com seu pai. Já havia entrevistado chefes de Estado, assassinos em série e também líderes religiosos e militares, mas não conseguia pensar em nada para dizer a seu pai além de um comentário bobo a respeito do clima ou de puxar uma conversa superficial a respeito do jantar.

Obviamente, seu pai tinha o mesmo problema para conversar com ele.

Juntos, caminharam em direção aos fundos da casa. Por algum motivo que Sebastian não conseguia explicar, enfiou a barra de sua camisa cinza Molson dentro de sua calça Levi's e passou os dedos pelos cabelos.

Olhando para todas aquelas pedras, teve a impressão de estar indo para uma igreja, e reprimiu a vontade de se benzer. Como se também sentisse a mesma coisa, Leo levou a mão ao chapéu e o tirou da cabeça.

As dobradiças da porta dos fundos gemeram quando Leo segurou a porta aberta, e o som das botas substituiu o silêncio enquanto os dois subiam degraus de pedra para dentro da cozinha. Era tarde demais para eles. Seu pai se sentia tão desconfortável perto dele quanto ele perto do pai. Pensou que devia ir embora, simplesmente. Tirá-los daquele martírio. Não sabia por que havia ido até ali, e tinha mais o que fazer além de se sentar com seu pai, sem qualquer comunicação. Havia muitas coisas à sua espera em Washington. Precisava colocar a casa da mãe à venda e cuidar da vida. Já estava ali havia três dias. Tempo suficiente para iniciar uma conversa. Mas não estava dando certo. Ajudaria o pai a levar o aparador e voltaria para fazer as malas.

Havia um balcão enorme no meio da cozinha, e Leo jogou o chapéu sobre a superfície gasta ao passar. Armários brancos tomavam as paredes do chão ao teto alto, e a luz do sol do fim da manhã penetrava as janelas e se refletia nos eletrodomésticos de aço inox. As solas das botas Gortex de Sebastian faziam barulho nos pisos brancos e pretos antigos enquanto ele e o pai atravessavam a cozinha e seguiam para a sala de jantar. Havia um vaso enorme de flores recém-cortadas no centro de uma mesa de seis metros coberta com uma toalha vermelho damasco. A mobília, as janelas e as cortinas, tudo fazia com que ele se lembrasse de algo que havia visto em um museu. Tudo lustroso e bem cuidado, tinha cheiro de museu também. Frio e um pouco estagnado.

Um grande tapete abafava os passos dele e de seu pai enquanto seguiam em direção a um móvel entalhado de madeira em uma parede. Tinha pernas espichadas e umas gavetas decoradas.

— Isso deve ser um aparador.

— Sim. É francês e muito antigo. Está na casa da família da sra. Wingate há mais de cem anos — disse Leo ao retirar um grande conjunto de chá de prata do aparador e colocá-lo sobre a mesa.

Sebastian havia percebido que se tratava de uma peça antiga e não se surpreendeu ao ver que era francesa. Preferia linhas claras e modernas e conforto, em vez de móveis velhos e cheios de detalhes.

— Onde vai colocá-lo?

Leo apontou para uma parede ao lado de uma porta, e cada um segurou uma ponta do aparador.

A peça não era pesada, e os dois a moveram com facilidade. Ao colocá-la no lugar novo, ouviram a voz alta de Joyce Wingate proveniente da sala ao lado:

— O que vocês fizeram?

— Eu não sabia o que fazer — respondeu uma segunda voz que Sebastian reconheceu. — Eu estava em choque. — Clare acrescentou. — Eu só saí de casa e fui ao casamento de Lucy.

— Isso não faz sentido nenhum. Como um homem simplesmente vira *gay*, assim, do nada?

Sebastian olhou para seu pai, que afastou o conjunto de chá e se ocupou arrumando o açucareiro e o jarro para creme.

— Um homem não "vira" *gay*, mãe. Se pensar bem, os sinais sempre existiram.

— Que sinais? Não vi nenhum sinal.

— Pense bem, ele gostava demais de ramequins antigos, não era normal.

Ramequins? Que diabos era um ramequim? Sebastian olhou para a porta vazia. Diferentemente de seu pai, não queria fingir que não estava ouvindo a conversa. Coisa cabeluda.

— Muitos homens adoram um belo ramequim.

E aquelas duas mulheres não sabiam que o cara era *gay?*

— Diga-me um homem que goste de ramequins — Clare pediu.

— Aquele *chef* da televisão. Não me lembro do nome dele. — Houve uma pausa, e Joye perguntou: — Então, tem certeza de que terminou?

— Sim.

— Que pena. Lonny era muito educado. Vou sentir falta da *mousse* de tomate que ele fazia.

— Mãe, eu o flagrei com outro homem. Fazendo sexo. Dentro do meu *closet*. Pelo amor de Deus, que se dane a *mousse*!

Leo levou o conjunto de chá ao aparador e, por uma fração de segundo, seu olhar cruzou com o de Sebastian.

Pela primeira vez desde sua chegada, viu um brilho divertido nos olhos verdes do velho.

— Claresta, cuidado com o que fala. Não precisa se alterar. Podemos falar sobre isso sem discutir.

— Será? Você age como se eu devesse ter ficado com Lonny porque ele usa a faca direito e mastiga de boca fechada.

Mais uma pausa, e então, Joyce disse:

— Bem, acredito que tenha sido necessário cancelar o casamento.

— Acredita? Eu sabia que você não entenderia, e fiquei em dúvida sobre o que deveria falar. Só decidi contar porque imaginei que você sentiria falta dele quando não viesse ao jantar de Ação de Graças. — A voz de Clare ficou mais clara quando ela atravessou a ampla porta aberta. — Acho que ele era o homem perfeito para você, mas, para mim, não foi perfeito.

Seus cabelos estavam presos em um daqueles rabos de cavalo, lisos e brilhosos como o aparador de mogno. Ela usava um terninho branco com lapelas grandes, uma blusa azul-escuro e um colar comprido de pérolas. A saia lhe caía acima dos joelhos, e usava um par de sapatos brancos que cobriam a parte da frente de seus pés. Os saltos dos sapatos pareciam bolas de prata. Ela estava muito elegante e mais recatada que uma freira. Uma mudança bem grande desde a última vez que ele a vira, com as costas contra a porta de um hotel, com seu vestido cor-de-rosa caindo, manchas pretas sob os olhos, o cabelo todo bagunçado.

Ao sair da sala de jantar, ela se virou de novo para o aposento que havia deixado.

— Preciso de um homem que não apenas saiba onde fica seu espeto, mas que queira usá-lo mais que uma vez a cada feriado.

A mãe se assustou e disse:

— Que coisa vulgar! Você parece uma qualquer falando.

Clare colocou uma mão no peito.

— Eu? Uma qualquer? Morei com um *gay*. Não faço sexo há muito tempo. Sou praticamente uma virgem.

Sebastian riu. Não conseguiu se controlar. A lembrança que tinha de Clare tirando a roupa não combinava muito bem com uma de moça "praticamente virgem". Clare se virou ao ouvir o riso e olhou para Sebastian. Por alguns segundos, não entendeu a risada e franziu o cenho, como se houvesse descoberto algo onde não deveria estar. Como o aparador na parede errada ou o filho do jardineiro na sala de jantar. Um rubor rosado se espalhou por suas bochechas e as rugas entre as sobrancelhas se aprofundaram. Então, como havia acontecido naquela outra manhã, quando havia se virado e visto Sebastian atrás dela vestindo apenas uma toalha de hotel e algumas gotas de água, recuperou-se rapidamente e se lembrou de seus bons modos. Puxou as mangas do casaco e entrou na sala de jantar.

— Olá, Sebastian. Não é uma surpresa incrível?

Sua voz era suficientemente agradável, mas ele não acreditava que ela estivesse sendo sincera no que dizia. Talvez porque aquele sorriso perfeito não combinava com seus olhos azuis.

— Seu pai deve estar feliz. — Ela estendeu a mão e ele a apertou. Os dedos dela estavam um pouco frios, mas sentiu a palma suada. — Por quanto tempo pretende ficar na cidade? — perguntou ela muito educada.

— Não sei bem — respondeu ele, e olhou dentro dos olhos dela.

Não sabia se seu pai estava "feliz" com a visita, mas praticamente conseguiu ler a mente de Clare. Ela estava tentando imaginar se ele contaria o que aconteceu naquela noite. Ele sorriu e a deixou se preocupar.

Ela puxou a mão, e ele tentou imaginar o que ela faria se ele a apertasse mais; se ela perderia a compostura. Em vez disso, ele a soltou e ela estendeu os braços para seu pai.

— Olá, Leo, faz tempo que não nos vemos.

O velho deu um passo adiante e a abraçou; suas mãos velhas deram um tapinha nas costas dela, como se ela fosse uma criança. Como faziam quando Sebastian era pequeno.

— Você não devia ficar longe por tanto tempo — disse Leo.

— Às vezes, preciso de um tempo — Clare se inclinou para trás. — Bastante tempo.

— Sua mãe não é tão ruim.

— Para você, não. — Clare deu alguns passos para trás e abaixou os braços. — Acho que ouviu minha conversa sobre Lonny.

Ela mantinha a atenção voltada para Leo, como se ignorasse Sebastian. Como se ele não estivesse na mesma sala, tão perto a ponto de ela conseguir sentir seus movimentos.

— Sim, não estou triste por ele ter ido embora — disse Leo baixando um pouco a voz e olhando para ela. — Sempre desconfiei que ele era meio sensível demais.

Se o velho sabia que o noivo de Clare era *gay*, Sebastian não conseguia entender como ela própria não havia percebido.

— Não estou dizendo que há algo de errado em ser... sabe... estranho daquele jeito, mas se um homem tem preferência por... ah... outros homens, não devia fingir gostar de mulher. — Leo colocou uma mão reconfortante no ombro de Clare. — Não está certo.

— Você também sabia, Leo? — Ela balançou a cabeça e continuou a ignorar Sebastian. — Por que a coisa toda era tão óbvia para todos, menos para mim?

— Porque você queria acreditar nele, e alguns caras são malandros. Você tem um coração gentil e uma personalidade delicada, e ele se aproveitou disso. Você tem muito a oferecer ao homem certo. É bonita e bem-sucedida, e um dia vai encontrar alguém que seja digno de você.

Sebastian nunca ouvira o pai formular tantas frases consecutivas. Pelo menos, não quando estava por perto.

— Ahh — Clare pendeu a cabeça para o lado —, você é um doce.

Leo sorriu, e Sebastian sentiu uma vontade repentina de derrubar Clare, puxar seu rabo de cavalo perfeito ou jogar lama nela e perturbá-la como fazia quando o irritava, quando os dois eram pequenos.

— Contei a sua mãe e a meu pai que encontrei você no Double Tree — disse ele. — Foi uma grande pena você ter ido embora, porque não pudemos, bem... conversar um pouco mais.

Clare, por fim, voltou sua atenção a Sebastian, e com um sorriso forçado nos lábios carnudos e rosados, disse:

— Com certeza, um dos maiores arrependimentos de minha vida. — Olhou para Leo e perguntou: — Como está sua mais nova escultura?

— Quase pronta. Você devia vê-la.

Sebastian enfiou os dedos nos bolsos da frente da calça *jeans*. Ela mudou de assunto e o ignorou de novo. Ele deixaria que ela mudasse de assunto, por enquanto. Mas, de jeito nenhum deixaria que ela fingisse que ele não estava ali. Encostou o traseiro no aparador e perguntou:

— Que escultura?

— Leo faz esculturas incríveis da vida selvagem.

Sebastian não sabia disso. Claro, ele já as havia visto, mas não sabia que era seu pai que as fazia.

— Ano passado, ele inscreveu um de seus patos na feira Western Idaho e ganhou. Que tipo de pato foi, Leo?

— Um marreco.

— Lindo.

O rosto de Clare se iluminou como se ela o houvesse esculpido.

— O que você ganhou? — Sebastian perguntou ao pai.

— Nada. — O rubor subiu-lhe pelo pescoço, acima da gola de sua camisa bege. — Uma fita azul, só isso.

— Uma fita azul *enorme*. Você é modesto demais. A competição foi acirrada. *Veni, vidi, vici.*

Sebastian viu o rosto do pai corar. Vim, vi e arrebentei com umas esculturas de pássaro?

— Bem — disse Leo olhando para o carpete —, não chegou perto dos prêmios importantes que você ganha, mas foi bacana.

Sebastian não sabia que seu pai entendia de prêmios jornalísticos. Não se lembrava de ter comentado sobre eles nas poucas vezes em que haviam conversado ao longo dos anos; mas provavelmente havia dito alguma coisa.

Joyce entrou na sala de jantar vestida toda de preto, como o anjo do Apocalipse, e colocou fim à discussão de patos e prêmios.

— Hum — disse ela, e apontou para o aparador —, agora que estou vendo, não sei bem se gosto. — Colocou uma mecha de cabelos atrás da orelha com uma das mãos e torceu o colar de pérolas no pescoço com a outra. — Bem, terei que pensar nisso. — Voltou-se para as três pessoas a sua frente e colocou as mãos no quadril magro. — Que bom estarmos todos na mesma sala, porque tive uma ideia. — Olhou para a filha. — Caso tenha esquecido, Leo faz sessenta e cinco anos no sábado, e no próximo mês vai fazer trinta anos de trabalho conosco. Como você sabe, ele é muito valioso, e praticamente um membro da família. Em muitos aspectos, muito mais do que o sr. Wingate era.

— Mãe! — censurou Clare.

Joyce ergueu uma mão magra.

— Eu havia pensado em organizar algo no mês que vem para comemorar as duas ocasiões, mas acho que, como

Sebastian está na cidade, devíamos organizar uma pequena reunião com os amigos de Leo neste fim de semana.

— Nós?

— Este fim de semana? — Sebastian não planejava passar o fim de semana ali.

Joyce se voltou para Clare.

— Sei que vocês vão querer ajudar com os preparativos.

— Claro que ajudarei o máximo que puder. Trabalho na maioria dos dias até as 16h, mas depois, estou livre.

— Com certeza você pode tirar alguns dias de folga.

Clare parecia pronta a contra-argumentar, mas, por fim, abriu um sorriso forçado.

— Sem problema. Ficarei feliz em fazer o que puder.

— Não sei. — Leo balançou a cabeça. — Parece esforço demais, e Sebastian não sabe quando vai embora...

— Tenho certeza de que ele pode ficar mais alguns dias. — E então, a mulher que o havia expulsado de sua terra como uma rainha perguntou: — Você pode ficar, por favor?

Ele abriu a boca prestes a dizer não, mas disse outra coisa:

— Por que não?

Por que não? Havia muitos bons motivos para isso. Primeiro, ele não sabia bem se mais tempo tornaria o relacionamento com seu pai menos constrangedor. Em segundo lugar, seu artigo na *Newsweek* obviamente não seria escrito na mesa da cozinha de seu pai. Em terceiro lugar, tinha que cuidar da propriedade da mãe, ainda que "propriedade" fosse um exagero. A quarta e a quinta boas razões estavam a sua frente: uma estava bastante aliviada por sua decisão, a outra incomodada e fingindo que ele era invisível.

— Maravilha. — Joyce uniu as mãos e colocou os dedos embaixo do queixo. — Já que está aqui, Clare, podemos começar.

— Na verdade, mãe, preciso sair. — Ela se voltou para Sebastian e perguntou: — Pode me acompanhar até lá fora?

De repente, ele deixou de ser invisível. Tinha certeza de que Clare tinha algo a dizer a respeito daquela noite, algumas lacunas que ela precisava que ele preenchesse para ela, e ficou pensando se deveria deixá-la na expectativa. Por fim, sentiu curiosidade a respeito do que ela pudesse perguntar.

— Claro.

Afastou-se do aparador e tirou as mãos dos bolsos. Seguiu-a pela sala de jantar enquanto os saltos prateados de seus sapatos faziam barulho pelo piso da cozinha.

Sebastian desceu a escada e abriu a porta de trás para ela. Desviou o olhar dos olhos azuis para os cabelos pretos lisos dela. Na infância, seu cabelo sempre parecia difícil. Agora mulher, tinha uma aparência sedosa, como um tecido que precisasse ser remexido.

— Você está diferente — disse ele.

A manga de seu terninho roçou a parte da frente da camiseta dele quando ela passou.

— Eu não estava em meu melhor momento na noite de sábado.

Ele riu e fechou a porta quando passaram.

— Quis dizer que você está diferente de quando era criança. Você usava óculos de lentes grossas.

— Oh... Eu fiz cirurgia a laser há cerca de oito anos.

Ela olhou para os pés quando passaram por baixo de um grande e velho carvalho em direção à garagem. Uma brisa remexeu as folhas acima de sua cabeça, e as sombras brincaram em seus cabelos e na lateral de seu rosto.

— Até que parte da conversa com minha mãe você ouviu? — perguntou ela ao sair do gramado e pegar o caminho de pedregulhos.

— O suficiente para ver que sua mãe não aceitou muito bem as notícias sobre Lonny.

— Na verdade, Lonny é o cara perfeito para minha mãe. — Pararam atrás do Lexus dela. — Alguém para cuidar das flores, que não vai perturbá-la no quarto.

— Mais parece um empregado. — Como meu pai, ele pensou. Ela colocou uma mão no carro e olhou para os fundos da casa.

— Tenho certeza de que você já sabe por que pedi para me acompanhar até aqui. Precisamos conversar sobre o que aconteceu naquela noite. — Ela balançou a cabeça e abriu a boca para dizer mais, mas não saiu nada. Levantou a mão da traseira do Lexus e voltou a baixá-la. — Não sei bem por onde começar.

Ele podia ajudá-la. Podia esclarecer as coisas depressa e dizer que não haviam dormido juntos, mas não era sua missão tornar a vida dela mais fácil. Uma coisa que ele havia aprendido em seus anos como jornalista era que devia apenas se sentar e ouvir. Recostou-se no carro, cruzou os braços sobre o peito e esperou.

Vários feixes de luz do sol iluminaram as mechas claras dos cabelos castanhos dela, e ele só percebeu porque era treinado para notar pequenos detalhes. Era seu trabalho.

— Acredito que nos encontramos no bar do Double Tree — ela começou de novo.

— Isso mesmo. Você estava bebendo Jägermeister com um cara de regata e boné virado para trás.

O que era verdade. Então, ele infringiu sua regra de só sentar e ouvir e acrescentou uma mentirinha para tornar a coisa mais divertida.

— Ele usava uma argola no nariz e não tinha alguns dentes.

— Ai, meu Deus. — Ela cerrou o punho. — Não sei se quero todos os detalhes. Sei lá, acho que devia... até certo ponto, pelo menos. Mas é que...

Ela parou e engoliu seco. Sebastian observou seus lábios, seu pescoço, o primeiro botão de sua blusa. Clare era uma pessoa contida, mas havia outro lado dela, que ele não havia visto naquela noite. Um lado que não prendia os cabelos para trás e que não usava colar de pérolas antes do meio-dia. Tentou imaginar se ela usava o corpete cor-de-rosa por baixo do terninho. Estava escuro no quarto do hotel, e ele não teve a oportunidade de ver direito a peça antes de ela tirá-la.

— Não costumo ser o tipo de mulher que bebe até cair ou convida caras para ir a seu quarto de hotel. Você provavelmente não vai acreditar nisso, e eu entendo. Eu... tive um dia bem ruim, você já sabe — disse ela.

Enquanto Sebastian escutava, deixou a mente vagar e ficou tentando imaginar se ela usava calcinha por baixo do terninho virginal. Como aquela que estava usando naquela noite. Aquela calcinha era maravilhosa, adoraria vê-la de novo. Não que gostasse muito de Clare. Não gostava, mas nem toda mulher conseguia usar uma calcinha fio dental e ficar bonita. Ele havia viajado pelo mundo e visto várias mulheres de calcinha. A mulher precisava ter o traseiro firme e cheio para vestir bem uma tanguinha.

— ... preservativo.

Opa.

— O quê? — Ele voltou a olhar para o rosto dela. Estava rosado, ficando vermelho. — Como é?

— Preciso saber se você usou preservativo aquela noite. Não sei se você estava tão bêbado quanto eu, mas gostaria que você lembrasse. Sei que era minha responsabilidade... assim como sua, claro. Mas, como eu não estava planejando... bem... eu não tinha nenhum preservativo. Então, espero que você tenha usado preservativo e que... bem, você tenha sido responsável por isso. Porque, hoje em dia, sexo sem proteção traz muitas consequências sérias.

Ela o havia acusado de se aproveitar dela em um momento de embriaguez; fingido que ele não existia; e agora, parecia estar se preparando para acusá-lo de lhe passar algo realmente desagradável.

— Tenho uma consulta com meu médico no fim da semana, e se não usamos preservativo, acho que seria interessante que você também fizesse exames. Eu pensei que estava em um relacionamento sério, mas... sabe como é, temos que tomar cuidado não só com a pessoa com quem estamos dormindo, mas também com todas as pessoas com quem ela esteve. — Ela deu uma risadinha nervosa e piscou algumas vezes, como se estivesse tentando controlar as lágrimas. — Então...

Sebastian olhou para ela ali, com as sombras brincando em seus cabelos e tocando os cantos de seus lábios. Lembrou-se da menininha de óculos enormes que o perturbava na infância, e assim como havia feito tantos anos antes, começou a sentir um pouco de pena dela.

Droga.

Cinco

— Não transamos.

— Como é? — Os olhos de Clare arderam enquanto ela se recusava a derramar as lágrimas. Estava assustada e envergonhada, mas não choraria em público, principalmente na frente de Sebastian. Ela era mais forte que aquilo. — O que você disse?

— Não transamos. — Ele deu de ombros. — Você estava bêbada demais.

Clare observou Sebastian por vários segundos, sem acreditar no que ouvia.

— Não? Mas você disse que transamos.

— Não. Você acordou nua e pensou que houvéssemos transado. Só deixei você acreditar nisso.

— O quê? — Eles não haviam transado e ela passou pela agonia dos últimos momentos, por nada? — Você fez mais que me deixar acreditar. Disse que fizemos muito barulho e que você teve medo de que alguém chamasse a segurança.

— Bem, talvez eu tenha enfeitado um pouco.

— Um pouco? — O ardor no fundo de seus olhos se transformou em raiva. — Você disse que eu estava insaciável!

— Bem, você merece. — Ele apontou para a cerveja Molson estampada em sua camiseta e teve a audácia de se fazer de ofendido. — Nunca tirei vantagem de uma mulher embriagada. Nem quando tira a roupa na minha frente, sobe na cama e dorme de conchinha comigo a noite toda.

— Conchinha? Conchinha?

Será que havia feito isso? Não sabia. Como poderia saber? Ele provavelmente estava mentindo. Havia mentido sobre o sexo. Respirou para se acalmar e tentou se lembrar de que não gritava em público. Não gritava nem esculachava idiotas. Seja boazinha, a voz em sua mente a alertava. Não se rebaixe ao nível dele. Ela havia sido criada para ser uma boa menina, e veja só o que havia acontecido. As boazinhas não chegavam a lugar nenhum. Só ficavam engasgadas com tudo que não diziam porque eram boazinhas demais. Engoliam sapos, temiam que um dia acabassem explodindo e que o mundo visse que elas não tinham nada de boazinhas.

— Não acredito em você.

— Você ficou me tentando.

— Você só pode estar alucinando. — Ele a estava perturbando como sempre, desde crianças, mas ela não ia se entregar às criancices dele. — Não tenho que acreditar nessa sua imaginação fértil.

— Você queria sexo selvagem, mas não achei certo me aproveitar de uma beberrona.

Ela sentiu a cabeça pesar.

— Não sou uma beberrona.

Ele deu de ombros.

— Você estava bêbada, mas não lhe dei aquilo que você estava implorando.

Sua cabeça pesou ainda mais.

— Você é um mentiroso idiota — disse ela, e não se preocupou se sua reação era imatura, ou sinal de uma mente ignorante, ou se havia mordido sua isca.

Era bom poder descontar sua raiva nele. Ele merecia. Ou melhor, foi bom até ele dar aquele sorriso maquiavélico. Aquele que ela reconhecia. Aquele que chegava a seus olhos verdes e tiravam sua satisfação.

Ele deu alguns passos para frente até se aproximar bastante do terninho dela.

— Você estava pressionada contra meu corpo com tanta intensidade, que o botão da minha braguilha deixou uma marca no seu traseiro nu.

— Cresça e apareça. — Ela jogou a cabeça para trás e olhou para o queixo barbeado dele, para seus lábios e olhos. — Por que eu acreditaria em você? Você já admitiu que mentiu. Não transamos, e... — Ela parou e respirou fundo. — Graças a Deus. — Sentiu como se um peso enorme houvesse sido retirado de seu coração de repente. — Graças a Deus eu não dormi com você — disse ela com um suspiro de alívio.

Balançou a cabeça e começou a rir como uma maluca. Não era uma bêbada promíscua, afinal. Não havia voltado a adotar sua postura autodestrutiva.

— Você não imagina que alívio é saber que não fiz sexo selvagem, intenso e quente com você. — Ela levou a mão à testa. Finalmente, boas notícias depois de uma semana no inferno. — Ufa!

Ele cruzou os braços e olhou para ela. Uma mecha de cabelos loiros caiu em sua testa bronzeada.

— Você é toda certinha, duvido que já tenha feito sexo selvagem, intenso e quente. Não deve saber o que é isso.

Ela podia sentir a indignação dele movida a testosterona. Ele tinha razão, ela nunca havia feito sexo selvagem, intenso e quente. Mas podia imaginar.

— Sebastian, eu escrevo romances para mulheres, é assim que ganho a vida.

Ela enfiou a mão no bolso do terninho.

— É mesmo?

Ela pegou suas chaves. De jeito nenhum permitiria que ele soubesse que tinha razão no que dissera.

— De onde você acha que tiro todas as minhas ideias sobre sexo selvagem, intenso e quente que coloco em meus livros? — Era uma das perguntas mais frequentes feitas a escritores desse tipo de romances, e uma das mais absurdas. Chamava-se ficção romântica por um motivo, mas se ela ganhasse um dólar a cada vez que lhe perguntavam de onde tirava as ideias para as cenas de amor que escrevia, poderia aumentar sua renda consideravelmente. — É tudo cuidadosamente pesquisado. Você é jornalista. Sabe como é a pesquisa, não sabe?

Sebastian não respondeu, mas seu sorriso ficou mais murcho.

Clare abriu a porta de seu carro e Sebastian foi forçado a dar um passo para trás.

— Você não acha que eu simplesmente invento tudo, não é?

Ela sorriu e entrou no carro. Não esperou uma resposta quando ligou o Lexus e fechou a porta. Quando se afastou, olhou pelo retrovisor para Sebastian, que estava em pé exatamente onde ela o havia deixado, atônito.

Ele nunca havia lido um romance para mulheres, porque os considerava bobinhos. Coisa de menina. Sebastian enfiou os dedos nos bolsos da frente da calça *jeans* e observou a luz da lanterna. Quanto de sexo ela incluía nos livros que escrevia? E será que era quente mesmo?

A porta de trás da casa se fechou e chamou a atenção dele para o pai, que se aproximava. Seria por isso que a sra. Wingate não gostava de falar sobre o que Clare fazia da vida? Seria um texto pornô e, mais importante, será que Clare realmente fazia pesquisas de coisas assim?

— Clare foi embora — disse o pai ao se aproximar. — Que menina doce!

Sebastian olhou para o pai e tentou imaginar se ele estava falando sobre a mesma Clare que havia acabado de chamá-lo de mentiroso idiota. Ou a Clare que ficara tão aliviada por não ter transado com ele que parecia um condenado à cadeira elétrica que de repente encontrara a Deus. Como se só pudesse cair de joelhos e louvar Jesus.

— Sei que Joyce colocou você em uma situação difícil. — Leo se colocou na frente de Sebastian e pôs o chapéu na cabeça. — Sei que você não planejava ficar até o fim de semana. — Olhou para o outro lado do quintal e disse: — Não se sinta obrigado a ficar. Sei que você tem coisas importantes a fazer.

E ele não sentia vontade de fazer nenhuma delas.

— Posso ficar até o fim de semana, pai.

— Ótimo — Leo assentiu. — Muito bom.

Os esquilos faziam barulho nos galhos altos das árvores, e Sebastian perguntou:

— Quais são seus planos para hoje?

— Bem, depois que trocar de roupa, eu estava pensando em ir à revenda de Lincolns.

— Precisa de um carro novo?

— Sim, o Lincoln acabou de completar oitenta.

— Você tem um Lincoln de oitenta anos?

— Não — Leo balançou a cabeça. — Não. O hodômetro acabou de marcar 80 mil quilômetros. Troco de carro a cada 80 mil quilômetros.

É mesmo? Seu Land Cruiser tinha mais de 110 mil quilômetros, mas ele não conseguia pensar em se desfazer dele. Na verdade, não era tão materialista assim. Exceto com relógios. Adorava um bom relógio cheio de recursos.

— Quer companhia? — ouviu a si mesmo perguntar.

Passar um tempo com seu pai longe de casa podia ser o que os dois necessitavam. Talvez fazer um pouco de vínculo de pai--filho com carros. Ele poderia ajudar o pai. Seria bom.

Os esquilos continuaram a preencher o silêncio com seus ruídos. E então, Leo respondeu:

— Claro, se tiver tempo. Ouvi seu telefone tocando mais cedo e pensei que você estivesse ocupado.

O telefonema havia sido a respeito de uma matéria de revista que ele e o editor haviam discutido vários meses antes. Não, ele não tinha muita certeza de que queria pegar um avião e ir para Rajwara, Índia, e cobrir uma epidemia de leishmaniose. Os métodos convencionais de tratamento naquela parte do mundo haviam alimentado os parasitas resistentes às drogas e não mais funcionavam. A estimativa de mortes no mundo todo ultrapassava os 200 mil.

Ao conversar com o editor sobre a matéria, o assunto parecera importante, interessante. Continuava sendo importante, vital, mas agora, ele já não estava mais tão ansioso para ver os rostos tristes sem esperança, nem saber do sofrimento casebre após casebre caminhando pelas ruas de terra. Estava perdendo a vontade de contar a história, e sabia disso.

— Não tenho nada a fazer por algumas horas.

Os dois caminharam em direção à casa. Ele sentiu seu desejo forte pelo trabalho esfriar um pouco, o que o assustava muito. Se não era um jornalista à procura de matérias para criar manchetes, quem diabos era?

— Onde mais você quer ir, além da loja de carros?

— Nenhum lugar. Sempre gostei de Lincolns.

Sebastian pensou em sua infância e lembrou-se do carro que o pai dirigia.

— Você tinha um Versailles. Dois tons de marrom com bancos de couro bege.

— Castanho-claro. — Leo o corrigiu enquanto passavam por uma fonte de mármore com um querubim espiando dentro de uma concha. — O couro era castanho-claro naquele ano. A tinta de dois tons era castanho-claro e cáqui.

Sebastian riu. Quem poderia imaginar que seu pai era o Conhecedor dos Lincolns? Seu BlackBerry, preso ao cinto, tocou, e ele ficou do lado de fora para atender enquanto seu pai entrava na casa para se trocar. Um produtor do History Channel queria saber se ele estava disposto a ser entrevistado para um documentário que eles estavam fazendo sobre a história do Afeganistão.

Sebastian não se considerava um especialista em história afegã. Era mais observador, mas concordou em fazer a entrevista, que foi marcada para o mês seguinte.

Meia hora depois, o telefonema terminou, ele e o pai estavam a caminho da loja Lithia Lincoln Mercury para ver os Town Cars. Leo estava de terno azul-marinho e uma gravata com um demônio da Tasmânia estampado, e os cabelos grisalhos penteados para trás.

— E esse terno? — perguntou Sebastian enquanto eles subiam a Fairview passando pelo Rocky's Drive Inn. Enquanto passavam, uma garçonete de saia patinava por uma fileira de carro com uma bandeja acima da cabeça.

— Os vendedores respeitam caras de terno e gravata.

Sebastian voltou sua atenção ao pai:

— Não com uma gravata do Looney Toons.

Leo olhou para ele e depois para a estrada.

— Qual é o problema com a minha gravata?

— Tem um personagem de desenho animado — explicou.

— E daí? É uma ótima gravata. Muitas pessoas usam gravatas assim.

— Não deviam.

Sebastian resmungou e olhou pela janela do carro, no lado do passageiro. Só por que não gostava de fazer compras não significava que não sabia se vestir.

Dirigiram por mais alguns minutos em silêncio enquanto Sebastian observava as casas na rua movimentada. Nada parecia familiar.

— Eu já estive aqui? — perguntou ele.

— Claro. — Leo respondeu enquanto passavam por uma mulher que passeava com um cachorrão preto e um beagle.

— Foi onde estudei — disse, e apontou para uma velha escola de ensino fundamental com um sino em cima.

— E lembra quando levei você e Clare ao cinema *drive-in*?

— Ah, sim. — Eles tinham pipoca e Fanta laranja. — Vimos *Superman II*.

Leo passou para a pista do meio.

— Foi desmontado, e é lá agora que eles vendem os Lincolns.

Ele entrou na Lithia Motors e passaram lentamente por fileiras de carros brilhantes destinados para causar cobiça nos menos materialistas. Perto do meio do local estacionaram, e logo foram abordados por J. T. Wilson, que usava uma camisa polo com uma insígnia da loja acima do bolso esquerdo.

— Qual carro da Town Cars você quer ver? — perguntou J. T. quando os três atravessaram o estacionamento. — Temos três modelos Signature Town Car.

— Ainda não me decidi. Gostaria de fazer um *test-drive* com alguns e comparar — respondeu Leo.

Sebastian não conseguia entender como alguém podia se entusiasmar com um Town Car, mas quando passaram por duas fileiras de SUVs, ele parou como se seus pés houvessem ficado presos no asfalto.

— Por que não fazer o *test-drive* com o Navigator? — Olhou o interior felpudo do carro e passou a mão pela tinta

preta brilhosa. Viu a si mesmo dentro daquele carro e imaginou-
-se descendo a rua e mexendo no rádio.

— Eu gosto do Town Car.

— Você podia acrescentar uns detalhes cromados — Sebastian
persistiu, sentindo um desejo inesperado de comprar um carro.

Talvez ele fosse mais parecido com Leo do que pensava.

— Talvez até colocar umas grelhas.

— Eu me sentiria ridículo. Como aquele Puff Daddy.

— P. Diddy.

— Como?

— Não importa. Dá para arrastar bem com um Navigator?
Leo balançou a cabeça e continuou andando.

— Não quero arrastar nada.

— A maioria dos Navigators tem um pacote de reboque com
gancho para equipamentos pesados — J.T. informou.

Sebastian não se preocupou em esclarecer que queria dizer
andar a alta velocidade, e não "arrastar" mesmo alguma coisa.
Relutantemente, foram em frente e, juntos, Sebastian e Leo es-
colheram um Town Car dourado para um *test-drive*.

— Por que você troca de carro com 80 mil quilômetros? —
perguntou ele enquanto saíam da loja.

— Por causa da desvalorização e do valor de troca — respondeu Leo. — E eu gosto de carros novos.

Sebastian não sabia nada sobre desvalorização e não se importava com a quilometragem de seu carro.

— Essa coisa com certeza é suave — disse ele.

— E dá pra arrastar bem também.

Sebastian olhou para o pai e trocaram um sorriso. Por fim,
concordavam em algo. A importância de voar baixo.

Os dois passaram a próxima meia hora percorrendo as ruas
e aproveitando os momentos de silêncio confortável pontuados
pela conversa fácil. Conversaram sobre as mudanças que havia
notado em Boise, apesar de saber que, da última vez, ele era

jovem. A população havia crescido e trazido muito crescimento, mas uma coisa que permanecia exatamente como ele se lembrava era o prédio do governo do Estado, de arenito, parecido com o edifício do Capitólio, em Washington, D.C.

Na infância, seu pai o levara para conhecê-lo, e ele conseguia se lembrar do interior de mármore e de ter visto um canhão em algum lugar ali dentro. Mais que tudo, ele se lembrava da paisagem à noite. Toda acesa, com a águia dourada brilhando no topo do domo, mais de sessenta metros acima.

Quando voltaram à loja, a hora de brincar já havia acabado e Leo falou de negócios.

— Não sei. — Ele balançou a cabeça. — Você vai ter que baixar um pouco.

— Já fiz minha melhor proposta.

— Ele já tem uma proposta — disse Sebastian, em um esforço para ajudar o velho —, certo?

Leo virou a cabeça e olhou para ele. Dez minutos depois, saíram do estacionamento dentro do velho Town Car, de volta para casa.

— Você nunca diz a um vendedor que tem uma proposta, a menos que ele pergunte. Eu o estava levando para onde queria. — disse Leo ao saírem da loja. — Você pode achar que sabe um pouco que gravata usar, mas não sabe nada sobre comprar um carro. — Ele balançou a cabeça. — Agora, vou ter que cancelar a negociação. Nunca conseguirei um acordo bom aqui.

O vínculo entre pai e filho já era.

Depois do jantar daquela noite, Leo trabalhou no jardim, e foi para a cama depois do noticiário das 22 horas.

Sebastian pediu desculpas por ter estragado o negócio, e Leo sorriu e deu-lhe um tapinha no ombro antes de ir para a cama.

— Desculpe por ter me alterado um pouco. Acho que não estamos acostumados um com o outro. Ainda vai levar um tempo.

Sebastian ficou imaginando se conseguiriam se "acostumar um com o outro". Ele tinha suas dúvidas. Os dois estavam patinando, tentando entrar num acordo. Mas não devia ser tão difícil.

Sozinho na cozinha, foi até a geladeira e pegou uma cerveja. Sua vida estava em seu apartamento na Mercer Place, em Seattle. E ele tinha um monte de coisas à sua espera ali — tinha seus problemas para cuidar, e precisava encaixotar as coisas da mãe em Tacoma. Ela havia morado naquela casa por quase vinte anos, e colocá-la à venda seria muito complicado.

Sua mãe já havia se casado e se separado três vezes quando ele tinha dez anos. Todas as vezes ela se sentira satisfeita com a promessa do felizes para sempre. Todas as vezes teve certeza de que o casamento duraria para sempre. Mas cada marido havia durado menos de um ano. Os namorados de sua vida não haviam permanecido tanto tempo. E sempre que mais um relacionamento dava errado, ela colocava Sebastian na cama e chorava até pegar no sono, enquanto ele ainda estava acordado, ouvindo os soluços da mãe através das finas paredes. As lágrimas dela faziam que ele chorasse também. Faziam seu peito doer e o faziam se sentir inútil e temeroso.

Em seu segundo ano no ensino médio, Sebastian e sua mãe já haviam se mudado meia dúzia de vezes. Sua mãe era "consultora de beleza", ou seja, cortava cabelos e fazia penteados. Isso fazia que ela tivesse facilidade para encontrar um emprego onde quer que fosse, sempre na esperança de "começar de novo". Isso representava também um novo bairro, e Sebastian tinha que fazer novos amigos outra vez.

No verão em que ele fez dezesseis anos, foram parar em uma casa pequena em North Tacoma. Por algum motivo — talvez sua mãe estivesse cansada de mudar de casa —, ela havia decidido permanecer naquela casa pequena na Eleventh Street. Devia ter se cansado dos homens também. Já havia parado de namorar, e

SEM CLIMA *PARA O*
Amor

em vez de aplicar tanta energia em relacionamentos, passava seu tempo transformando a sala da frente da casa no Carol's Clip Joint — dando-lhe seu próprio nome — e decorando-o com duas cadeiras, lavatórios e secadores. Sua melhor amiga, Myrna, sempre havia trabalhado lado a lado com Carol, cortando cabelo, fazendo permanentes e contando fofocas.

No Carol's Clip Joint, cachos fechados e fixadores nunca saíam de moda, e enchiam a casa com cheiros de xampu, álcool e água oxigenada. Menos aos domingos. O salão fechava aos domingos e Carol sempre preparava um bom café da manhã. Durante algumas horas, panquecas com geleia substituíam o cheiro de solução para permanente, tintura e *spray* para cabelos.

Naquele mesmo ano, Sebastian arranjou um emprego de lavador de pratos em um restaurante da região, e depois de um curto período no cargo, foi promovido a gerente noturno. Comprou uma picape Datsun 1975, laranja desbotado, com uma amassado na parte de trás. Naquele emprego, aprendeu o valor do trabalho árduo e como conseguir o que queria. Também conquistou sua primeira namorada de verdade naquele ano. Monica Diaz era dois anos mais velha que ele. Dois anos muito sábios. E com ela aprendeu a diferença entre sexo bom, sexo ótimo e sexo de arrasar.

Sebastian pegou uma cerveja e saiu da cozinha, e seus passos eram o único som dentro da casa silenciosa. No segundo ano do ensino médio, havia se matriculado em jornalismo porque havia feito a inscrição atrasado e todos os outros cursos eletivos estavam lotados. Passou os três meses seguintes escrevendo sobre o cenário musical para o jornal da escola. No último ano, passou a ser o editor do jornal, mas rapidamente aprendeu que delegar matérias e editar não era tão divertido. Preferia o lado de criação do jornalismo.

Levou a cerveja aos lábios e pegou o controle remoto da televisão que estava em uma mesa ao lado da poltrona de seu pai. Com o polegar, passava de um canal a outro. Repentinamente, sentiu seu peito se apertar e jogou o controle remoto sobre a mesa. Como conseguiria colocar a vida da mãe dentro de caixas de papelão?

Se fosse sincero consigo mesmo, pensar em limpar aquela casa era um dos motivos pelos quais estava em Boise — uma das coisas que o mantinha acordado à noite.

Foi até uma estante embutida ao lado da lareira e pegou o primeiro álbum na fileira. Abriu-o. Recortes de matérias de jornais e revistas caíram no chão e cobriram seus pés. Uma foto de Leo estava ali, na primeira página. Leo segurava um bebê que usava uma fralda de pano. A foto estava desbotada e tinha uma marca de dobra no meio, e Sebastian imaginou que havia sido feita por sua mãe. Calculou que ele devia ter cerca de seis meses na época, o que significava que os três estavam morando em Homedale, uma pequena cidade a leste de Boise, e seu pai trabalhava em uma leiteria.

Como qualquer filho de pais divorciados, Sebastian se lembrava de ter perguntado à mãe por que não moravam com o pai.

— Porque seu pai é preguiçoso — respondera ela.

Na época, ele não havia compreendido o que a preguiça tinha a ver com o fato de eles não viverem juntos como uma família. Mais tarde, saberia que seu pai não era preguiçoso, que simplesmente não tinha ambição, e que uma gravidez inesperada havia unido duas pessoas totalmente diferentes. Duas pessoas que nunca deveriam nem ter se cumprimentado, muito menos feito um filho.

Folheou o restante do álbum cheio de fotos diferentes. Uma delas era dele segurando um peixe tão grande quanto ele próprio na época. Estava com o peito estufado e um sorriso no rosto, revelando a falta de dentes na frente.

Apoiou um dos joelhos no chão e pegou os recortes. Sua mão parou quando os reconheceu como algumas de suas matérias antigas. Havia a matéria que havia feito sobre a morte de Carlos Castañeda, e artigos da *Times* sobre a válvula cardíaca de Jarvis e o assassinato de James Bird. Ver todos aqueles artigos foi um choque. Ele não sabia que o velho acompanhava sua carreira. Colocou as matérias dentro do álbum de novo e se levantou.

Ao deslizar o álbum em seu lugar, dois suportes metálicos para livros sobre o console chamaram sua atenção. Entre os patos dourados e brilhantes havia uma coleção de oito livros de Alicia Grey. Ele pegou os dois primeiros livros da fileira e os tirou dali. O primeiro tinha uma capa roxa e mostrava um homem e uma mulher com roupas de época. O vestido vermelho da mulher estava puxado para baixo nos ombros e seus seios estavam prestes a saltar para fora. O homem estava sem camisa e usava calça preta justa e botas. Com letras douradas em alto relevo, o título do livro era *O abraço do pirata do diabo*. O segundo livro, *A prisioneira do pirata*, mostrava um homem em pé no convés de um barco com o vento ondulando sua camisa branca. Ele não empunhava uma espada, não tinha perna de pau nem tapa-olho. Só uma bandeira de pirata e uma mulher de costas para ele. Sebastian substituiu um dos livros e abriu o outro. Riu ao passar as folhas até o fim. Clare olhava para ele de uma foto de divulgação em preto e branco.

"Esta noite está cheia de surpresas" disse ao ler a biografia.

Alicia Gray é formada na Boise State University e Bennington, começava, e então seguia com uma relação de suas conquistas, incluindo algo chamado prêmio RITA (c), da Romance Writers of America. *Alicia adora jardinagem e espera a chegada de seu príncipe encantado.*

"Boa sorte", disse Sebastian. Um cara precisaria estar desesperado para tentar alguma coisa com Clare. Apesar da opinião que seu pai tinha a respeito dela, Clare Wingate era osso duro de roer, e esperto era o cara que se mantivesse longe dela.

"De onde você acha que tiro todas as minhas ideias a respeito do sexo selvagem, intenso e quente que coloco em meus livros?", perguntara ela quando decidira não o ignorar. "É tudo cuidadosamente pesquisado." Um osso duro de roer com todas as curvas nos lugares certos, e uma boca que fazia um homem pensar em sexo oral. E Sebastian achava tudo isso uma pena e um grande desperdício.

Folheou o livro até chegar à primeira página e foi até a poltrona de couro do pai. Acendeu a luminária e leu ao se sentar.

— *Por que o senhor está aqui?*
— *Você sabe por que estou aqui, Julia. Beije-me* — *exigiu o pirata.* — *Beije-me e permita-me sentir a doçura de seus lábios.*

"Jesus!", exclamou Sebastian, e voltou ao capítulo um. Aquilo faria com que ele caísse logo no sono.

Seis

Clare levantou a mão e bateu à porta vermelha da casa. Pelas lentes escuras de seus óculos olhou para seu relógio dourado. Já passava um pouco das duas da tarde, e o sol implacável esquentava seus ombros nus enquanto permanecia em pé no terraço. A temperatura era de cerca de trinta e cinco graus, mas provavelmente chegaria aos quarenta.

Mais cedo, ela havia escrito cinco páginas, caminhado por meia hora na esteira de seu quarto extra e feito uma lista de nomes para a festa de Leo. Nos últimos dias, havia se saturado com planejamentos, o que a mantivera ocupada demais para pensar na vida. Sentia-se grata por isso, mas nunca o admitiria à sua mãe. Depois de repassar os nomes com Leo, teria que ir buscar suas roupas na lavanderia e comprar decorações para a festa. Depois, prepararia o jantar e guardaria as roupas, o que ela imaginava que a manteria ocupada até seis ou sete da noite. Depois, talvez pudesse escrever um pouco mais. Sempre que pensava em Lonny sentia uma pontada no coração. Talvez, se ela se mantivesse bastante ocupada nos próximos meses, seu coração partido cicatrizasse e uma parte da dor sumisse.

Continuava esperando por uma epifania. Uma luz que iluminasse sua vida e mostrasse por que havia perdido Lonny. Um momento de clareza que explicasse por que ela não havia visto a verdade de seu relacionamento com ele.

Clare ajustou a bolsa pequena em seu ombro. Ainda não havia acontecido.

A porta se abriu. A luz entrou e iluminou a casa.

— Minha santa mãe de Deus — disse Sebastian ao erguer um dos braços para proteger os olhos do sol.

— Não tema.

Por baixo do braço nu, ele semicerrou os olhos vermelhos para ela, como se não a reconhecesse. Usava a mesma calça *jeans* e camiseta Molson que vestira um dia antes. Estava todo amarrotado e seus cabelos arrepiados.

— Clare? — perguntou ele por fim com a voz rouca de sono, como se houvesse acabado de sair da cama.

— Bingo.

Uma barba castanho-claro marcava seu rosto, e a sombra feita pelo braço cobria seus lábios.

— Acordei você? — perguntou Clare.

— Já acordei há um tempinho.

— Foi dormir tarde?

— Sim. — Ele passou as mãos no rosto. — Que horas são?

— Quase 14h15. Você não trocou de roupa para dormir?

— Não seria a primeira vez.

— Estava na gandaia de novo?

— Gandaia? — Ele abaixou as mãos. — Não. Eu passei a noite acordado, lendo.

Ela quase disse a ele que ver livros de imagens não era exatamente ler, mas estava determinada a ser boazinha, a qualquer custo. Chamá-lo de idiota no dia anterior havia sido bom. Durante um tempo. Mas quando entrara na garagem, a alegria havia desaparecido e ela se sentira indigna e envergonhada. O bom — o feminino — seria pedir desculpas. Mas preferiria morrer.

— O livro devia ser bom.

— Estava interessante — ele esboçou um sorriso.

Ela não perguntou o tipo de livro que ele havia lido. Não se importava.

— Seu pai está por aqui?

— Não sei.

Sebastian deu um passo para o lado e ela passou por ele para entrar na casa. Cheirava a roupa de cama e pele quente, e era um cara grande, parecia tomar o espaço a seu redor. Ou talvez fosse só impressão, porque ela estava acostumada com Lonny, que era apenas um pouco mais alto que ela e bem magro.

— Procurei-o na casa da minha mãe e ele não está lá.

Ela empurrou os óculos para o topo da cabeça e olhou para Sebastian quando ele fechou a porta. Ele se recostou na porta, cruzou os braços e olhou para os pés dela. Lentamente, ergueu o olhar dos dedos às sandálias vermelhas e subiu por seu vestido sem mangas estampado de cerejas muito vermelhas. Sua atenção se deteve em seus lábios antes de seguir a seus olhos. Inclinou a cabeça para um lado, observando-a enquanto tentava pensar em alguma coisa.

— O que foi? — perguntou ela.

— Nada. — Ele se afastou da porta e se aproximou dela na cozinha. Estava descalço. — Acabei de fazer café. Quer um pouco?

— Não. Às duas da tarde, costumo beber Coca-Cola *diet*.

Ela o acompanhou de perto, observando os ombros largos. Os braços de sua camiseta envolviam seus bíceps grandes, e as pontas de seus cabelos loiros chegavam à gola da camiseta, na base de seu pescoço. Não havia nenhuma dúvida, Sebastian era um homem de verdade. Enquanto Lonny era todo cuidadoso com suas roupas, Sebastian dormia com elas.

— Meu pai não bebe Coca-Cola *diet*.

— Eu sei. Ele bebe Royal Crown Cola, e eu detesto isso.

Sebastian olhou para ela e deu a volta na velha mesa de madeira sobre a qual havia muitos cadernos, blocos de anotações e fichas. Havia um *notebook* aberto, e um pequeno gravador, além de três fitas cassete ao lado de um BlackBerry.

— Ele é a única pessoa que conheço que ainda bebe RC — disse ele ao abrir o armário e pegar uma caneca na prateleira de cima.

A barra de sua camiseta ficou acima da cintura de sua calça *jeans*, que estava baixa em seu quadril. A faixa elástica de sua cueca contrastava com a pele morena da parte inferior de suas costas.

Ela se lembrou do traseiro nu dele e olhou para sua nuca, para os cabelos despenteados. Naquela manhã, no Double Tree, ele não estava usando cueca.

— Ele é um consumidor muito leal — disse ela.

A lembrança daquela manhã fez que ela sentisse vontade de se enterrar no chão para se esconder. Não havia transado com ele. Apesar de isso ser um grande alívio, tentou imaginar o que haviam feito de fato, e como ela havia terminado praticamente nua. Se ela acreditasse que ele lhe daria uma resposta direta, pediria que preenchesse as lacunas.

— Está mais para teimoso — Sebastian a corrigiu virando-se de costas. — Muito obstinado em seu jeito de ser.

Mas ela não acreditava que ele diria a verdade sem enfeitá-la para se divertir. Sebastian não era o tipo de pessoa em quem confiar, mas isso não era grande novidade.

— Faz parte do charme dele.

A poucos metros dele, ela se recostou na mesa.

Sebastian pegou a garrafa com uma das mãos e despejou o café na xícara que segurava na outra.

— Tem certeza de que não quer um pouco?

— Sim.

SEM CLIMA PARA O
Amor

Com as duas mãos, ela segurou com força a tampa da mesa à altura de seu quadril, e mais uma vez, propositadamente, permitiu que seu olhar descesse pelas costas da camiseta amassada e as pernas compridas da calça *jeans* dele. Não pôde deixar de compará-lo a Lonny mas imaginou que fosse algo natural. Além do fato de serem homens, os dois não tinham nada em comum. Sebastian era mais alto, maior, e exalava testosterona. Lonny era mais baixo, mais magro e mais sensível. Talvez esse fosse o charme de Lonny; não era ameaçador. Clare esperou que os sinos badalassem em sua mente, mas isso não aconteceu. Sebastian colocou a garrafa sobre a mesa e Clare olhou para o gravador em sua mão direita.

—Vai escrever um artigo? — perguntou ela.

Ele não respondeu, e ela olhou para frente.

A luz do sol entrava pela janela da cozinha, se irradiando por seu ombro e pela lateral do rosto de Sebastian. Olhou para sua barba por fazer e se prendeu nos cílios. Ele levou a xícara aos lábios e observou-a enquanto soprava o café.

— Escrever? Não exatamente. Estou mais digitando e deletando o mesmo parágrafo inicial.

— Está empacado?

— Mais ou menos. — Deu um gole no café.

— Quando empaco, geralmente é por estar tentando começar um livro no lugar errado ou escrevendo do ângulo errado. Quanto mais tento forçar, mais empacada fico.

Ele abaixou a xícara, e ela esperou que ele debochasse do fato de ela escrever romances para mulheres. Segurou a mesa com mais força enquanto se firmava e esperava que ele dissesse que seus textos eram importantes, que os livros dela não passavam de fantasias para donas de casa entediadas. Afinal, sua própria mãe fazia pouco caso de seu trabalho. Não podia esperar que Sebastian Vaughan fosse diferente.

Mas, em vez de resmungar, ele olhou para ela como havia feito antes. Como se estivesse tentando entender alguma coisa.

— Talvez, mas não fico "empacado". Pelo menos, nunca fiquei, e nunca por tanto tempo.

Clare esperou que ele continuasse. Estava esperando que emendasse com um papo de literatura e dissesse algo ofensivo. Ela vinha defendendo a si mesma, seu gênero e seus leitores havia muito tempo, podia encarar o que ele dissesse. Mas ele simplesmente bebeu seu café, e ela inclinou a cabeça para o lado e olhou-o como se não o conseguisse compreender.

Foi a vez dele de perguntar:

— O que foi?

— Acho que mencionei ontem que escrevo romances para mulheres — foi compelida a dizer.

Ele ergueu uma sobrancelha ao levantar a xícara.

— Sim, você disse, e também disse que faz toda sua pesquisa sexual.

Isso mesmo. Droga. Ele a havia deixado irritada, e ela dissera coisas das quais se arrependia. Coisas que agora voltavam para assombrá-la. Coisas ditas com raiva que ela havia aprendido, muito tempo antes, a manter atrás da fachada de felicidade.

— E você não tem nada de ruim a dizer?

Ele balançou a cabeça.

— Nenhuma pergunta engraçadinha?

Ele sorriu.

— Só uma.

Ele se virou e colocou a xícara sobre o balcão, ao lado de seu quadril.

Ela ergueu uma mão como um guarda de trânsito.

— Não, não sou ninfomaníaca.

O sorriso dele se tornou uma risada, e rugas surgiram nos cantos de seus olhos verdes.

— Não era essa a pergunta engraçadinha, mas obrigado por esclarecer. — Ele cruzou os braços sobre a camiseta amassada. — A verdadeira pergunta é: onde você faz toda sua pesquisa?

Clare abaixou o braço. Pensou que tinha algumas maneiras de responder àquela pergunta. Podia se sentir ofendida e mandá-lo crescer, ou podia relaxar. Ele parecia estar tranquilo naquele dia, mas continuava sendo Sebastian. O homem que mentira dizendo que os dois tinham transado.

— Está com medo de me dizer? — perguntou ele.

Ela não tinha medo de Sebastian.

— Tenho um quarto especial em minha casa — ela mentiu.

— O que tem nesse quarto?

Ele parecia totalmente sério. Como se acreditasse no que ela dizia.

— Desculpe, não posso revelar esse tipo de informação a um repórter.

— Prometo que não contarei a ninguém.

— Sinto muito.

— Vamos, faz muito tempo que não sei de nada picante.

— Faz tempo que não sabe ou que não faz nada picante?

— O que tem dentro de sua sala do sexo, Clare? — perguntou ele. — Chicotes, correntes, balanços, amarras, roupas de látex?

Amarras? Caramba!

— Você parece saber bastante sobre artigos de sexo.

— Sei que não sou alérgico a látex. Tirando isso, sou um cara bem tradicional. Não curto levar uns tapas nem ser amarrado como um peru de Natal. — Ele se afastou do balcão e deu alguns passos silenciosos na direção dela. — Cordas?

— Algemas — disse ela quando ele parou à sua frente. — De pelúcia, porque sou uma pessoa legal.

Ele riu como se ela houvesse dito algo muito divertido.

— Legal? Desde quando?

Certo, talvez ela nem sempre tenha sido legal com Sebastian, mas ele adorava provocá-la. Ela se endireitou e olhou para além da barba por fazer em seu rosto, parando nos olhos verdes dele.

— Eu tento ser legal.

— Linda, seria melhor você se esforçar um pouco mais.

Ela se irritou um pouco, mas recusou-se a morder a isca. Não naquele dia. Sorriu e deu tapinha no rosto dele.

— Não vou brigar com você, Sebastian. Você não vai conseguir me provocar hoje.

Ele virou o rosto e mordeu levemente a palma da mão dela. Seus olhos verdes se fixaram nos dela e ele perguntou:

— Tem certeza?

Os dedos dela se encolheram contra o rosto áspero dele quando sentiu um frio na barriga. Abaixou a mão, mas sentiu o calor dos lábios dele e o toque áspero dos dentes em sua pele. De repente, não tinha certeza de mais nada.

— Tenho.

— E se eu mordiscasse... — Ele ergueu a mão e tocou o canto dos lábios dela — ... aqui? — As pontas de seus dedos desceram pela mandíbula dela e passaram pela lateral de seu pescoço. — E aqui. — Ele escorregou os dedos até a borda do vestido dela e por sua clavícula. — E aqui.

Ela parou de respirar ao olhar para o rosto dele.

— Acho que doeria — conseguiu dizer com dificuldade, diante do susto. Só podia ser o susto, e não o toque quente dele em seu pescoço.

— Não vai doer nadinha. — Ele desviou o olhar do pescoço dela para seus olhos. — Você vai gostar, pode confiar.

Confiar em Sebastian? O rapaz que só era legal para poder provocá-la e torturá-la? Que só havia fingido gostar dela para poder jogar lama em seu vestido limpo e fazê-la chorar?

— Aprendi, há muito tempo, a não confiar em você.

Ele abaixou o braço.

— Quando?

— No dia em que você quis que eu lhe mostrasse o rio e jogou lama em meu vestido novo — disse ela, e pensou que ele havia esquecido aquele dia havia muito tempo.

— Aquele vestido era branco demais.

— O quê?

Como algo podia ser branco demais? Se não era branco, era encardido.

Ele deu alguns passos para trás e pegou seu café.

— Você sempre foi perfeita demais. Seus cabelos, suas roupas, seu jeito. Simplesmente não era natural. Você só ficava divertida quando estava suja e fazendo algo que imaginava que não devia fazer.

Ela apontou para seu próprio peito.

— Eu era bem divertida. — Ele ergueu uma sobrancelha em sinal de dúvida, e ela insistiu. — Ainda sou divertida. É o que pensam todos os meus amigos.

— Clare, você prendia seu cabelo em um rabo de cavalo apertado e se porta com muita seriedade agora. — Ele balançou a cabeça. — Seus amigos devem estar mentindo para você para não ferir seus sentimentos, ou eles são tão divertidos quanto um grupo de oração.

Clare não ia começar a discutir dizendo que ela e seus amigos eram divertidos, e abaixou o braço.

— Você já participou de um grupo de oração?

— Acha difícil acreditar nisso?

Ele franziu o cenho e fez uma cara séria para ela por cerca de dois minutos, e então, logo em seguida, esboçou um sorriso que acabou com a seriedade.

— Quando eu estava na faculdade, uma das primeiras histórias que tive que cobrir era sobre um grupo de evangélicos reunidos no *campus*. Eles eram tão chatos que acabei dormindo em uma cadeira dobrável. — Ele deu de ombros. — Provavelmente, o fato de eu estar de ressaca piorou tudo.

— Pecador!

— Sabe aquela história de fazer aquilo em que somos bons?

Mais um sorriso diabólico surgiu, deixando claro que ele havia transformado o pecado em uma forma de arte.

Ela sentiu seu coração acelerar, mesmo sem querer. E não queria. Pegou os óculos de sua cabeça e seus cabelos escorregaram sobre sua orelha e rosto.

— Se encontrar seu pai, pode dizer que preciso conversar com ele sobre a lista de convidados da festa? — perguntou ela propositalmente desviando do assunto de pecados.

— Claro. — Ele levou o café aos lábios. — Pode deixar a lista e cuidarei para que ele a veja.

Ela afastou os cabelos do rosto.

— Você faria isso?

— Por que não?

Provavelmente porque ser gentil e solícito com ela não era algo natural para ele.

— Obrigada.

Ele tomou um gole do café e a observou por cima da borda da xícara.

— De nada, E-Clare.

Ela franziu o cenho e puxou um pedaço de papel da bolsa a tiracolo. Na infância, ele a chamava de vários apelidos diferentes. Ela colocou a lista sobre a mesa e ajeitou a bolsa. Lembrou-se de um momento em que pensara estar sendo muito esperta ao chamar Sebastian de bananão. Ouvira a expressão em algum lugar e achara que seria uma boa ideia chamá-lo daquele modo... até ele perguntar se ela queria ver seu babanão. Era impossível derrotar Sebastian.

— Diga a ele que já entrei em contato com algumas pessoas que participarão. Se ele notar que está faltando alguém, preciso saber o mais rápido possível. — Ela olhou para Sebastian. — Obrigada de novo — disse, e se voltou em direção à porta.

Sem nada dizer, Sebastian a observou partir. O café quente desceu por sua garganta enquanto seus olhos desciam pelos cabelos castanhos e brilhosos que roçavam os ombros nus e as costas dela. Ela era tão meticulosa... Tão organizada. Alguém devia lhe fazer o favor de despenteá-la um pouco, amassar suas roupas e borrar seu batom.

Na frente da casa, a porta se abriu e se fechou, e Sebastian caminhou em direção à mesa. Aquele alguém não seria ele. Por mais tentador que fosse. Ela era fresca demais para seu gosto. Mas, ainda que ela se soltasse, ele não conseguia imaginar que transar com Clare melhoraria as coisas com seu pai. Muito menos com Joyce.

Ele empurrou a cadeira com o pé para longe da mesa e sentou-se enquanto ligava o computador. As únicas razões que explicavam a atração incrível que sentia por Clare era: (a) ele a havia visto nua; (b) não fazia sexo havia algum tempo; e (c) o bendito livro dela. Não planejara ler o volume de uma vez, mas o prendera de tal forma que lera todas as páginas. Cada página interessante e bem escrita.

Nas raras ocasiões em que Sebastian tinha tempo para ler algo que não estivesse relacionado a seu trabalho, escolhia um livro de Stephen King. Na infância, adorava história de horror e de ficção científica. Na fase adulta, nunca havia pensado em ler um romance para mulheres. Desde o primeiro capítulo, ele se viu impressionado com a fluência do texto dela. Sim, era emocionalmente exagerado em algumas cenas, a ponto de ele resmungar algumas vezes, mas também extremamente erótico. Não do tipo de erotismo escancarado que ele havia testemunhado com alguns escritores do sexo masculino. Era mais como sentir o peso suave da mão, e não um tapa na cara.

Na noite anterior, ao adormecer, sonhara com Clare. De novo. Mas, dessa vez, em vez de uma tanga, ela vestia calça bufante de babadinho até os joelhos e corpete branco. E graças à clareza de seu texto, ele conseguira imaginar cada lacinho e rendinha.

E então, naquele dia, ele abrira a porta e a encontrara na escada de sua casa, como se ele a houvesse criado. Para piorar as coisas, o vestido dela era de cerejas. Cerejas, pelo amor de Deus. Como se ela fosse uma sobremesa. E isso fez que ele, instantaneamente, se lembrasse do pirata jogando a srta. Julia em cima de sua mesa grande, lambendo chantilly de seus seios.

Ele puxou a camiseta sobre a cabeça e a afastou de seu peito. Precisava transar, esse era seu problema. Ele não conhecia ninguém em Boise que pudesse resolver seu problema. Não mais procurava mulheres para uma noite e só. Não sabia dizer ao certo quando transar com uma desconhecida havia perdido a graça, mas acreditava que havia sido na mesma época em que conhecera uma mulher em um bar de Tulsa que ficou totalmente maluca por ele não ter aceitado lhe dar seu número de telefone.

Seu processador de texto apareceu na tela, e ele jogou a camisa no chão a seus pés. Olhou suas fichas e embaralhou algumas de cima. Moveu-as rapidamente em sucessão, deixando algumas de lado, e então voltou a pegá-las e a colocá-las em uma ordem diferente.

Pela primeira vez em semanas, sentiu as ideias surgirem. Olhou para as anotações feitas em um bloquinho, pegou um lápis e rabiscou mais um pouco. A inspiração chegou e ele posicionou os dedos no teclado. Mexeu o pescoço de um lado a outro e escreveu:

Soube que seu nome é Smith, mas poderia ser Johnson ou Williams ou qualquer outro sobrenome tipicamente americano. Ele é loiro, usa terno e gravata como se quisesse se candidatar a presidente um dia. Mas seus heróis não são Roosevelt, Kennedy nem Reagan. Quando ele fala sobre grandes homens, fala de Tim McVeigh, Ted Kaczynski e Eric Rudolph. Terroristas criados dentro do país que se firmaram no subconsciente americano, escondidos e esquecidos, por enquanto, por seus parceiros estrangeiros, até que surja o próximo ato de extremismo norte-americano no noticiário da noite e derrame tinta preta pelos jornais da nação, assim como o sangue corre nas ruas.

Tudo se encaixou, combinou e se estabeleceu, e durante as três horas seguintes, o som do batuque constante em seu teclado tomou a cozinha. Ele parou para voltar a encher a xícara de café, e quando terminou, sentiu como se um elefante houvesse sido tirado de seu peito. Recostou-se na cadeira e suspirou aliviado. Por mais que detestasse admitir, Clare estava certa. Ele estava tentando forçar, começar a escrever o texto no lugar errado, e não conseguia perceber. Estava muito tenso. Estava distraído demais analisando o que parecia extremamente óbvio. Se Clare estivesse diante dele, ele teria beijado aqueles belos lábios. Mas é claro que beijar Clare, onde quer que fosse, estava fora de cogitação.

Sebastian levantou-se da cadeira e se espreguiçou. Mais cedo, ao perguntar a ela sobre a pesquisa, quisera provocá-la um pouco. Incomodá-la. Fazer que ela se alterasse, como já havia feito na infância. Mas a piada ali era ele. Tinha trinta e cinco anos, já havia percorrido o mundo e se envolvido com muitas mulheres diferentes. Não se excitava e não se alterava por causa de uma escritora de romances para mulheres com vestido de cerejas, como se fosse um moleque. Principalmente *aquela* escritora.

Mesmo se Clare estivesse a fim de uns momentos de sexo ardente, casual, sem qualquer compromisso — e não tinha certeza disso —, nunca aconteceria. Ele estava em Boise para tentar construir um relacionamento com seu pai. Tirar algo das cinzas, não desperdiçar o pouco progresso que fizera por dormir com Clare. Não importava o fato de não trabalhar para Joyce. Ela era a chefe de seu pai, e, assim, Clare se tornava a filha da chefe. Se as coisas haviam saído dos trilhos anos antes por causa de uma conversa sobre sexo, ele não queria nem pensar no que poderia acontecer se de fato transassem. Mas, ainda que Clare não fosse filha da chefe, ele sabia, instintivamente, que ela era uma mulher de um homem só. O problema com uma mulher de um homem só era que ele não era um homem de uma mulher só.

Sua vida havia ficado mais lenta nos últimos anos, mas ele passara a maior parte de sua terceira década pulando de uma cidade a outra. Seis meses aqui, nove ali, aprendendo o trabalho, lapidando sua arte, formando seu nome. Encontrar uma mulher nunca foi um problema. Ainda não era, apesar de ele ser muito mais exigente aos trinta e cinco do que era aos vinte e cinco.

Talvez, um dia, ele se casasse. Quando estivesse pronto. Quando pensar nisso não o fizesse fugir da imagem de esposa e filhos. Talvez porque ele não havia sido criado exatamente, com uma base ideal. Teve dois padrastos. De um deles, gostou; do outro, não. Gostou de alguns dos namorados da mãe, mas sempre soube que seria apenas uma questão de tempo até que eles desaparecessem e sua mãe, mais uma vez, se trancasse no quarto. Na infância, sempre sentiu amor por parte dos pais. Mas seu pai odiava sua mãe, e vice-versa. Sua mãe expressava com palavras o ódio que sentia por seu pai, mas Sebastian era justo o suficiente para admitir que Leo nunca dissera nada contra Carol. Mas, às vezes, é exatamente o que uma pessoa não diz que tem mais peso. Ele não queria se prender naquele tipo de círculo vicioso com uma mulher, e muito menos queria criar um filho em um ambiente assim.

Sebastian se inclinou para frente e pegou a camiseta do chão. Não, ele nunca desistiria do casamento e da família. Um dia, poderia decidir que estava pronto, mas tal dia ainda não estava nem perto de chegar.

A porta da cozinha se abriu e seu pai entrou. Caminhou até a pia e abriu a torneira.

— Você está trabalhando?

— Acabei de parar.

Leo pegou uma barra de sabão e lavou as mãos.

— Amanhã é meu dia de folga, e se você não estiver ocupado, pensei que poderíamos ir à represa Arrowrock para pescar.

— Você quer pescar?

— Sim. Você gostava de pescar, e soube que tem bastante peixe ali.

Pescar com o pai. Talvez fosse exatamente disso que os dois precisavam; ou poderia ser um desastre. Como comprar um carro.

— Adoraria pescar com você, pai.

Sete

Um dia depois do casamento de Lucy, Clare fez um voto de sobriedade. Na quinta seguinte, às 17h32, quebrou essa promessa. Mas precisava comemorar. Segurou uma garrafa de Dom Perignon e mexeu na rolha com os polegares. Depois de alguns momentos, a rolha estourou e voou pela cozinha, chegando ao armário de mogno, e caiu atrás do fogão. Uma névoa clara saiu do gargalo da garrafa quando ela despejou o líquido dentro de três taças altas de champanhe.

— Isso vai ser bom — disse ela com um sorriso inesperado. — Eu a roubei de minha mãe.

Adele pegou uma taça.

— Champanhe roubado é sempre o melhor.

— De que ano? — perguntou Maddie ao pegar uma taça.

— Mil novecentos e noventa. Minha mãe a estava guardando para o dia de meu casamento. Só porque desisti dos homens não quer dizer que uma garrafa antiga de champanhe deve pagar por isso. — Ela brindou com Maddie e Adele e disse: — A mim.

Uma hora antes, havia feito um exame de HIV, e em poucos minutos vira o resultado negativo. Mais um peso tirado de seus ombros. Suas amigas estavam com ela no momento da boa notícia.

— Obrigada por terem ido comigo hoje — disse ela, e tomou um gole.

A única parte triste da comemoração era o fato de Lucy não estar com elas, mas Clare sabia que a amiga estava se divertindo demais, aproveitando o sol das Bahamas com o marido.

— Sei que vocês duas estão ocupadas, e foi muito importante para mim o fato de estarem aqui comigo.

— Não nos agradeça. — Adele passou um braço ao redor da cintura de Clare. — Somos amigas.

— Nunca estarei ocupada demais para você. — Maddie tomou um gole e suspirou. — Faz tanto tempo que não bebo nada que não tenha baixo teor de carboidratos! Isto é fabuloso.

— Você ainda está fazendo a dieta de Atkins? — perguntou Clare.

Desde sempre, Maddie fazia uma dieta ou outra. Para ela, era uma batalha constante permanecer no manequim 38. Claro que, por serem escritoras e passarem muito tempo sentadas, acabavam engordando, algo contra o que lutavam. Mas, para Maddie, a luta não tinha fim.

— Estou fazendo a dieta de South Beach agora — disse ela.

— Você devia tentar voltar para a academia — Adele aconselhou, e encostou no tampo de granito preto. Adele corria oito quilômetros todas as manhãs, com medo de um dia herdar o grande traseiro de sua mãe.

— Não. Já me matriculei em quatro e larguei todas depois de alguns meses. — Maddie balançou a cabeça. — O problema é que eu detesto suar. É nojento.

Adele levou a taça aos lábios.

— É bom para eliminar todas as toxinas de seu corpo.

— Não, é bom para você. Quero que minhas toxinas fiquem bem onde estão.

Clare riu e pegou a garrafa pelo gargalo.

— Maddie tem razão. Ela devia manter todas as toxinas bem enterradas e escondidas do mundo.

As três foram para a sala de estar, que estava repleta de móveis antigos que pertenciam à família de Clare havia gerações. Os braços do sofá vitoriano e das cadeiras estavam cobertos com mantas que a bisavó e a tia haviam feito com as próprias mãos.

Ela colocou a garrafa sobre a mesinha de café com tampo de mármore e sentou-se em uma das cadeiras de encosto alto. Maddie sentou-se de frente para ela, no sofá.

— Já pensou em trazer uns especialistas em antiguidade aqui?

— Por quê? — perguntou Clare, e retirou um fiapo branco do peito esquerdo de sua blusa sem mangas de gola alta.

— Para dizer o que são estas coisas — Maddie apontou na direção do descanso de pé e o pedestal com um querubim.

— Eu sei o que são e de onde vieram.

Colocou o fiapo dentro de um prato de cerâmica *cloisonné.*

Adele observou as estátuas Staffordshire no console.

— Como consegue manter todas essas coisas limpas?

— Dá muito trabalho.

— Livre-se de algumas.

— Não posso fazer isso. — Ela balançou a cabeça. — Tenho a doença dos Wingate. Acho que está nos genes. Não conseguimos nos desfazer de pertences da família, nem mesmo das coisas feias, e, pode acreditar, minha bisavó Foster tinha um mau gosto extremo. A questão é que tínhamos uma árvore genealógica grande, mas fomos reduzidos a apenas alguns ramos. Minha mãe e eu, algumas primas na Carolina do Sul, e um monte de antiguidades de família. — Ela tomou um gole de champanhe. — Se você acha que minha casa está ruim, devia ver o porão da casa da minha mãe. Meu Deus! Aquilo parece um museu.

Adele afastou-se do console e caminhou pelo tapete Tulip & Lily até o sofá.

— Lonny roubou alguma coisa quando partiu? Além de sua cadela?

— Não. — O gosto de Lonny pelas antiguidades dela era uma afinidade. — Ele sabia que não devia me deixar tão irada.

— Teve notícias dele?

— Não sei de nada desde segunda. As fechaduras foram trocadas ontem, e meu novo colchão será entregue amanhã.

Ela olhou para dentro do copo e remexeu o champanhe dourado. Menos de uma semana antes, eu era ingenuamente feliz. Lonny havia mentido para ela a respeito de muitas coisas, mas não conseguia acreditar que a amizade entre eles fosse mentira.

— Acho que nunca compreenderei os homens — disse Adele. — Eles têm sérios problemas mentais.

— O que Dwayne fez dessa vez? — perguntou Clare.

Durante dois anos, Adele havia namorado Dwayne Larkin acreditando que ele era o cara certo. Fez vista grossa para seus hábitos indesejados, como a mania de cheirar a região da axila de todas as suas camisas antes de vesti-las, porque ele era forte e muito bonito. Ela tolerou o fato de ele beber cerveja, ser imaturo, até o momento em que ele disse que o traseiro dela estava ficando gordo. Ninguém usava tal adjetivo para descrever sua bunda; e, assim, ela o expulsou de sua vida. Mas ele não foi embora de vez. De vez em quando, Adele encontrava uma ou duas coisas que ela havia deixado na casa dele, na varanda de sua casa. Sem bilhetes. Sem Dwayne. Coisas aleatórias.

— Ele deixou meio frasco de loção e uma meia antiderrapante na varanda. — Ela se virou para Clare. — Lembra as meias antiderrapantes de joaninhas que você me deu quando fiz a cirurgia de apendicite?

— Sim.

— Ele só me devolveu uma.

— Idiota.

— Assustador.

Adele deu de ombros.

— Estou mais irritada que assustada. Eu queria que ele se cansasse disso e parasse.

Ela havia ido à polícia falar sobre o assunto, mas um ex--namorado devolvendo as coisas de sua ex-namorada não era contra a lei. Ela podia tentar uma ordem de restrição, mas não sabia bem se valeria o transtorno.

— Sei que ele provavelmente está com mais coisas minhas.

— Você precisa de um namorado bem grande para assustá--lo — disse Clare. — Se ainda tivesse um namorado, eu o emprestaria a você.

Maddie franziu o cenho ao olhar para Clare.

— Sem querer ofender, querida, mas Lonny não teria assustado Dwayne.

Adele se recostou no sofá.

— Verdade. Dwayne podia acabar com ele.

Sim, provavelmente era verdade, Clare pensou, e tomou um gole do champanhe.

— Você devia conversar com Quinn quando ele e Lucy voltarem da lua de mel.

Quinn McIntyre era detetive da Polícia de Boise e talvez soubesse o que fazer.

— Ele investiga crimes de violência — disse Adele.

Foi como Lucy conhecera o belo detetive. Ela estava pesquisando sobre namoro na internet e ele procurava uma assassina em série. Lucy havia sido sua principal suspeita, mas ele salvara sua vida, no fim. Para Clare, tudo aquilo havia sido muito romântico. Bem, tirando a parte do medo.

— Você acha que existe um homem certo para cada mulher? — perguntou Clare.

Ela costumava acreditar em almas gêmeas e em amor à primeira vista. Ainda queria acreditar, mas querer acreditar e acreditar de verdade eram duas coisas diferentes.

Adele assentiu.

— Gosto de pensar que sim.

— Não. Eu acredito no homem certo do momento.

— Como isso funciona para você? — perguntou Clare a Maddie.

— Muito bem, "dr. Phil". — Maddie se inclinou para frente e colocou a taça vazia sobre a mesa de café. — Não quero corações e flores. Não quero romance, e não quero dividir o controle remoto. Só quero sexo. Até parece que isso é fácil de encontrar, mas não é, não.

— Porque temos padrões — Adele virou a taça e bebeu o líquido. — Como um emprego remunerado. Nada de mentirosos profissionais, nem dentaduras que escapam da boca quando eles falam, a menos que sejam jogadores de hóquei e sejam lindos.

— Não pode ser casado nem homicida. — Maddie pensou por um momento e, como era normal, acrescentou: — E seria bacana se fosse grande.

— Grande é sempre bom.

Clare levantou-se e voltou a encher as taças.

— Não ser *gay* é essencial.

Ela ainda estava esperando pelo momento mágico em que saberia e conseguiria entender por que escolhia mentirosos e enganadores o tempo todo.

— A única coisa boa de ter terminado com Lonny é que estou conseguindo escrever surpreendentemente bem.

Ela se confortava com seus textos. Confortava-se em ser transportada, várias horas por dia, para um mundo que ela criava quando a realidade de sua vida não ia nada bem.

A campainha tocou e uma versão tranquila de *Paperback Writer* tomou a casa. Clare colocou a taça sobre a mesa e olhou para o relógio de porcelana no console. Não estava esperando ninguém.

— Não sei quem poderia ser — disse ela ao se levantar. — Esqueci de entrar no bolão da Publisher's Clearing House este ano.

— Provavelmente são os missionários — disse Adele. — Eles andaram percorrendo meu bairro de bicicleta.

— Se forem bonitinhos, convide-os para beber alguma coisa e pecar um pouco — disse Maddie.

Adele riu.

— Você vai para o inferno.

Clare olhou para trás e parou o suficiente para dizer:

— E está tentando arrastar todas nós com você. Nem sequer pense em pecar nesta casa. Não preciso desse tipo de carma ruim.

Foi até a entrada, abriu a porta, e deu de cara com o homem que era a cara do pecado, em pé, em sua varanda, olhando para ela através de óculos escuros.

Da última vez que vira Sebastian, ele parecia inquieto e com sono. Nesta noite, seus cabelos estavam penteados e ele havia feito a barba. Vestia uma camiseta verde-escuro do Stucky's Bar por dentro da calça cargo bege. Pensou que não teria ficado mais surpresa se houvesse visto um boneco todo paramentado na varanda.

— Oi, Clare.

Ela se inclinou para a esquerda e olhou atrás dele. Havia um Land Cruiser estacionado perto da calçada.

— Tem um minuto?

Ele tirou os óculos do rosto, escorregou uma das hastes pela gola de sua camisa e prendeu-os um pouco à esquerda do queixo. Olhou para Clare com os olhos verdes cercados por cílios grossos aos quais, na infância, ela tinha dificuldades para resistir.

— Claro. — Atualmente, ela não enfrentava esse problema, e deu um passo para o lado. — Minhas amigas estão aqui e vamos começar uma sessão de oração. Entre e vamos rezar por você.

Ele riu e entrou.

— Essa é exatamente minha ideia de diversão.

Ela fechou a porta quando Sebastian entrou, e ele a seguiu até a sala de estar. Maddie e Adele olharam para frente, segurando as taças no meio do caminho entre a boca e a mesa, interrompendo a conversa no meio. Clare praticamente conseguiu ler os balões de diálogo acima da cabeça delas. O mesmo balão de "Uau, caramba!" que ela teria sobre a própria cabeça se não conhecesse Sebastian. Mas só porque Maddie e Adele haviam feito uma pausa para observar um homem bonito não significava que ficavam malucas com um belo rosto e que iam começar a checar o próprio hálito ou mexer nos cabelos. Elas não eram tão fáceis de impressionar assim. Principalmente Maddie, que via todos os homens como ofensores em potencial até que se provasse o contrário.

— Sebastian, estas são minhas amigas — disse Clare ao atravessar a sala.

As duas mulheres se levantaram e Clare olhou para elas como nunca antes. Para Adele, com seus cabelos loiros e compridos que começavam a encaracolar do meio das costas para baixo e seus olhos mágicos de tom azul-turquesa que às vezes pareciam mais verdes que azuis, dependendo de seu humor. E Maddie, com suas curvas voluptuosas e a pinta *à la* Cindy Crawford no canto dos lábios carnudos. Suas amigas eram mulheres bonitas, e perto delas, sentia-se, às vezes, a menininha de tranças apertadas e óculos de lentes grossas.

— Maddie Jones escreve sobre crimes de verdade sob o pseudônimo de Madeline Dupree, e Adele Harris escreve fantasia com ficção científica com seu nome verdadeiro.

Enquanto Sebastian apertava a mão de cada uma, olhou dentro dos olhos delas e sorriu; um esboço de sorriso que poderia encantar mulheres mais susceptíveis.

— É um prazer conhecer vocês duas — disse ele, aparentando sinceridade.

O repentino aparecimento de seus modos bem escondidos foi outro choque para Clare. Quase tão grande quanto abrir a porta de casa e vê-lo na varanda.

— Sebastian é filho de Leo Vaughan — ela continuou.

As duas mulheres já haviam estado na casa da mãe dela em diversas ocasiões e já haviam conhecido Leo.

— Ele é jornalista — completou. Ela o havia convidado a entrar, então, também achava que precisava ser hospitaleira. — Aceita um pouco de champanhe?

Ele desviou o olhar das moças e olhou para Clare por cima do ombro.

— Não, mas aceito uma cerveja, se tiver.

— Claro.

— Para quem você escreve? — perguntou Maddie ao levar a taça aos lábios.

— Sou, acima de tudo, *freelancer*, mas ultimamente trabalho para a *Newsweek*. Das conhecidas, já escrevi matérias para a *Time*, *Rolling Stone*, *National Geographic* — respondeu ele, listando suas impressionantes credenciais quando Clare saiu da sala.

Ela pegou uma garrafa de Hefeweizen de Lonny na geladeira e abriu a tampa. Não conseguia mais ouvir o que ele dizia, apenas o som baixo e profundo de seu timbre. Durante um ano, ela havia dividido a casa com um homem, mas ter a presença de Sebastian no cômodo ao lado foi bem estranho. Ele trazia uma energia diferente para dentro da casa que ela não sabia explicar bem naquele momento.

Quando voltou à sala de estar, ele estava sentado na poltrona dela, relaxado e acomodado, como se não tivesse a intenção de partir em breve. Estava na cara que ele pretendia ficar além de "um minuto", e Clare tentou imaginar o que o havia levado até ali.

Maddie e Adele estavam sentadas no sofá ouvindo as histórias de jornalista de Sebastian.

— Há alguns meses, escrevi um texto interessante para a *Vanity Fair* sobre um vendedor de artes que inventava histórias sobre antiguidades egípcias para driblar as leis de exportação desse país — disse ele enquanto ela lhe entregava a cerveja. — Obrigado.

— Quer um copo?

Ele olhou para a garrafa e leu o rótulo.

— Não, assim está bom — disse ele, e Clare se sentou em uma das cadeiras de encosto alto.

Ele cruzou uma das pernas sobre o joelho e repousou a garrafa no calcanhar da bota.

— Durante muitos anos, pulei de estado a estado e escrevi matérias para diversas empresas de notícias, mas não escrevo mais para tabloides. — Ele deu de ombros. — Parei há alguns anos, desde que fui alistado no Primeiro Batalhão do Quinto Regimento da Marinha durante a invasão do Iraque.

Ele bebericava cerveja enquanto Clare esperava que revelasse o motivo de sua visita.

— Quantos livros vocês já publicaram? — perguntou ele, e Clare percebeu que Sebastian não ia contar por que havia aparecido em sua varanda.

Ela ficou imaginando, sem saber ao certo. Só conseguia pensar que ele queria enlouquecê-la de dúvida.

— Cinco — respondeu Maddie.

Adele tinha oito publicações, e, como um bom jornalista, Sebastian recebia cada resposta com mais uma pergunta. Dentro de quinze minutos, as duas mulheres, difíceis de impressionar, estavam caidinhas pelo charme nato de Sebastian.

— Sebastian publicou um livro sobre o Afeganistão — Clare sentiu que devia dizer. — Sinto muito, não lembro o título de seu livro.

Fazia anos desde que ela o pegara emprestado de Leo para ler.

— *Fraturados: vinte anos de Guerra no Afeganistão.*

— Eu me lembro desse livro — Adele admitiu.

— Eu também — Maddie acrescentou.

Clare não ficou surpresa ao ver que suas amigas se lembravam. O livro havia ficado no topo da lista de *best-sellers* do *USA Today* e do *The New York Times* durante semanas. Os autores não costumam esquecer nem perdoar um sucesso de vendas. Exceto Adele, aparentemente. Clare observou enquanto a amiga enrolava uma mecha de cabelos no dedo.

— Como foi ser recrutado para a Marinha? — perguntou Adele.

— Bizarro. Sujo. Assustador demais. E tudo isso nos dias bons. Durante meses depois de meu retorno aos Estados Unidos, eu ficava fora de casa respirando um ar que não estava tomado por grãos de areia. — Ele fez uma pausa, esboçando um sorriso. — Se você conversar com os militares que voltaram para casa, isso é uma das coisas de que eles mais gostam. O ar sem areia.

Maddie observou Sebastian enquanto ele tomava um gole, e o olhar de desconfiança que reservava a todos os homens se derreteu de seus olhos castanhos.

— Eles parecem tão jovens!

Sebastian lambeu a cerveja do lábio inferior e disse:

— O sargento que comandava o veículo no qual eu andava tinha vinte e oito anos. O soldado mais jovem tinha dezenove. Eu era o velho, mas eles salvaram minha pele mais de uma vez. — Ele apontou para a garrafa de champanhe com sua cerveja e mudou de assunto: — Vocês estão comemorando?

Adele e Maddie olharam para Clare, mas não responderam.

— Não — Clare mentiu, e tomou um gole.

Não queria falar sobre a ida ao médico daquela tarde. Sebastian podia parecer normal e até falar como um cara comum, mas ela não confiava nele. Ele havia ido a sua casa porque queria alguma coisa. Alguma coisa que ele não queria falar na frente das amigas dela.

— Sempre bebemos quando nos reunimos para rezar.

Ele olhou para ela de soslaio. Não acreditou no que ouviu, mas decidiu não pressionar.

Maddie ergueu a taça e perguntou:

— Há quanto tempo você conhece Clare?

Durante alguns instantes, Sebastian olhou dentro dos olhos dela, até voltar sua atenção para as mulheres a sua frente.

— Vejamos... eu tinha cinco ou seis anos na primeira vez que passei o verão com meu pai. Da primeira vez que me lembro de tê-la visto, ela usava um vestidinho meio drapeado na parte de cima. — Ele apontou para o próprio peito com o gargalo da garrafa. — E meias de menininha dobradas nos tornozelos. Vestiu-se assim durante anos.

Na infância, ela e a mãe discutiam muito por causa de roupas.

— Minha mãe adorava vestidos de prega e sapatos de boneca — disse ela. — Quando eu tinha dez anos, eram as saias plissadas.

— Você ainda usa muitos vestidos e saias — disse Adele.

— Estou acostumada, mas, na infância, eu não tinha escolha. Minha mãe comprava minhas roupas e eu tinha que estar perfeita o tempo todo. Eu morria de medo de me sujar. — Relembrou e disse: — Eu só me sujava quando Sebastian estava por perto.

Ele deu de ombros, claramente sem arrependimentos.

— Você ficava melhor toda bagunçada.

O que mostrava sua natureza contrária. Ninguém ficava bonito todo bagunçado. Talvez ele, só.

— Quando eu visitava meu pai — disse Clare —, ele me deixava vestir o que eu quisesse. Claro, minhas roupas tinham que ficar em Connecticut, então, quando eu o visitava de novo, elas não serviam mais. Minha preferida era uma camiseta dos Smurfs. — Ela se lembrou da Smurfete e suspirou. — Mas o que eu queria de verdade, e nem mesmo meu pai comprou para mim, era um cinto com a fivela escrito "boy toy", como o da Madonna. Eu queria demais um daqueles.

Maddie franziu o cenho.

— Não consigo imaginar você querendo ser um "homem objeto".

— Eu nem sequer sabia o que isso significava, mas achava tão legal a Madonna com aquele véu de noiva e todas aquelas bijuterias penduradas. Eu não podia usar todos aqueles penduricalhos porque minha mãe achava vulgar. — Olhou para Sebastian e confessou: — Eu costumava entrar na casa de seu pai quando ele estava trabalhando e assistia à MTV.

Pequenas marcas de expressão apareceram nos cantos dos olhos dele.

— Rebelde!

— Sim, isso, rebelde, sim. Lembra quando me ensinou a jogar pôquer e ganhou todo meu dinheiro?

— Lembro. Você chorou, e meu pai me fez devolver tudo.

— Isso porque você me disse que não estávamos jogando para valer. Você mentiu.

— Eu menti? — Ele tirou uma perna de cima da outra, inclinou-se para frente e apoiou os braços nas coxas. — Não, eu tinha segundas intenções e grandes planos para aquele dinheiro.

Ele sempre tinha segundas intenções.

— Que planos?

Ele segurou a garrafa com uma das mãos, entre os joelhos, enquanto pensava um pouco.

— Bem, eu tinha dez anos, então, ainda não me interessava por pornografia nem álcool. — Bateu a garrafa contra a perna de sua calça cargo. — Provavelmente ia comprar uma pilha de revistas *Mad* e uma caixa de refrigerante. Eu teria dividido tudo com você se não tivesse agido como uma bebê chorona.

— Então, suas segundas intenções eram pegar todo meu dinheiro para poder dividir revistas e refrigerante comigo?

Ele sorriu.

— Algo assim.

Adele riu e colocou a taça vazia sobre a mesa.

— Aposto que você era uma gracinha de vestidinho e sapatinho brilhante.

— Não, não era. Eu parecia um inseto.

Sebastian se calou, como quem consente. *Idiota.*

— Querida, é melhor ser uma criança sem graça e uma adulta bonita que uma criança bonita e uma adulta sem graça — disse Maddie numa tentativa de confortar Clare. — Tenho uma prima que era linda na infância, mas agora é uma das mulheres mais feias, daquelas que você não quer nem ver de perto. Quando o nariz dela começou a crescer, não parou mais. Pode ser que no começo você não fosse muito bonita, mas agora com certeza é uma linda mulher.

— Obrigada — Clare mordeu o lábio inferior.

— De nada. — Maddie colocou a taça sobre a mesa e ficou em pé. — Preciso ir.

— Precisa?

— Eu também — disse Adele. — Tenho um encontro.

Clare se levantou.

— Você não me disse isso.

— Bom, hoje estamos falando de você, e eu não queria falar sobre meu encontro sendo que sua vida não está lá grande coisa.

Depois que as duas mulheres se despediram de Sebastian, Clare as acompanhou até a porta da frente.

— Muito bem, o que está rolando entre você e Sebastian? — perguntou Maddie ao sair na varanda.

— Nada.

— Ele olha para você como se houvesse algo mais.

Adele acrescentou:

— Quando você saiu da sala para pegar a cerveja, ele a seguiu com o olhar.

Clare balançou a cabeça.

— E isso não quer dizer nada. Ele devia estar torcendo para eu tropeçar e cair, ou algo igualmente assustador.

— Não — Adele balançou a cabeça enquanto procurava as chaves dentro da bolsa. — Não, ele olhou para você como se a estivesse imaginando nua. — Clare não disse que ele não precisava imaginar, porque já sabia como ela era. — E ainda que eu ache isso bem ruim em um homem, foi bem excitante vê-lo com aquele olhar.

Maddie também procurou as chaves dentro da bolsa.

— Então, acho que você devia ir em frente.

Quem são essas duas?

— Pessoal, na semana passada eu era noiva de Lonny, lembram?

— Você precisa de um tapa-buraco. — Adele saiu da varanda. — Ele se encaixaria perfeitamente nessa categoria.

Maddie assentiu e seguiu Adele calçada abaixo em direção aos carros, estacionados na rua. — Dá para saber, só de olhar, se um homem tem "volume".

— Tchau para as duas — disse ela, e fechou a porta ao entrar.

Até onde Clare sabia, Maddie se preocupava tanto com volume porque provavelmente não via um havia anos. E Adele... Bem, ela sempre suspeitou de que Adele às vezes vivia no mundo de fantasias de que escrevia.

Oito

Quando Clare entrou na sala de estar, Sebastian permaneceu de costas para ela, olhando uma foto dela e da mãe tirada quando Clare tinha seis anos.

— Você era mais bonitinha do que eu lembrava — disse ele.

— Essa foto foi retocada várias vezes.

Ele riu ao ver uma foto de Cindy, toda penteada e lavada, com um laço cor-de-rosa.

— Essa deve ser sua vira-lata com cara de fresca.

Cindy tinha *pedigree* e fazia parte do Yorkshire Terrier Club of America. Não era nem de longe uma vira-lata.

— Sim, minha e de Lonny, mas ele a levou quando foi embora.

Olhar para a foto fez com que ela sentisse muita falta da cachorrinha.

Ele abriu a boca para dizer algo mais, mas balançou a cabeça e observou a sala.

— Aqui é muito parecido com a casa de sua mãe.

A casa dela não tinha nada a ver com a da mãe. Seu gosto era muito mais vitoriano, enquanto o da mãe era mais puxado para o clássico francês.

— Como assim?

— É cheia de coisas. — Ele olhou para ela. — Mas a sua é mais de menininha, como você. — Ele colocou a cerveja no console. — Tenho algo para lhe dar, e não queria mostrar na frente de suas amigas, caso você não tenha contado nada sobre aquela noite no Double Tree. — Ele enfiou a mão no bolso da frente de sua calça cargo. — Acho que isto é seu.

Ele segurou o brinco de diamantes entre os dedos. Clare não sabia o que era mais surpreendente: o fato de ele ter encontrado o brinco e o levado a ela ou de não ter dito nada na frente das amigas dela. Os dois gestos haviam sido estranhamente cuidadosos. Bacanas, até.

Ele pegou a mão de Clare e colocou o brinco na palma dela.

— Achei-o em seu travesseiro naquela manhã.

O calor da mão dele percorreu a pele dela e se espalhou para as pontas de seus dedos. A sensação foi perturbadora, e tão indesejada quanto a lembrança do que estava vestindo, ou melhor, do que não estava vestindo aquele dia, que voltou a sua mente, pois estava impregnada em seu cérebro.

— Pensei que o houvesse perdido para sempre.

Ela olhou dentro dos olhos dele. Havia algo puramente físico a respeito de Sebastian. Uma mistura de força bruta e forte energia sexual, impossível de ignorar.

— Não seria nada fácil encontrar um par para ele — concluiu.

— Esqueci de devolvê-lo quando você estava na casa de sua mãe.

Ele roçou seu polegar no dela e o calor se espalhou para a palma de Clare, que ela cerrou em punho para manter a sensação ali dentro, unindo os dedos para impedir que o formigamento subisse e se espalhasse por seu peito. Tarde demais, ela afastou a mão. Já tinha idade suficiente para reconhecer o calor que percorria sua carne. Não queria sentir nada por Sebastian. Nem por qualquer outro homem. Nada. Havia acabado de sair de um relacionamento de dois anos, era cedo demais. Mas aquela sensação não tinha nada a ver com emoção profunda e sim com desejo.

— Conte-me o que aconteceu no Double Tree no sábado à noite.

— Já contei.

Ela deu um passo para trás.

— Não, não contou tudo. Desde que me encontrou no bar conversando com um homem sem dente de regata até eu acordar nua, algo mais deve ter acontecido.

Ele sorriu como se achasse divertido o que ela havia dito. O sorriso esfriou a faísca de desejo.

— Posso dizer, se me disser o que você e suas amigas estavam comemorando.

— Por que acha que estávamos comemorando alguma coisa?

Ele apontou para o champanhe.

— Acho que essa garrafa custou cento e trinta dólares a alguém. Ninguém bebe Dom Perignon só por beber. Além disso, acabei de conhecer suas amigas, então, nem venha com essa história de grupo de oração.

— Como você sabe quanto custou o champanhe?

— Sou jornalista, tenho uma capacidade incrível de guardar detalhes. Sua amiga de cabelo encaracolado disse que hoje era seu dia. Então, não me faça batalhar tanto pela resposta, Clare.

Ela cruzou os braços sob os seios. Por que se importava que ele soubesse sobre o exame de HIV? Ele já sabia que ela pretendia realizar um exame do tipo.

— Fui ao médico hoje e... lembra quando falei, na segunda, que faria um exame?

— De HIV?

— Isso. — Ela não conseguia olhar dentro dos olhos dele, por isso baixou o olhar para os óculos de sol presos à gola da camiseta de Sebastian. — Pois é, descobri hoje que estou limpa.

— Ah, boa notícia.

— Sim.

Sebastian colocou os dedos sob o queixo dela para que olhasse para ele.

— Nada.

— O quê?

— Nós não fizemos nada. Nada de divertido, pelo menos. Você chorou até dormir, e eu ataquei seu frigobar.

— Só isso? E como eu acabei nua?

— Acho que já lhe contei.

Ele havia lhe contado muitas coisas.

— Conte de novo.

Ele deu de ombros.

— Você ficou em pé, tirou a roupa e voltou para a cama. Foi um baita espetáculo.

— Mais alguma coisa?

Ele sorriu um pouco.

— Sim. Eu menti sobre o cara do bar no Double Tree. Aquele de boné e regata.

— E sobre eu ter bebido Jägermeister? — perguntou ela esperançosa.

— Oh, não. Você estava enchendo a cara de Jägermeister, mas ele tinha todos os dentes e não tinha uma argola no nariz.

O que não foi um grande alívio.

— Só isso?

— Sim.

Ela não sabia se devia acreditar nele. Apesar de ele ter levado o brinco e lhe poupado a explicação embaraçosa na frente de suas amigas, ela não acreditava que ele mentiria para poupar seus sentimentos. Só Deus sabia que ele nunca havia feito isso antes. Ela apertou o diamante.

— Bem, obrigada por me trazer o brinco.

Ele sorriu.

— Tenho segundas intenções.

Só podia ter mesmo.

— Você parece preocupada. — Ele levantou as mãos como se estivesse se rendendo. — Prometo que não vai doer nadinha.

Ela se virou e colocou o brinco no prato de *cloisonné* sobre a mesa de café.

— Da última vez que você disse isso, me convenceu a brincar de médico. — Ela se endireitou e apontou para seu próprio peito. — E eu acabei totalmente nua.

— É — disse ele, rindo. — Eu me lembro, mas você queria brincar.

Dizer não era sempre difícil para ela. Mas não mais.

— Não.

— Você não sabe nem o que eu ia perguntar.

— Não preciso saber.

— E se eu prometer que não ficará nua desta vez? — Ele olhou para seus lábios, seu pescoço e seu dedo, parando no vestido, entre os seios. — A menos que você insista.

Ela pegou os três copos vazios e a garrafa de champanhe.

— Esqueça — disse ela, suspirando ao sair da sala.

— Só preciso de algumas ideias a respeito do que posso dar a meu pai na festa de sábado.

Ela olhou para trás, para ele.

— Só isso? — Tinha que ter mais.

— Sim. Já que tive que trazer o brinco, pensei que você pudesse me orientar, dar algumas ideias. Apesar de eu e meu pai estarmos tentando nos conhecer de novo, você o conhece melhor que eu.

Certo, agora ela se sentiu mal. Estava sendo crítica, o que não era justo. Ele tinha lábia na infância, mas já fazia tanto tempo... Ela com certeza não ia querer ser julgada pelas coisas que dissera e fizera quando menina.

— Comprei para ele um pato antigo de madeira — respondeu ela, e entrou na cozinha batendo os saltos da sandália no chão de madeira. — Você poderia comprar um livro sobre entalhes.

— Seria legal comprar um livro. — Sebastian a seguiu. — O que acha de uma nova vara de pescar?

— Eu não sabia que ele ainda pescava. — Clare colocou os copos e a garrafa sobre o balcão de granito no meio da cozinha.

— Ele e eu pescamos umas trutas no tanque hoje à tarde. — Ele se recostou no balcão e cruzou os braços sobre o peito. — O equipamento dele é meio velho, então, pensei em comprar um conjunto novo.

— Com ele, precisa prestar atenção às marcas.

— Por isso pensei que você pudesse me ajudar. Escrevi o que nós vamos precisar.

Ela parou e lentamente se virou na direção dele.

— Nós?

Ele deu de ombros.

— Claro. Você vai me ajudar, não vai?

Havia alguma coisa errada. Ele não estava olhando nos olhos dela e... Ela prendeu a respiração, e o motivo real de sua visita sem aviso ficou claro como água.

— Não há nada de "nós", certo? Você veio aqui para me convencer a comprar uma vara de pescar para seu pai... sozinha.

Ele olhou para ela e abriu seu sorriso mais charmoso.

— Linda, não sei onde ficam as lojas de artigos esportivos desta cidade. E, para dizer a verdade, não há necessidade de irmos os dois.

— Não venha com "linda" pra cima de mim.

Ela era uma tola. Havia lhe dado o benefício da dúvida, sentiu-se mal por julgá-lo, e ali estava ele, em sua cozinha, tentando fazer com que ela mordesse a isca.

Ela cruzou os braços.

— Não.

— Por que não? — Ele abaixou as mãos. — Mulheres adoram fazer compras.

— De sapatos, não de vara de pescar. Dã!

Ela se retraiu e fechou os olhos. Havia acabado de dizer "Dã"? Como se tivesse dez anos de novo?

Divertindo-se, Sebastian riu.

— "Dã"? O que vem depois? Vai me chamar de cara de melão?

Ela respirou fundo e abriu os olhos.

— Tchau, Sebastian — disse ela ao caminhar em direção à porta da cozinha. Parou e apontou para frente da casa. — Você está sozinho nessa.

Ele se afastou do balcão e caminhou na direção dela. Lenta e tranquilamente, como se não estivesse com pressa de fazê-la mudar de ideia. — Sabe, suas amigas estão certas.

Meu Deus! Será que ele havia ouvido a conversa sobre o "volume"?

— Você pode não ter sido a garota mais linda na infância, mas tornou-se uma mulher maravilhosa. Principalmente quando está toda nervosinha.

Ele estava cheiroso, e se ela virasse um pouco a cabeça, poderia encostar o nariz no pescoço dele. A vontade de fazer isso a assustou, e ela se manteve parada, o máximo que conseguiu.

— Esqueça. Não vou fazer compras por você.

— Por favor?

— Sem chance.

— E se eu me perder?

— Use um mapa.

— Não preciso de mapa. O Land Cruiser tem sistema de navegação. — Ele riu e se afastou. — Você era mais divertida na infância.

— Eu era mais ingênua. Não sou mais uma menininha que você pode enganar, Sebastian.

— Clare, você queria que eu a enganasse. — Ele sorriu e foi para a porta da frente. — E ainda quer — disse ele, e partiu antes que ela pudesse dizer tchau ou desejar boa sorte.

Ela voltou para a cozinha, pegou as taças de champanhe e as colocou perto da pia. Ridículo. Não queria ter sido enganada. Só queria que ele gostasse dela. Ela abriu a torneira e acrescentou algumas gotas de detergente com cheiro de limão. Só queria que ele gostasse dela. Acreditava que aquela era a história de sua vida. Triste e um pouco patética, mas verdadeira.

A água escorreu por alguns momentos, até que ela fechou a torneira e colocou as taças na água quente com sabão. Se fosse sincera e analisasse bem seu passado, veria os mesmos padrões destrutivos em sua vida. Se fosse honesta, honesta até doer, admitiria que estava deixando que sua infância influenciasse sua vida adulta. Admitir isso era difícil, mas não havia como ignorar. Recusara-se a pensar naquilo por muito tempo por ser um grande clichê, e ela detestava clichês. Detestava escrevê-los, mas, mais ainda, detestava ser um clichê.

Na faculdade, fez aulas de sociologia e leu os estudos realizados com crianças criadas por pais separados. Acreditava que havia escapado das estatísticas que diziam que meninas criadas sem pai tinham mais chance de se envolver em atividades sexuais mais precoces e corriam mais risco de suicídio e criminalidade. Nunca pensara em se suicidar, nem uma vez, nunca havia sido presa, e estava no primeiro ano da faculdade quando perdera a virgindade. Suas amigas de lares com pais unidos haviam perdido a virgindade no ensino médio. Assim, ela havia convencido a si mesma de que não tinha os clássicos problemas por causa do pai.

Não, não havia sido promíscua. Apenas emocionalmente superficial, e, inconscientemente, procurava aprovação masculina para preencher os espaços vazios dentro de si. E não precisava analisar a própria vida com muita atenção para descobrir por que sempre procurara atenção de um homem para se sentir completa.

Clare lavou as taças e as colocou sobre um pano de prato para secar. Para todos os efeitos, havia sido criada sem um pai. Nas vezes em que visitava o pai, ele sempre estava morando com uma bela mulher. Uma bela mulher diferente. Para uma menininha de óculos grossos e uma boca grande que mal cabia no rosto, todas aquelas belas mulheres fizeram que ela se sentisse insegura e pouco atraente. Não havia sido culpa delas. A maioria das mulheres era gentil com ela. Tampouco havia sido culpa dela. Ela era uma criança — era apenas a vida, sua vida —, e ainda permitia que as velhas inseguranças influenciassem seu relacionamento com os homens. Mesmo depois de tantos anos.

Clare abriu uma gaveta e tirou um pano de prato. Enquanto secava as mãos, chegou a uma conclusão dolorosa. Ela havia se envolvido com homens que não a mereciam porque, bem no fundo, sentia-se sortuda por tê-los. Não era exatamente o momento de revelação que esperava para explicar seu relacionamento com Lonny. Não respondia por que ela não tinha visto o que, para todas as outras pessoas, era algo tão óbvio; mas explicava por que havia escolhido um homem que nunca a amaria do modo como uma mulher merecia ser amada pelo homem de sua vida.

O telefone próximo dos vasos de porcelana tocou, e ela olhou para o identificador de chamadas. Era Lonny. Ele vinha telefonando todos os dias desde que ela o expulsara. Ela não atendia, e ele não deixava mensagens. Mas, dessa vez, decidiu atender.

— Alô.

— Oh, você atendeu.

— Sim.

— Como está?

Ouvir a voz dele fazia com que todos os pontos vazios doessem.

— Bem.

— Pensei que talvez pudéssemos nos encontrar e conversar.

— Não. Não tenho nada a dizer. — Ela fechou os olhos e afastou toda a dor. A dor da perda, de amar um homem que não existia. — É melhor que nós dois sigamos nossos caminhos.

— Não queria magoá-la.

Ela abriu os olhos.

— Nunca entendi o sentido disso. — Ela riu sem achar graça. — Você me namorou, fez amor comigo, me pediu em casamento, mas não sentia atração física por mim. Exatamente qual parte disso tudo não tinha a intenção de me magoar?

Ele permaneceu em silêncio por vários instantes.

— Você está sendo sarcástica.

— Não. Sinceramente, quero saber como você pôde mentir por dois anos, e então dizer que nunca quis me magoar.

— É verdade, não sou *gay* — disse ele, mentindo para ela e provavelmente para si mesmo. — Sempre quis ter uma esposa, filhos e uma casa com cerquinha branca. Ainda quero. Então, sou um homem normal.

Ela quase sentiu pena dele. Ele estava ainda mais confuso que ela.

— Isso quer dizer que você quer ser algo que não é de verdade.

— O que importa? *Gay* ou hetero, os homens traem o tempo todo.

— Isso não torna as coisas certas, Lonny. Faz que os homens sejam tão culpados por mentir e trair como você.

Quando desligou, sabia que estava se despedindo dele. Ele não telefonaria de novo, e um lado dela sentia falta dele. E ainda o amava. Além de ter sido seu noivo, ele também havia sido um dos melhores amigos que ela já tivera, e sentiria falta da amizade por muito tempo.

Ela secou as taças e as colocou no armário de porcelanas na sala de jantar. Pensou em Sebastian e no jeito que ele tinha de se esquivar das coisas. E dos feromônios que ele exalava como ondas de calor pelo deserto de Mojave. Esses feromônios assustaram Maddie e Adele e as deixaram surpresas. E por mais que ela detestasse admitir, não havia como negar que ela o notava. Seu cheiro e aparência, e o toque de sua mão na dela.

O que havia de errado com ela? Havia acabado de terminar um relacionamento sério e já estava pensando no toque de outro homem. Mas, pensando de modo mais racional por um momento, percebeu que sua reação a Sebastian provavelmente tinha mais a ver com o fato de não fazer sexo de qualidade havia muito tempo que com o homem em si.

Maddie dissera que ele a desejava, e Adele acrescentara que precisava de um substituto. Mas as duas estavam enganadas. A última coisa de que ela precisava, substituto ou permanente, independentemente de quanto tempo estivesse sem uma bela transa, era um homem. Não, ela precisava ficar bem consigo mesma antes de sequer pensar em abrir caminho para um homem em sua vida.

Quando se deitou naquela noite, Clare estava certa de que sua reação a Sebastian havia sido totalmente física. Era a reação de qualquer mulher diante de um homem bonito. Só isso. Normal. Natural. E passaria.

Desligou a luminária ao lado da cama e riu no escuro. Ele havia pensado que iria à casa dela para convencê-la a fazer compras por ele. Pensou que poderia envolvê-la como fizera no passado.

— Quem é o bobão dessa história? — sussurrou.

Pela primeira vez na vida, ela não havia sido enganada por Sebastian.

Na manhã seguinte, enquanto preparava o café, abriu a porta da frente para pegar o jornal e uma vara de pescar caiu dentro da casa. Havia um bilhete escrito no verso de um guardanapo do Burger King, preso em um dos aros da vara. A mensagem era:

Clare,
Por favor, pode embrulhar isto e levar à festa amanhã à noite? Sou péssimo com esse tipo de coisa e não quero envergonhar meu velho na frente dos amigos dele. Tenho certeza de que você fará um belo trabalho.
Obrigado,
Sebastian

Nove

Ela havia embrulhado a vara de pescar e o molinete com papel e laços cor-de-rosa. Era tão feminino e brega que Sebastian havia escondido aquilo atrás do sofá da casa onde ninguém pudesse ver.

— Que encanto de moça!

Sebastian estava em pé sob um grande toldo montado no quintal dos Wingate. Havia cerca de vinte e cinco convidados, e nenhum deles Sebastian havia conhecido antes. Foi apresentado a todos e lembrava a maioria dos nomes. Depois de anos de jornalismo, havia desenvolvido a capacidade de se lembrar de pessoas e acontecimentos.

Roland Meyers, um dos amigos mais antigos de Leo, estava ao lado dele comendo *foie gras.*

— Quem? — perguntou Sebastian.

Roland apontou para o outro lado do gramado, para um grande grupo de pessoas, e o sol que se punha dava a eles um tom de laranja queimado.

— Clare.

Sebastian espetou uma pequena salsicha alemã com um palito de dente e o colocou em seu prato, ao lado do Camembert recheado com caranguejo.

— Foi o que soube.

Notou que seu pai vestia calça escura, camisa social branca e uma gravata horrorosa com um lobo estampado.

— Ela e Joyce organizaram tudo isto para seu pai. — Roland bebeu algo com gelo, e acrescentou: — Elas têm sido como uma família para Leo. Sempre cuidaram muito bem dele.

Sebastian percebeu um tom de censura. Não era a primeira vez naquela noite que ele se sentia como se estivesse sendo educadamente repreendido por não o ter visitado antes, mas não conhecia Roland bem o suficiente para ter certeza.

As palavras seguintes de Roland dirimiram qualquer dúvida:

— Nunca estavam ocupadas demais para ele. Diferente de sua própria família.

Sebastian sorriu.

— A estrada é de mão dupla, sr. Meyers.

O velho assentiu.

— Verdade. Tenho seis filhos, e não consigo me imaginar sem vê-los por dez anos.

Eram cerca de quatorze anos, mas ninguém prestava atenção àquilo.

— O que você faz da vida? — perguntou Sebastian, mudando de assunto de propósito.

— Sou veterinário.

Sebastian percorreu a mesa cheia de *hors d'oeuvres*. Logo atrás dele, música dos anos 1960 ecoava dos alto-falantes escondidos por vasos de palmas e tifáceas. Uma das lembranças mais fortes que Sebastian tinha de seu pai era de seu amor pelos Beatles, por Dusty Springfield e principalmente por Bob Dylan, pelos quadrinhos do Quarteto Fantástico e por ouvir *Lay Lady Lay*.

Sebastian comeu o Camembert com os finos biscoitos e, a seguir, alguns cogumelos recheados. Olhou para as pessoas que se reuniam no gramado em meio a tochas acesas e velas flutuando em diversas fontes. Olhou para o grupo de pessoas em pé ao lado de uma fonte de ninfa, e mais uma vez parou em uma morena em especial. Clare havia enrolado seus cabelos lisos, e o sol que se punha refletia nas grandes ondas e tocava a lateral de seu rosto.

Ela usava um vestido azul justo com florzinhas brancas que descia até seus joelhos. As alças finas do vestido pareciam de sutiã, e um laço branco amarrado abaixo de seus seios envolvia suas costelas.

Mais cedo, antes de os convidados chegarem naquela noite, ele observou o buffet sendo montado enquanto Clare e Joyce organizavam as esculturas de vida selvagem de Leo pelas mesas e nas tifáceas. Roland tinha razão. As mulheres da família Wingate cuidavam mesmo muito bem de seu pai. Sentiu uma pontada de culpa. O que dissera a Roland também era verdadeiro. A estrada era de mão dupla, e ele nunca havia se importado em seguir na direção de seu pai até uma semana antes. Eles haviam permitido que as coisas terminassem, e não importava se a culpa era de seu pai ou sua. Haviam se divertido muito pescando juntos, e Sebastian sentiu a primeira onda de otimismo.

Agora, se nenhum deles fizesse algo para estragar as coisas, talvez tivessem uma estrutura na qual se basear. Era engraçado pensar que ele havia lavado as mãos em relação ao pai apenas alguns meses antes. Mas isso havia sido antes de ele entrar em uma casa funerária para escolher um caixão para a mãe. Naquele dia seu mundo mudou, deu uma guinada de 180 graus e o mudou, independentemente de ele querer ou não. Agora, queria conhecer o pai antes que fosse tarde demais. Antes de, mais uma vez, ter que decidir entre escolher cerejeira ou bronze. Crepe ou veludo. Cremação ou enterro. Ou, devido a seu trabalho, antes que seu pai tivesse que tomar essas providências para ele. Preferia ser cremado, e não enterrado, e queria que suas cinzas fossem espalhadas, e não mantidas dentro de uma caixa ou sobre o console de alguém.

Comeu o resto dos *hors d'oeuvre* e jogou o prato no lixo. Ao longo de sua vida havia sido baleado diversas vezes, havia partido atrás de histórias e havia sido perseguido, e não tinha qualquer ilusão acerca de sua mortalidade.

Com essa alegre reflexão, pediu um uísque com gelo no *open bar*, e então caminhou até seu pai. Ao fazer a mala para sua viagem repentina a Boise, havia pegado uma calça *jeans*, uma calça cargo e camisetas suficientes para uma semana. Não lhe ocorrera levar algo para vestir em uma festa. Mais cedo naquela tarde, seu pai lhe havia levado uma camisa social listrada de azul e branco e uma gravata vermelha lisa. Ele deixou a gravata em cima da cômoda, mas sentiu-se feliz por ter pegado a camisa emprestada, e enfiou as pontas dela dentro de sua calça Levi's mais nova. De vez em quando sentia o cheiro do sabão em pó de seu pai e percebia que vinha dele próprio — um tanto desconcertante depois de tantos anos, mas confortável.

Quando Sebastian se aproximou, seu pai abriu espaço para ele.

— Está se divertindo? — perguntou Leo.

Divertindo? Não. Divertir-se significava algo totalmente diferente no vocabulário pessoal de Sebastian, e havia meses que ele não se divertia dessa forma.

— Claro. A comida está boa. — Levou a bebida aos lábios. — Mas não coma a bola de queijo com pedacinhos dentro — aconselhou com a taça na mão.

Leo sorriu e perguntou num tom acima de um sussurro.

— Pedacinhos de quê?

— Nozes. — Sebastian tomou um gole e olhou para Clare, que estava a poucos metros de seu pai, conversando com um homem vestindo uma roupa xadrez azul e verde, que parecia ter quase trinta anos. — E alguma fruta.

— Ah, a ambrosia com queijo de Joyce. Ela faz todo Natal. Coisa horrorosa. — Leo esboçou um sorriso. — Não diga nada, porque ela acha que todo o mundo adora isso.

Sebastian riu e abaixou a taça.

— Com licença, vou pegar um pouco de Camembert antes que acabe — disse seu pai, e caminhou até a mesa de comida.

Sebastian observou o pai se afastar, caminhando um pouco mais lentamente que antes. Estava quase na hora de ele ir para a cama.

— Aposto que o Leo está muito animado por finalmente receber você aqui — disse Lorna Devers, a vizinha do outro lado da cerca viva.

Sebastian desviou o olhar do pai e olhou para trás.

— Não sei se ele está animado.

— Claro que está.

A sra. Devers tinha cerca de cinquenta anos, apesar de ser difícil determinar se eram cinquenta e poucos ou cinquenta e todos, já que seu rosto era paralisado de Botox. Não que Sebastian soubesse opinar sobre cirurgia plástica. Só achava que não devia ficar tão escancarado para quem olhasse se a pessoa havia sido submetida a procedimentos de estética tão artificiais. Por exemplo, os seios de Lorna, do tamanho dos de Pamela Anderson. Não que tivesse alguma coisa contra seios grandes ou mesmo falsos, mas não podiam ser tão grandes e tão falsos em uma mulher daquela idade.

— Conheço seu pai há vin... alguns anos — disse ela, e então começou a falar sobre si mesma e seus poodles, Missy e Poppet. Para Sebastian, aquilo era broxante. Não tinha nada contra poodles, ainda que não conseguisse se imaginar dono de um cachorro dessa raça. Mas Missy e Poppet? Meu Deus, só de ouvir falar nos nomes, um pouco de sua testosterona desaparecia. Se continuasse ouvindo aquilo, temia acabar desenvolvendo uma vagina. Para preservar sua sanidade e masculinidade, Sebastian escutava as diversas conversas que ocorriam a seu redor enquanto Lorna não parava de tagarelar.

— Vou ter que comprar um de seus livros — disse o cara que estava próximo a Clare. — Pode ser que eu aprenda uma coisinha ou outra.

Ele riu da própria piada, mas pareceu não perceber que era a única pessoa que estava rindo.

— Rich, você sempre diz isso — respondeu Clare, derretida como manteiga.

A luz das tochas se embrenhavam em seus cachos escuros e macios, tocando os cantos de seus lábios, que sorriam aquele sorriso lindo.

— Vou fazer isso desta vez. Fiquei sabendo que são muito excitantes. Se precisar de pesquisa de campo, é só me chamar.

De certo modo, quando Rich disse aquilo pareceu meio vulgar, e ele não queria pensar que era tão ignorante quanto o cara.

Clare intensificou seu sorriso amarelo, mas não respondeu.

Do outro lado de onde Sebastian estava, Joyce conversava com várias mulheres que pareciam ter sua idade. Duvidava muito que elas fossem amigas de seu pai. Pareciam ricas e requintadas demais.

— Betty McLeod me contou que Clare escreve romances — disse uma delas. — Adoro livros cheios de bobagens. Quanto mais bobagens, melhor.

Em vez de defender Clare, Joyce afirmou de um modo que não deixava dúvidas:

— Não, Claresta escreve ficção para mulheres.

Sob a luz hesitante, Sebastian observou o sorriso falso de Clare desaparecer. Ela estreitou o olhar ao se afastar de Rich e atravessou o gramado, desaparecendo atrás dos vasos.

— Com licença, Lorna — disse ele, interrompendo as histórias fascinantes que a mulher contava sobre Missy e Poppet e como elas amavam andar de carro.

— Não se ausente por tanto tempo da próxima vez — disse ela.

Ele seguiu Clare e a encontrou analisando uma pilha de CDs ao lado do aparelho de som. A luz das tochas mal atravessava as plantas enquanto ela lia os títulos sob a luz azul de LCD.

— O que vai tocar agora? — perguntou ele.

— AC/DC. — Ela olhou para frente, e então voltou a olhar para o CD que segurava. — Minha mãe detesta algazarra.

Sebastian riu e caminhou por trás dela. *Shoot to Thrill* provavelmente aumentaria a pressão sanguínea de Joyce e lhe causaria um infarto. Por mais que fosse divertido, acabaria com a festa de Leo.

Ele olhou por cima do ombro de Clare, para a pilha de CDs.

— Faz anos que não ouço Dusty Springfield. Por que não coloca para tocar?

— Tudo bem, desmancha-prazeres — disse Clare, e pegou o CD de Dusty. — Leo gostou da vara de pescar?

Ele preferia apanhar a admitir que ainda não havia entregado o presente ao pai.

— Ele adorou. Obrigado pelo embrulho.

— De nada — disse ela, e Sebastian conseguiu ouvir o riso em sua voz enquanto ela inseria um CD no aparelho. — Vocês dois precisam se divertir enquanto você estiver aqui.

— Isso vai ter que esperar. Vou embora amanhã cedo. Preciso voltar ao trabalho.

Ela olhou para trás, para ele.

— Quando vai voltar?

— Não sei.

Assim que terminasse o texto sobre a peste negra em Rajwara, iria para a fronteira do Arizona com o México para escrever sobre os imigrantes ilegais que entravam no país. Depois disso, partiria para New Orleans para escrever uma atualização sobre as condições e o progresso de lá. Em dado momento, ainda teria que cuidar da propriedade de sua mãe, mas pensou que aquilo podia esperar. Não havia motivo para ter pressa.

— Vi o novo Lincoln de Leo na entrada da garagem. O velho devia ter virado os oitenta.

— Sim. Ele comprou o novo Town Car hoje, em uma loja em Nampa — disse ele enquanto o delicado aroma do perfume de Clare envolvia sua cabeça. Sentiu vontade de cheirar o pescoço dela. — Você sabe bastante sobre meu pai.

— Claro. — Ela deu de ombros, e uma alça fina escorregou por seu braço. — Eu o conheço desde pequena.

Ela apertou o *play* e a voz intensa de Dusty Springfield fluiu dos alto-falantes como um sussurro sensual. Clare balançou a cabeça e seus cabelos roçaram seus ombros nus. Sebastian, mais uma vez, sentiu uma vontade forte de tocar o cacho que repousava contra a pele dela, sentir sua textura com os dedos. Deu alguns passos para trás, retraindo-se mais na escuridão, longe do cheiro dela e da compulsão inexplicável de tocar seus cabelos.

— Desde quando consigo lembrar, ele mora no quintal de minha mãe — ela continuou enquanto Dusty cantava sobre fazer amor de manhã. Virou-se e olhou para ele em meio à sombra. — De muitas maneiras, conheço seu pai melhor do que o meu. Com certeza passei mais tempo com ele.

Ele achava que sentia tanto desejo por Clare porque não transava havia meses. Só podia ser isso. Com o velório da mãe e todos os acontecimentos, deixara de lado sua vida sexual. Assim que chegasse a casa, daria um jeito nisso.

— Mas ele não é seu pai.

— Sim, eu sei.

Um homem não deveria deixar de fazer sexo. Principalmente se não estivesse acostumado a ficar sem. Sebastian levou o copo aos lábios e bebeu o uísque.

— Na infância, eu ficava imaginando...

— Se eu sabia que Leo não era meu pai? — Ela riu divertida, e deu um passo na direção dele. — Sim, eu sabia. O termo "traidor em série" foi inventado por meu pai. Sempre que eu o visitava, ele estava com uma mulher nova. Ainda é assim, e ele tem setenta anos.

Um feixe de luz irrompeu a escuridão e iluminou o decote de Clare, mas deixou seu rosto na penumbra.

A lembrança do corpo nu de Clare, exceto por uma tanguinha rosa, invadiu sua mente, e ele ficou confuso em relação à mulher que estava a sua frente. O desejo desceu por sua barriga e provocou uma pontada em sua virilha. Ele desviou o olhar do decote dela e olhou para trás. A última coisa de que precisava para complicar sua vida era Clare Wingate.

— Ele ainda se sente o garanhão — disse ela rindo.

Ele se virou e caminhou alguns metros em direção ao banco de ferro forjado sob uma árvore oriental pequena. Se não fosse pintado de branco, não poderia ser visto na escuridão.

— Nem ao menos sei se meu pai tem uma namorada ou uma mulher especial em sua vida. — Ele se sentou e se recostou no metal frio.

— Já teve algumas. Não muitas. — A voz intensa de Dusty fluiu pela brisa quente da noite.

— Sempre imaginei se poderia rolar um lance entre meu pai e sua mãe. — De novo, a risadinha.

— Nada romântico.

— Porque ele é jardineiro?

— Porque ela é frígida.

Nisso ele conseguia acreditar. Mais uma coisa que mãe e filha não tinham em comum.

— Você não vai voltar para a festa? — perguntou ela.

— Ainda não. Se tiver que escutar Lorna Devers falando de novo, acho que vou acabar pegando uma das tochas e pondo fogo em meu próprio corpo.

A sra. Devers era apenas um motivo pelo qual ele não queria voltar à festa por enquanto. O outro motivo usava um vestido azul e branco e o estava perseguindo.

— Ai! — Clare riu e se movimentou na frente dele.

— Pode apostar, vai ser menos ruim que ouvir as histórias estúpidas que ela conta sobre Missy e Poppet.

— Não sei quem é pior, Lorna ou Rich.

— O filho dela é um idiota.

— Rich não é filho dela. — Ela se sentou ao lado dele no banco, e Sebastian desistiu, resignado a seu destino tormentoso. — É o quinto marido dela.

— Está brincando?

— Sem brincadeira. — Ela se recostou e a noite quase a engoliu. — Se eu escutar minha mãe dizendo a mais alguém que escrevo ficção para mulheres, vou pegar uma dessas tochas e incendiá-la.

— Qual é o problema de ela dizer que você escreve ficção para mulheres?

A luz da lua passou pela árvore oriental e iluminou seu nariz e lábios. Aqueles lábios fantásticos que faziam com que ele sonhasse com seu gosto.

— É o motivo pelo qual ela diz isso. Ela tem vergonha de mim. — Clare esboçou um sorriso. — Quem mais jogaríamos na fogueira, além de Lorna e minha mãe?

Ele inclinou para frente e apoiou os cotovelos nos joelhos. Colocou a taça no chão e olhou para a escuridão à sua frente. Conseguia ver o contorno da casa do pai e a luz da varanda acima da porta vermelha.

— Todo o mundo que se deu ao trabalho de dizer que meu relacionamento com meu pai é ruim.

— Seu relacionamento com seu pai é ruim mesmo. Você deveria tentar melhorá-lo. Ele envelhece a cada dia.

Ele olhou para a hipócrita sentada no banco.

— Oi, roto! Aqui é o esfarrapado.

— Como assim?

— Antes de me dar conselhos, observe bem o relacionamento que tem com sua mãe.

Clare cruzou os braços sob os seios e olhou para o homem a seu lado; as listras brancas de sua camisa eram a coisa mais visível nele.

— Minha mãe é uma mulher impossível.

— Impossível? Se há uma coisa que eu aprendi nos últimos dias, é que sempre existe uma maneira de melhorar.

Ela abriu a boca para argumentar, mas fechou-a novamente. Havia desistido de transigir anos antes.

— Não faz sentido tentar. Não consigo deixá-la feliz. Tentei a vida toda, e a vida toda eu a decepcionei. Saí da Comunidade de Voluntárias porque não tinha tempo, e não faço parte de nenhuma outra organização de caridade. Tenho trinta e três anos, sou solteira e ainda não dei um neto a ela. Na opinião dela, estou desperdiçando minha vida. Na verdade, a única coisa que já fiz que ela aprovou foi ter sido noiva de Lonny.

— Ah, então esse é o motivo.

— Como?

— Tenho tentado entender por que uma mulher decidiria viver com um *gay*.

Ela deu de ombros e a outra alça de seu vestido escorregou por seu braço.

— Ele mentiu para mim.

— Talvez você tenha preferido acreditar na mentira para agradar sua mãe.

Ela pensou por um momento. Ainda não era a epifania que vinha esperando, mas havia certa verdade ali.

— Sim, talvez. — Voltou a subir as alças. — Mas isso não quer dizer que eu não o amasse e que tenha doído menos porque ele não me traiu com uma mulher.

Ela sentiu seus olhos arderem. Não havia conseguido chorar para desabafar durante toda a semana, e certamente não podia extravasar as emoções naquele momento.

— Não quer dizer que todas as esperanças que eu tinha de um futuro repentinamente desapareceram e que eu me sinto aliviada, e penso: "Uau, me livrei de uma boa!". Talvez eu devesse me sentir assim, mas... — Sua voz falhou e ela se levantou como se alguém a houvesse puxado.

Clare se afastou da festa e parou sob um antigo carvalho. Colocou uma mão no tronco torto e observou, com a vista embaçada, o contorno da mata à sua frente. Só fazia uma semana? Parecia mais tempo, mas, ainda assim... parecia ter acontecido ontem. Passou a mão sob os olhos e secou as lágrimas. Estava em público. Não devia chorar em público. Por que o choro estava começando agora? Bem ali? Ela respirou profundamente e soltou o ar devagar. Talvez porque houvesse se mantido ocupada. Preocupar-se com o exame de HIV e o planejamento da festa de Leo haviam tomado boa parte de sua energia mental e física. Agora que não tinha mais tais preocupações bloqueando suas emoções, estava mais frágil.

E foi bem inconveniente.

Ela sentiu Sebastian se aproximar por trás. Não a tocou, mas manteve-se perto o bastante para que ela sentisse o calor de seu corpo.

— Está chorando?

— Não.

— Está sim.

— Se não se importa, só quero ficar sozinha.

E claro, ele não foi embora. Apenas colocou as mãos nos ombros dela.

— Não chore, Clare.

— Tudo bem. — Ela secou as lágrimas do rosto. — Estou bem agora. Pode voltar à festa. Leo deve estar preocupado tentando descobrir onde você está.

— Você não está bem, e Leo sabe que eu sou um homem. — Ele escorregou as mãos pelos braços nus dela, até os cotovelos. — Não chore por quem não vale a pena.

Ela olhou para baixo, para os próprios pés, os dedos de unhas feitas quase imperceptíveis no escuro.

— Sei que você pensa que eu não devia levar tudo tão a sério, mas não compreende que eu amava Lonny. Pensei que ele fosse a pessoa com quem eu passaria o resto de minha vida. Tínhamos muito em comum.

Uma lágrima rolou por seu rosto e caiu em seu peito.

— Não o sexo.

— Pois é, tirando isso. Mas sexo não é tudo. Ele incentivava muito minha carreira e cuidávamos um do outro de todas as maneiras importantes.

Sebastian subiu suas palmas quentes e ásperas pelos braços dela, até seus ombros.

— Sexo é importante, Clare.

— Eu sei, mas não é a coisa mais importante em um relacionamento. — Sebastian riu, mas ela ignorou. — Nós estávamos planejando ir a Roma em nossa lua de mel para eu poder fazer pesquisa para um livro, mas agora não vai mais acontecer. E eu me sinto uma tola... e vazia.

Sua voz falhou, ela ergueu uma mão e secou os olhos. Como é possível amar alguém um dia e não mais no dia seguinte? Queria saber.

Sebastian a virou e colocou as mãos na lateral de seu rosto.

— Não chore — disse ele, e esfregou o rosto molhado dela com seus polegares.

O som distante de grilos se misturou com a canção "Son of a Preacher Man" que saía do rádio. Clare olhou para cima e viu o contorno sem forma de Sebastian.

— Ficarei bem em um minuto — ela mentiu.

Ele abaixou o rosto, e o leve toque de seus lábios fez com que ela perdesse o fôlego.

— Chhh — ele sussurrou no canto dos lábios dela. Sua mão escorregou em direção à sua nuca e seus dedos se emaranharam nos cabelos dela. Deu beijos suaves em seu rosto, têmpora e sobrancelha. — Não chore mais, Clare.

Ela duvidava que conseguiria, mesmo se quisesse. Enquanto Dusty cantava a respeito do único homem que poderia lhe ensinar algo, o choque tomava o peito de Clare e ela mal conseguia respirar.

Ele beijou seu nariz e então disse, perto de seus lábios:

— Você precisa pensar em outra coisa. — Ele puxou a cabeça dela levemente para trás e ela entreabriu os lábios. — Como perceber qual é a sensação de ser abraçada por um homem que sabe melhorar as coisas para uma mulher.

Clare apoiou as mãos no peito dele e sentiu seus músculos firmes sob a camisa fina. Aquilo não podia estar acontecendo. Não com Sebastian.

— Não — disse ela com um pouco de desespero. — Eu lembro.

— Acho que você esqueceu. — Ele a beijou, e então se afastou um pouco. — Precisa relembrar com um homem que saiba usar seu espeto.

— Queria que você esquecesse que eu disse isso — disse ela vencendo a pressão em seu peito.

— Não dá. Além do mais, é difícil imaginar que algo do tamanho de um espeto possa ter serventia a alguém.

Ela arfou quando ele entreabriu os lábios sobre os dela e enfiou a língua. Tinha gosto de uísque e mais alguma coisa. Algo que ela não sentia havia muito tempo. Desejo sexual. Quente e intoxicante, focado diretamente nela. Ela devia ter se assustado, e de fato se assustou um pouco. Mas, em grande parte, gostou do sabor da boca dele. Como algo que ela não experimentava havia algum tempo, algo saboroso e rico, e aquilo a tomou, esquentando-a por dentro, nos espaços vazios.

Tudo ao seu redor se desfez como uma maré baixa. A festa. Os grilos. Dusty. Os pensamentos em Lonny.

Sebastian estava certo. Ela havia esquecido como era ter um homem fazendo amor com seus lábios. Não conseguia lembrar que era tão bom. Ou talvez Sebastian fosse bom demais naquilo. Ela correu as mãos pelos ombros dele, pela lateral de seu pescoço, enquanto a língua dele brincava e a persuadia até ela se entregar e beijá-lo de volta, retribuindo a paixão que ele alimentara nela.

Os dedos de seus pés se apertaram dentro das sandálias Kate Spade e Clare passou seus dedos pelos cabelos curtos dele, que roçavam a gola da camisa. Ele não interrompeu o beijo, mas ela se sentia beijada no corpo todo. Os lábios úmidos de Sebastian deixavam todas as células do corpo de Clare desejosas, querendo mais.

Ela ficou na ponta dos pés e pressionou seu corpo contra o dele. Ele gemia enquanto a beijava, um som profundo de desejo que fez com que ela se sentisse bem, aumentando o profundo desejo feminino que ela havia deixado morrer. Ela virou a cabeça para o lado e seus lábios encontraram os dele. Ele escorregou as mãos para a cintura dela e seus polegares roçaram sua barriga através do algodão fino de seu vestido. Ele a apertou e a segurou contra seu baixo ventre, onde estava rígido e intumescido. Ele a desejava; ela havia esquecido como aquela sensação era boa. Ela o beijou como se quisesse engoli-lo, e queria. Queria cada pedacinho. Naquele momento, ela não se importava com quem ele era, só com a sensação que era despertada. Desejo.

Ele se afastou e puxou o ar.

— Meu Deus, chega!

— Por quê? — perguntou ela, e beijou a lateral de seu pescoço.

— Porque — respondeu ele com a voz rouca e alterada — já somos grandes o suficiente para saber onde isso vai dar.

Ela sorriu.

— Onde?

— Em uma rapidinha no mato.

Clare não estava tão descontrolada. Deu alguns passos para trás, recostou-se na árvore e respirou profundamente várias vezes para limpar a mente. Observou Sebastian passar os dedos pelos cabelos e tentou entender o que havia acontecido. Ela havia acabado de beijar Sebastian Vaughan, e por mais maluco que isso pudesse parecer, não estava arrependida.

— Você está ensaiando desde que tinha nove anos — disse ela, ainda um pouco surpresa com aquilo tudo.

— Isso não devia ter acontecido. Desculpe, mas estou pensando em você desde a noite em que tirou a roupa na minha frente. Eu lembro exatamente como é seu corpo nu, e as coisas fugiram do controle e... — Ele passou as mãos no rosto. — Não teria acontecido se você não tivesse começado a chorar.

Ela franziu o cenho ao olhar para as sombras e levou os dedos aos lábios, ainda molhados pelo beijo. Gostaria que ele não tivesse se desculpado. Ela sabia que provavelmente devia estar irada, assustada ou ofendida pelo modo como os dois haviam se comportado, mas não estava. Naquele momento não se sentiu assustada, ofendida nem arrependida. Sentia-se apenas viva.

— Está me culpando? Não fui eu que agarrei e beijei você.

— Agarrei? Eu não agarrei você. — Ele explicou. — Não suporto ver uma mulher chorando. Sei que parece clichê, mas é verdade. Eu teria feito qualquer coisa para fazê-la parar.

Ela tinha certeza de que se arrependeria mais tarde. Como quando tivesse de encará-lo à luz do dia.

— Você podia ter se afastado.

— E você ainda estaria chorando demais, como naquela noite no Double Tree.

Ele respirou profundamente e soltou o ar devagar.

— Mais uma vez, eu lhe fiz um favor.

— Está brincando?

— Nem um pouco. Você parou de chorar, não parou?

— Lá vem você de novo com essa história idiota de segundas intenções. Você me beijou para me ajudar?

— Não é história idiota.

— Nossa, que nobre de sua parte! — Ela riu. — Acredito que você ficou excitado porque... por quê?

— Clare — disse ele com um suspiro —, você é uma mulher atraente e eu sou homem. É claro que você me excita. Não preciso ficar aqui tentando imaginar como você é nua, eu sei que você é toda linda. Então, é claro que senti algo. Se eu não houvesse sentido certo desejo, estaria bem preocupado comigo.

Ela não se deu ao trabalho de dizer que o desejo dele media cerca de vinte centímetros. Queria conseguir expressar indignação ou raiva, mas não conseguiu. Para isso, ela teria que se arrepender. Naquele momento, não estava arrependida. Com um beijo, ele havia devolvido a ela algo que ela não sabia ter deixado escapar. Seu poder de fazer com que um homem a desejasse apenas com um beijo.

— Você devia me agradecer — disse ele.

Claro. Ela provavelmente devia agradecer a ele, mas não pelo motivo que imaginava.

— E você devia se foder.

Nossa! Ela falava como se tivesse dez anos de idade de novo. Mas não se sentia assim, graças ao homem que estava a sua frente.

Ele riu, uma risada baixa e profunda.

— Caso esteja confuso, Sebastian, isso não foi um convite.

— Pareceu um convite — disse ele. Deu alguns passos para trás e acrescentou: — Da próxima vez que eu estiver na cidade, posso cobrar isso.

— Não sei. Vou ter que lhe agradecer?

— Não. Não precisa, mas vai agradecer. — E então, sem dizer mais nada, ele se virou e se afastou, não em direção à festa, mas, a sua casa.

Ela conhecia Sebastian desde criança. Algumas coisas não haviam mudado. Como as tentativas dele de enganá-la e fazer que pensasse que o dia era noite, de dizer mentiras e às vezes fazer com que ela se sentisse ótima. Como na vez em que ele lhe disse que seus olhos eram da cor das flores que cresciam no jardim da mãe.

Ela não conseguia lembrar quantos anos tinha, mas lembrava que pensara no elogio durante dias.

Clare sentiu a casca da árvore contra suas costas enquanto observava Sebastian subir à varanda da casa. A luz acima da cabeça dele deixava seus cabelos dourados e o branco de sua camisa quase néon. Ele abriu a porta vermelha e entrou.

Ela, mais uma vez, levou os dedos aos lábios sensíveis pelo beijo. Ela o conhecia havia muito tempo, mas uma coisa era certa, Sebastian não era mais um menino. Ele definitivamente era um homem. Um homem que fazia mulheres como Lorna Devers o verem como um pedaço de mau caminho. Como alguém que ela queria agarrar só uma vez que fosse.

Clare se identificava com a sensação.

Dez

Na segunda semana de setembro, Sebastian embarcou em um voo internacional para Calcutá, na Índia. Mais de 12 mil quilômetros e vinte e quatro horas mais tarde, pegou um avião menor em direção às planícies de Bihar, Índia, onde a vida e a morte dependiam do capricho das monções anuais e da capacidade de arranjar algumas centenas de dólares para a *battle kala azar* — a leishmaniose.

Ele aterrissou em Muzaffarpur e dirigiu por quatro horas rumo ao vilarejo de Rajwara, com um médico e um fotógrafo da região. Ao longe, o vilarejo parecia bucólico e intocado pela civilização moderna. Homens usando o tradicional *dhoti kurta* branco cultivavam os campos com carroças de madeira e bois carregando água, mas, como todas as partes subdesenvolvidas do mundo sobre as quais ele havia escrito no passado, Sebastian sabia que aquela cena pacífica era uma ilusão.

Enquanto ele e os outros dois homens percorriam as ruas de terra de Rajwara, grupos de crianças animadas os cercavam, levantando poeira pelo caminho. Um boné do Seattle Mariners protegia seu rosto do sol, e ele havia enchido os bolsos de sua calça cargo com mais pilhas para seu gravador. O médico era bem conhecido no vilarejo, e mulheres de sáris coloridos emergiam das cabanas de sapê uma depois da outra, falando rapidamente em híndi. Sebastian não precisou que o médico traduzisse para saber o que estava sendo dito. O som dos pobres mendigando ajuda era um idioma universal.

Ao longo dos anos, Sebastian aprendeu a erguer um muro profissional entre ele e o que acontecia ao seu redor. Escrever sobre um assunto sem entrar em uma nuvem negra de depressão sem fim.

Mas cenas como aquela ainda eram difíceis de enfrentar.

Ficou três dias nas planícies de Bihar entrevistando os voluntários da One World Health e dos Médicos Sem Fronteiras. Visitou hospitais, conversou com um químico-farmacêutico nos EUA que havia desenvolvido um antibiótico mais forte e mais eficiente, mas como todo o desenvolvimento de drogas, o dinheiro era essencial para seu sucesso. Visitou mais uma clínica e caminhou entre as fileiras abarrotadas de camas antes de voltar a Calcutá.

Pegaria um voo logo cedo e estava mais que pronto para relaxar no saguão do hotel, longe da cidade movimentada, dos cheiros e do ruído constante. A Índia tinha uma das belezas mais surpreendentes da Terra e uma das pobrezas mais assustadoras.

Em alguns lugares, as duas conviviam lado a lado, e era em Calcutá que isso se tornava mais evidente.

Houve um tempo em que ele repreendia os jornalistas que considerava suaves demais — aqueles "velhos" que relaxavam em confortáveis bares de hotéis e comiam comida de hotel. Por ser um jovem jornalista, sentia que as melhores histórias ocorriam nas ruas, nas trincheiras e nos campos de batalha, nos hotéis baratos e nas favelas, e ficavam à espera de quem as contasse. Ele tinha razão, mas essas não eram as únicas histórias que valiam a pena, e nem sempre eram as mais importantes. Acreditava que precisava sentir balas passando por sua cabeça, mas aprendera que o dinamismo podia fazer que um jornalista perdesse a perspectiva. A pressa por fazer a matéria podia levar à perda de objetividade. Alguns dos melhores textos vinham de alguém com visão detalhista e imparcial. Ao longo dos anos, havia aperfeiçoado a arte, às vezes difícil, do equilíbrio jornalístico.

Aos trinta e cinco anos, Sebastian já havia sofrido de disenteria, já havia sido roubado, já havia entrado em caminhos de esgoto a céu aberto e já testemunhara mortes o suficiente para preencher uma vida toda. Já tinha visto de tudo, e conquistara cada pedacinho de seu sucesso. Não tinha mais que brigar por uma matéria. Após anos de esforço, de ouvir muitos nãos e correr atrás de reportagens, ganhava um pouco de tranquilidade em um hotel com ar-condicionado.

Pediu uma cerveja Cobra e frango tandoori enquanto checava seus *e-mails*. No meio da refeição, um antigo colega o viu.

— Sebastian Vaughan.

Sebastian olhou para cima e um sorriso se abriu em seu rosto ao reconhecer o homem que caminhava em direção a ele. Ben Landis era mais baixo que Sebastian, de cabelos pretos e densos e um rosto simpático. Da última vez que Sebastian o vira, Ben era correspondente do *USA Today*, e os dois haviam se hospedado em um hotel do Kuwait, esperando a invasão do Iraque. Sebastian se levantou e apertou a mão de Ben.

— O que está fazendo? — perguntou ele.

Ben sentou-se à frente de Sebastian e pediu uma cerveja.

— Estou escrevendo um artigo sobre os Missionários da Caridade dez anos depois da morte de Madre Teresa.

Sebastian havia escrito um texto sobre os Missionários da Caridade em 1997, alguns dias depois da morte da freira católica, da última vez em que ela estivera em Calcutá. Pouco havia mudado, mas isso não era de surpreender.

A mudança acontecia devagar na Índia. Ele pegou a cerveja e tomou um gole.

— Como está indo? — perguntou ele.

— Ah, você sabe como são as coisas por aqui. A menos que esteja dentro de um táxi, tudo parece parar.

Sebastian colocou a garrafa sobre a mesa e os dois conversaram, trocando histórias de guerra e pedindo uma segunda cerveja. Falaram sobre como era difícil vestir roupas quentes e abafadas de proteção contra produtos químicos sempre que ocorria uma ameaça química durante a invasão ao Iraque. Riram dos equipamentos da Marinha, das roupas verdes que eram enviadas às tropas em vez do bege-areia, ainda que, na época, não tivesse a menor graça. Lembraram histórias de quando acordavam cedo em uma vala rasa com areia cobrindo o rosto, e riram da briga entre um ativista canadense da paz, que chamara Rumsfeld de belicista, e um jornalista norte--americano de notícias *on-line*, que havia reagido contra.

A briga estava bem empatada até duas mulheres da Reuters entrarem na briga para apartar.

— Lembra aquela jornalista italiana? — perguntou Ben com um sorriso. — A mulher de lábios grandes e vermelhos e... — Ele ergueu as mãos na frente do peito como se segurasse melões. — Qual era o nome dela?

— Natala Rossi.

Sebastian levou a garrafa aos lábios e tomou um gole.

— Sim. Isso mesmo.

Natala era jornalista do *Il Messaggero*, e seus seios, que desafiavam a gravidade, eram fonte constante de fascínio e especulação de seus colegas do sexo masculino.

— Só podiam ser falsos — disse Ben ao beber um gole grande de sua cerveja. — Só podiam ser.

SEM CLIMA PARA O
Amor

Sebastian poderia ter esclarecido as coisas para ele. Passara uma longa noite com Natala dentro de um hotel na Jordânia e sabia, em primeira mão, por assim dizer, que os lindos seios eram de verdade.

Ele entendia pouco de italiano; ela falava pouco inglês; mas a conversa não era o ponto principal.

— Dizem que ela levou você ao quarto dela no hotel.

— Interessante. — Ele não era o tipo de cara que fazia as coisas e saía contando. Nem mesmo quando havia coisas interessantes a contar. — Disseram se eu me diverti?

Ao pensar naquela noite, não conseguia se lembrar do rosto de Natala e de seus gritos. Por um motivo que ele não conseguia explicar, outra morena aparecia e se agarrava a sua mente.

— Então, o boato não é verdade?

— Não — ele mentiu, em vez de dar uma descrição detalhada de sua noite com a jornalista italiana.

Apesar de a lembrança de Natala ter desaparecido, a de Clare de tanguinha cor-de-rosa e o beijo trocado parecia ficar mais forte a cada dia. Ele conseguia se lembrar perfeitamente das curvas suaves de seu corpo pressionado contra o dele, a textura suave de seus lábios carnudos entre os dele e o calor de sua boca úmida. Ele já havia beijado muitas mulheres na vida, boas, ruins e muito gostosas. Mas nenhuma mulher o havia beijado como Clare. Como se ela quisesse usar a boca para sugar sua alma. E o mais confuso era que ele queria que ela a sugasse. Quando ela agia de modo impertinente, ele só conseguia pensar em beijá-la.

— Soube que você se casou — começou Sebastian em uma tentativa de mudar de assunto e desviar o pensamento de Clare, de suas nádegas e de seus lábios macios. — Parabéns.

— Sim. Minha esposa dará à luz nosso filho a qualquer momento.

— E você está aqui, esperando para conversar com as enfermeiras?

— Preciso ganhar a vida. — Um garçom colocou a terceira cerveja de Ben sobre a mesa e desapareceu. — Você sabe como é.

Sim, ele sabia. Envolvia muito trabalho e muita sorte ganhar a vida no jornalismo. Principalmente para um jornalista *freelancer*.

— Você não me contou o que está fazendo em Calcutá — disse Ben, e pegou a garrafa.

Sebastian contou a ele o que estava investigando nos campos de Bihar e a nova onda de leishmaniose. Os dois homens conversaram por mais uma hora, e então, Sebastian deu a noite por encerrada.

No voo de volta para casa, no dia seguinte, ele escutou as entrevistas que havia gravado e fez anotações. Enquanto fazia um esboço, lembrou-se da desesperança abjeta que vira nos rostos dos camponeses. Sabia que não havia nada que pudesse fazer além de contar a história deles e esclarecer sobre a epidemia que havia tomado a região. Assim como sabia que haveria uma nova praga e uma nova epidemia sobre as quais escrever no mês seguinte. Gripe aviária, malária, HIV/Aids, cólera, seca, furacão, maremotos, fome. Só escolher. A guerra e os desastres eram um ciclo sem fim e forneciam trabalho constante. A qualquer dia haveria uma nova onda de doença, ou algum ditador, líder terrorista ou escoteiro do mal que começaria a espalhar merda pelo planeta.

Durante uma escala de duas horas em Chicago, ele comeu algo em um *pub* esportivo e pegou seu *notebook*. Como havia feito centenas de vezes no passado, começou a digitar a matéria enquanto comia *pastrami* com centeio. Esforçou-se um pouco, mas nada se comparava ao que ele havia enfrentado com o artigo que escrevera sobre terrorismo nacional.

No voo de O'Hare dormiu um pouco, e acordou antes de o Boeing 787 aterrissar. A chuva tomava a pista e a água escorria das asas da grande aeronave. Eram 10 horas da manhã, horário do Pacífico, quando ele desembarcou e atravessou o aeroporto com facilidade em direção ao Land Cruiser dentro do estacionamento de longa permanência. Não conseguia lembrar quantas vezes já havia atravessado o Sea-Tac Airport ao longo dos anos. Vezes demais, mas, dessa vez, era diferente. Por algum motivo que ele não conseguia explicar, sabia que aquele seria seu último voo internacional.

Percorrer metade do mundo para contar uma história não lhe interessava como antes, e agora pensava em Ben Landis e sua esposa grávida.

Ao subir a Interstate 5, sentiu uma pontada irritante de solidão. Antes da morte da mãe, nunca havia se sentido sozinho. Tinha amigos do sexo masculino. Mulheres também, várias para quem ele podia telefonar e que o encontrariam para beber alguma coisa ou para fazer o que ele quisesse.

Sua mãe havia morrido, mas a vida era boa, exatamente do jeito que ele gostava, exatamente como sempre a imaginara. Mas a cada movimento dos limpadores de para-brisa a sensação aumentava. Achava que era o *jet lag*, e que assim que chegasse a casa e relaxasse a sensação desapareceria.

Ele havia comprado a casa dois anos antes de seu livro chegar ao topo das listas de *best-sellers* do *The New York Times* e do *USA Today*. O livro permanecera nas listas por quatorze meses, rendendo-lhe mais dinheiro do que ele já havia ganhado e que esperava ganhar no jornalismo. Investira o dinheiro em propriedades, produtos luxuosos e algumas ações arriscadas que estavam com bom preço. Então, havia galgado novos patamares, *à la* Jefferson, de um pequeno apartamento em Kent a uma casa de luxo no distrito de Queen Anne, em Seattle. Tinha uma visão de um milhão de dólares da baía, das montanhas e de Puget Sound. O espaço de 232 metros quadrados tinha duas suítes com boxe e banheira nos dois banheiros. Tudo, do piso de cerâmica e de madeira ao carpete chique e a mobília de couro tinha tons terrosos. O cromo polido e o vidro brilhavam muito, um símbolo de seu sucesso.

Sebastian estacionou a SUV na vaga e caminhou em direção ao elevador. Uma mulher de terninho e um garoto de camisa de lagarto esperavam próximos às portas e entraram no elevador com ele.

— Que andar? — perguntou ele quando as portas se fecharam.

— Sexto, por favor.

Ele apertou os botões do sexto e do oitavo, e então, recostou-se na parede.

— Estou enjoado — disse o menininho a ele.

Sebastian olhou para o rosto pálido da criança.

— Catapora — disse a mulher. — Espero que você já tenha tido.

— Quando eu tinha dez anos.

Sua mãe o deixara cor-de-rosa da cabeça aos pés, coberto de calamina.

O elevador parou e a mulher delicadamente colocou a mão na nuca de seu filho; entraram no corredor.

— Farei uma sopa e uma cama na frente da tevê para você. Pode ficar com o cachorro e assistir aos desenhos o dia todo — disse ela enquanto as portas se fechavam.

Sebastian subiu de elevador mais dois andares, saiu e entrou no apartamento a sua esquerda. Deixou a mala de rodinhas na entrada, fazendo barulho excessivo no piso frio.

Nada interrompeu o silêncio que o recebeu. Nem mesmo um cão. Ele nunca tivera um cão, nem mesmo na infância. Ficou tentando imaginar se devia comprar um. Talvez um boxer musculoso.

A luz do sol entrou pelas enormes janelas quando ele saiu da sala grande e colocou seu *notebook* no balcão de mármore da cozinha. Ligou a cafeteira e tentou explicar seu repentino interesse em um cachorro. Estava cansado. Era isso o que havia de errado com ele. A última coisa de que precisava era de um cachorro. Não ficava muito tempo em casa para cuidar de uma planta, muito menos de um animal. Não havia nada faltando em sua vida e ele não estava sozinho.

Saiu da cozinha, foi para o quarto e pensou que podia ser a casa. Talvez ela precisasse de algo mais... caseiro. Não um cão, mas algo. Talvez ele devesse se mudar. Talvez fosse mais parecido com a mãe do que imaginava e tivesse que experimentar uma dezena de casas antes de encontrar uma adequada.

Sebastian sentou-se na beira da cama e tirou as botas; a poeira das ruas de Rajwara ainda estava presa aos cadarços. Tirou as meias e o relógio ao caminhar em direção ao banheiro.

Muitos anos antes, ele havia tentado convencer a mãe a se aposentar e mudar para uma casa melhor. Oferecera-se para comprar para ela algo mais novo e mais moderno, mas ela se recusara veementemente. Gostava de sua casa. "Demorei vinte anos para encontrar um lugar onde me sinto em casa", dissera ela. "Não vou me mudar."

Sebastian tirou a roupa e levou a mão para dentro do boxe do banheiro. A torneira de latão estava fria ao toque quando ele a girou e entrou no espaço protegido pelo vidro. Se a mãe havia demorado vinte anos para encontrar um lugar confortável, ele acreditava que ainda tinha mais alguns anos para se decidir. A água quente escorreu por sua cabeça e por seu rosto. Ele fechou os olhos e sentiu a tensão desaparecer. Havia muitas coisas com as quais se estressar. Aquele não era o momento de pensar onde morar.

Precisava vender a casa da mãe. Logo. A melhor amiga dela e sócia, Myrna, havia tirado todos os produtos de beleza do salão e levado todas as plantas. Doara os alimentos não perecíveis e enlatados ao banco de alimentos da região. Para ele, só restara decidir o que fazer com o restante dos pertences da mãe. Assim que cuidasse disso, sua vida voltaria ao normal.

Ele pegou o sabonete, esfregou-o nas mãos e lavou o rosto. Pensou no pai e no que ele podia estar fazendo. Provavelmente estava aparando rosas, pensou. E também pensou em Clare. Mais especificamente, na noite em que a beijara. O que ele dissera a Clare era a verdade. Teria feito qualquer coisa para que ela parasse de chorar. As lágrimas de uma mulher eram a única coisa no mundo que o deixavam impotente. E pensara que beijar Clare era uma ideia melhor que bater nela ou jogar um inseto em seus cabelos, como já havia feito na infância.

Levantou o rosto e enxaguou o sabonete. Mentira para ela. Quando se desculpara por beijá-la, não estava assim tão arrependido. Na verdade, não se arrependera nem um pouco. Uma das coisas mais difíceis que ele havia feito havia sido dar as costas a ela, deixando-a nas sombras. Uma das mais difíceis, entretanto, mais inteligente. De todas as mulheres solteiras que ele conhecia, Clare Wingate não estava à disposição para beijar, tocar e rolar nu. Não para ele.

Mas isso não o impedia de pensar nela. Em seus seios e mamilos cor-de-rosa.

O desejo tomou seu baixo ventre quando ele fechou os olhos e pensou em deixar aqueles mamilos rígidos enquanto seus dedos traçavam a linha rosada de sua calcinha em seu quadril até o triângulo de seda cobrindo sua virilha.

Seus testículos doeram e ele ficou duro como pedra. Pensou em Clare abocanhando-o, e o desejo sexual pulsou em suas veias; mas não havia ninguém para tomar banho com ele e cuidar disso. Podia chamar alguém, mas não achava justo que uma mulher terminasse o que outra havia começado. Pensando em Clare, cuidou de tudo sozinho.

Depois do banho, enrolou uma toalha na cintura e seguiu para a cozinha. Sentiu-se um pouco ridículo por ter fantasiado com Clare. Ela era a menininha estranha de sua infância, que nem sequer gostava dele. Normalmente, ele tentava fantasiar com mulheres que não o consideravam um idiota.

Ele se serviu uma xícara de café e pegou o telefone que estava sobre o balcão. Digitou e esperou tocar.

— Alô — Leo atendeu ao quinto toque.

— Voltei — disse ele, afastando os pensamentos de Clare.

Mesmo depois do tempo que haviam passado juntos recentemente, ainda era meio estranho ligar para seu velho.

— Como foi sua viagem?

Sebastian ergueu a xícara.

— Boa.

Conversaram sobre o clima, e então Leo perguntou:

— Você virá para cá em breve?

— Não sei. Preciso esvaziar a casa de mamãe e prepará-la para vender. — Enquanto dizia isso, uma parte de si se retraiu ao pensar em guardar a vida da mãe dentro de caixas. — Estou adiando isso há algum tempo.

— Vai ser difícil.

Difícil era apelido, e Sebastian riu sem vontade.

— Vai.

— Quer ajuda?

Ele abriu a boca para dar uma resposta automática. Podia fechar algumas caixas. Sem problema.

— Está se oferecendo?

— Se precisar de mim.

Eram apenas objetos. Coisas de sua mãe. Ela com certeza não desejaria que Leo fosse a sua casa, mas a mãe havia morrido e o pai estava oferecendo ajuda.

— Eu gostaria.

— Direi a Joyce que passarei alguns dias fora.

Encaixotar as coisas da cozinha foi mais fácil do que Sebastian pensara. Conseguiu se afastar da situação enquanto ele e Leo trabalhavam lado a lado. Sua mãe não era muito afeita a porcelana ou cristal. Ela comia em pratos brancos comuns, de modo que se quebrasse um deles poderia facilmente substituí-lo. Comprava os copos no Walmart porque, se quebrasse um deles, não haveria problema. Suas panelas e tigelas eram velhas e muito bem conservadas, porque ela raramente cozinhava, principalmente depois que Sebastian saíra de casa.

Mas o fato de a mãe não ser materialista não significava que ela não havia sido vaidosa até o dia em que morreu. Era exigente quanto à cor de seus cabelos, de seu batom e a combinação de cores entre os sapatos e a bolsa. Adorava cantar as músicas antigas de Judy Garland, e quando estava no clima de gastar, comprava globos de neve. Tinha tantos que havia transformado o quarto antigo dele em uma sala de exposição para sua coleção. Ela havia montado estantes nas paredes, e Sebastian sempre suspeitara que ela havia feito aquilo para que ele não pudesse voltar para casa de novo.

Depois que Leo e Sebastian guardaram os objetos da cozinha, pegaram alguns jornais e caixas de papelão e foram para o antigo quarto de Sebastian. O piso de madeira rangia sob seus pés, e pelas cortinas brancas o sol entrava na sala e pelas fileiras de globos.

Ele quase esperava vê-la de espanador cor-de-rosa na mão, espanando as estantes.

Sebastian colocou duas caixas sobre uma mesa pequena e uma pilha de jornais sobre uma cadeira dobrável que havia colocado ali antes. Afastou as lembranças de sua mãe e o espanador de penas da cabeça. Pegou um globo que havia comprado na Rússia e o virou em sua mão.

A neve branca caía sobre a Catedral de São Basílio, na Praça Vermelha.

— Veja só... quem diria que Carol guardaria tudo isso todos esses anos.

Sebastian olhou para Leo enquanto seu pai pegava um globo antigo de Cannon Beach, Oregon. Tinha uma sereia sentada sobre uma pedra penteando os cabelos loiros enquanto pontinhos de glitter e conchas flutuavam ao seu redor.

— Comprei isso para sua mãe na lua de mel.

Sebastian pegou uma folha de papel e embrulhou o globo russo.

— É um dos globos mais antigos dela. Não sabia que você o havia comprado.

— Sim. Na época, pensei que a sereia parecia com ela. — O pai olhou para cima. As linhas fundas nos cantos de seus olhos ficaram ainda mais profundas e um leve sorriso se abriu em seu rosto. — Mas sua mãe estava grávida de sete meses.

— Eu sabia disso. — Ele colocou o globo dentro da caixa.

— Ela era tão linda e cheia de vida. Era fantástica. — Leo se inclinou para frente e pegou um pedaço de papel. — Ela gostava das coisas emocionantes, como uma montanha-russa, e eu...

— Ele fez uma pausa e balançou a cabeça. — Eu gostava de calma. — Ele embrulhou o globo. Ao som do papel, disse: — E ainda gosto, acho. Você é mais parecido com sua mãe que comigo. Gosta de animação.

Não tanto mais. Pelo menos, não tanto quanto alguns meses antes.

— Acho que estou ficando mais calmo.

Leo olhou para ele.

— Depois dessa última viagem, estou pensando seriamente em aposentar meu passaporte. Ainda tenho alguns compromissos, e depois, acho que vou me tornar *freelancer*. Talvez eu tire um tempo de folga.

— O que vai fazer?

— Não sei bem. Só sei que não quero mais viajar a trabalho. Pelo menos por um tempo.

— E pode fazer isso?

— Claro. — Falar sobre trabalho fazia que ele parasse de pensar no que estava fazendo. Pegou um globo de Reno, Nevada, e embrulhou. — Como está o novo Lincoln?

— Desliza que é uma beleza.

— Como está Joyce?

Não que não se importasse, mas pensar em Joyce era melhor que pensar no que estava fazendo.

— Planejando uma grande ceia de Natal. Isso sempre a deixa feliz.

— Não estamos nem em outubro ainda.

— Joyce gosta de planejar com antecedência.

Sebastian, então, colocou o globo dentro da caixa.

— E Clare? Ela já superou o fim do namoro com o cara *gay?* — perguntou ele, só para continuar o papo com o pai.

— Não sei. Não a tenho visto com frequência, mas duvido. Ela é uma moça muito sensível.

Aquele era mais um motivo para ficar longe dela. Moças sensíveis gostavam de compromisso. E ele nunca foi o tipo de cara que se compromete por muito tempo. Pegou um globo de *O mágico de Oz,* com Dorothy e Totó seguindo por uma estrada de paralelepípedos amarelos. Ainda que aquilo nunca acontecesse, deixou a mente divagar sobre a possibilidade de passar uma ou duas noites com Clare. Não seria nada ruim despi-la, ele tinha certeza de que faria muito bem para ela transar um pouco. Assim, ela relaxaria e ficaria mais feliz. Sorriria por semanas. Na mão dele, as primeiras notas de "Somewhere over the rainbow" começaram a tocar da caixa de música dentro da base do globo. A clássica canção de Judy Garland era a preferida da mãe, e Sebastian sentiu algo parar dentro de si. Sentiu um arrepio subir por sua coluna e pressionar seu couro cabeludo. O globo caiu de suas mãos e se espatifou no chão. Sebastian observou a água se espalhar por seus sapatos, e Dorothy, Totó e uma dúzia de pequenos macacos voadores se espalharam pelo chão. A fachada fria que ele mantivera dentro de sua alma se quebrou como o vidro a seus pés. A única base segura de sua vida não existia mais. E não mais voltaria. Ela nunca mais mexeria em seus globos de neve nem reclamaria dos sapatos. Ele nunca mais a ouviria cantar com voz falha de soprano nem diria que ele precisava cortar os cabelos.

— Droga. — Ele se sentou na cadeira. — Não consigo fazer isso.

Ele se sentia apático e ansioso ao mesmo tempo, como se houvesse enfiado uma chave na tomada.

— Pensei que pudesse, mas não posso guardar as coisas dela sabendo que ela não voltará.

Sentiu um ardor no fundo dos olhos e engoliu em seco. Apoiou os cotovelos nos joelhos e cobriu o rosto com as mãos. O barulho parecido ao de um trem de carga soou em seus ouvidos, e ele sabia que vinha da pressão que fazia para se controlar. Ele não ia chorar como uma mulher histérica. Especialmente na frente de seu pai. Se ele conseguisse segurar por mais alguns segundos, passaria e se sentiria bem.

— Não é vergonhoso sentir amor pela mãe — ele ouviu seu pai dizer mais alto que o barulho em sua mente. — Na verdade, é sinal de que você foi um bom filho. — Sebastian sentiu a mão do pai em sua nuca, o peso familiar e reconfortante. — Sua mãe e eu não nos dávamos bem, mas eu sei que ela amava você com intensidade. Ela parecia um *pit bull* quando tinha que defender você. E nunca admitia que seu menino fazia coisas erradas.

Aquilo era verdade.

— Ela fez um belo trabalho criando você praticamente sozinha, e eu sempre fui grata a ela por isso. Deus sabe que eu não estive por perto tanto quanto deveria.

Sebastian pressionou as palmas das mãos contra os olhos, e então soltou as mãos entre os joelhos. Olhou para o pai a seu lado. Respirou profundamente, e a dor entre seus olhos diminuiu.

— Ela não facilitava as coisas.

— Não invente desculpas por mim. Eu podia ter lutado mais. Devia ter procurado a justiça. — Ele passou a mão no ombro de Sebastian e apertou. — Eu podia ter feito muitas coisas. Devia ter feito algo, mas eu... pensei que brigar não valia a pena e que haveria bastante tempo quando você estivesse maior. Eu estava errado, e me arrependo disso.

— Todos temos arrependimentos. — Sebastian se arrependia de muita coisa, mas o peso da mão de seu pai parecia uma âncora em um mundo repentinamente maluco. — Talvez não devamos falar muito sobre eles, só seguir em frente.

Leo assentiu e deu um tapinha nas costas de Sebastian, como quando ele era criança.

— Por que não vai pegar um leite gelado com chocolate? Vai se sentir melhor, e eu acabo por aqui.

Ele sorriu, apesar de tudo.

— Tenho trinta e cinco anos, pai. Não gosto mais de leite com chocolate.

— Ah... Vá descansar, então, e eu termino aqui.

Sebastian se levantou e secou as mãos na frente da calça *jeans*.

— Não. Vou procurar uma vassoura e um espanador — disse ele, grato pela presença do pai na casa.

Onze

Na primeira semana de dezembro, uma neve leve cobriu as ruas do centro de Boise e os topos das montanhas com um branco puro. Guirlandas de Natal estavam penduradas nos postes, e as vitrines das lojas estavam decoradas para a temporada. Consumidores cheios de sacolas tomavam as calçadas. Na esquina da Eighth com a Main, "Holly Jolly Christmas" tocava baixinho dentro do The Piper Pub and Grille, e a música ambiente tocava um pouco mais baixa que o burburinho. Lâmpadas douradas, verdes e vermelhas aumentavam o ar festivo no restaurante de dois andares.

— Feliz Natal — Clare ergueu seu café com hortelã e tocou de novo o copo no de suas amigas.

As quatro mulheres haviam acabado de almoçar e se deliciavam com café flavorizado em vez de sobremesa.

— Feliz Natal — Lucy brindou.

— Feliz Hanukkah — disse Adele, apesar de não ser judia.

Para cobrir todas as frentes, Maddie acrescentou:

— Feliz Kwanzaa — apesar de não ser afro-americana, pan-africana ou de nunca ter pisado na África.

Lucy tomou um gole e disse ao pousar a caneca:

— Oh, quase esqueci. — Ela procurou na bolsa que estava pendurada no encosto da cadeira e tirou dali diversos envelopes. — Finalmente me lembrei de trazer cópias da foto de todas nós juntas na festa do Dia das Bruxas.

Ela entregou um envelope a Clare, sentada a sua direita, e colocou outros dois em cima da mesa.

Lucy e seu marido, Quinn, haviam feito uma festa à fantasia na casa nova em Quill Ridge, com vista para a cidade. Clare tirou a foto do envelope e olhou para si mesma com uma fantasia de coelho ao lado de três amigas. Adele havia se vestido de fada, com grandes asas transparentes; Maddie de Sherlock Holmes, e Lucy vestia uma fantasia provocante de policial.

A festa havia sido muito divertida. Exatamente o que Clare necessitava depois de dois meses e meio de muitas dificuldades. No fim de outubro, sua tristeza havia começado a diminuir um pouco, e até havia sido convidada por Darth Vadder para sair. Sem o capacete, Darth era atraente, do tipo machão. Ele tinha emprego, todos os dentes e os cabelos, e parecia ser cem por cento heterossexual. A antiga Clare teria aceitado o convite para jantar com a esperança subconsciente de que aquele homem diminuiria sua sensação de perda. Mas, apesar de se sentir lisonjeada, recusara. Era cedo demais para namorar.

— Quando será o evento de autógrafos de seu livro? — Adele perguntou a Clare.

Ela olhou para frente e colocou a foto dentro de sua bolsa.

— Haverá um na Borders no dia 10. Outro na Walden's no dia 24. Espero atrair todos os clientes que estejam fazendo suas compras de última hora.

Já fazia quase cinco meses desde que encontrara Lonny com o funcionário da Sears, e havia superado. Não tinha mais que lutar contra as lágrimas e não sentia o peito tão apertado e vazio; mas ainda não estava pronta para namorar. Ainda não. Provavelmente não por um bom tempo.

Adele tomou um gole de seu café.

— Vou ao evento do dia 10.

— Sim, estarei lá — disse Lucy.

— Eu também. Mas não chegarei perto do *shopping* no dia 24. — Maddie olhou para frente. — Com aquele lugar tão lotado, tenho mais chances de encontrar um antigo namorado.

Clare levantou uma mão.

— Eu também.

— Isso me fez lembrar que tenho uma fofoca. — Adele colocou a xícara sobre a mesa. — Encontrei Wren Jennings dia desses, e ela deixou escapar que não consegue encontrar ninguém interessado em seu novo livro.

Clare não gostava muito de Wren, achava que ela tinha um ego enorme, mas pouco talento para mantê-lo. Havia feito um evento de autógrafos com ela, e não queria mais nenhum. Além de ter monopolizado as duas horas inteiras, não parava de dizer a quem se aproximava da mesa que ela escrevia "romance de época de verdade, não dramas falsos". E então, olhava diretamente para Clare como se ela fosse uma criminosa. Mas não encontrar uma editora para um livro seria péssimo.

— Nossa, que assustador.

Lucy assentiu.

— Sim, ninguém judia mais das palavras que Wren, mas não ter um editor seria assustador.

— Que alívio enorme para a Earth Firsters. Nenhuma outra árvore terá que morrer para os terríveis livros de Wren.

Clare olhou para Maddie e riu.

— Miau.

— Vamos, você sabe que aquela mulher não é capaz nem de formar uma frase inteligente e não reconheceria um bom enredo nem se o esfregassem em sua bunda. E a bunda ali é grande, viu? — Maddie franziu o cenho e olhou para as amigas. — Não sou a única parecida com um gato nesta mesa. Só digo o que todo mundo está pensando.

Isso era verdade.

— Bem — disse Clare, e levou o café aos lábios —, de vez em quando, sinto vontade de lamber as mãos e limpar o rosto.

— E eu sinto vontade de dormir ao sol o dia todo — Lucy acrescentou.

Adele se assustou.

— Você está grávida?

— Não.

Lucy levantou sua bebida, que continha álcool.

— Oh. — A animação de Adele logo desapareceu. — Estava esperando que uma de nós tivesse um bebê logo. Estou ficando encucada.

— Não olhe para mim. — Maddie mostrou a foto do Dia das Bruxas em sua bolsa. — Não tenho vontade nenhuma de ter filhos.

— Nunca?

— Não. Acho que sou uma das únicas mulheres do planeta que nasceu sem um desejo ardente de procriar. — Maddie deu de ombros. — Eu não me importaria de praticar com um cara de boa aparência, no entanto.

Adele levantou a xícara de café.

— Idem. O celibato é uma droga.

— Idem duplo — disse Clare.

Lucy sorriu.

— Tenho um cara bonito com quem praticar.

Clare terminou o café e pegou a bolsa.

— Exibida.

— Não quero um cara fixo — Maddie insistiu —, que ronque e puxe os cobertores. Isso é o bom de ter o Carlão. Quando termino, jogo-o de volta dentro da gaveta da cômoda.

Lucy ergueu uma sobrancelha.

— Carlão? Você deu um nome ao seu...

Maddie assentiu.

— Sempre quis um amante latino.

Clare olhou ao redor para ver se alguém tinha ouvido Maddie.

— Chhh. Fale mais baixo.

Nenhum dos outros presentes estava olhando para elas, e Clare se voltou para suas amigas.

— Às vezes, não estamos seguras em locais públicos.

Maddie se inclinou sobre a mesa e sussurrou:

— Você tem um.

— Eu não pus nome nele!

— Então, de quem é o nome que você grita?

— De ninguém.

Ela sempre havia sido muito discreta durante o sexo e não compreendia como ou por que uma mulher perderia sua dignidade e começaria a gritar. Sempre pensou que era boa de cama. Pelo menos, tentava ser, mas só conseguia gemer ou ronronar, no máximo.

— Se eu fosse você, praticaria com Sebastian Vaughan — disse Adele.

— Quem? — Lucy quis saber.

— O amigo gostoso de Clare. Ele é jornalista, e só de olhar para ele você sabe que ele sabe o que colocar onde, e com que frequência.

— Ele mora em Seattle.

Clare não via Sebastian desde a noite da festa de Leo. A noite em que ele a havia beijado e feito que se lembrasse como era ser mulher. Quando inflamara o desejo bem profundo de modo a quase permitir que seu relacionamento com Lonny se apagasse. Ela não sabia se Sebastian sabia quem, o que, onde, quando e por que, mas ele certamente sabia beijar uma mulher.

— Acho que vou ficar mais uns vinte anos sem vê-lo.

Leo havia passado o Dia de Ação de Graças em Seattle, e pelo que Clare soubera, pretendia passar o Natal ali também.

O que era triste. Leo sempre havia passado o dia de Natal com ela e com Joyce. Clare sentia saudade dele.

— Preciso ir — disse ela, e se levantou. — Eu disse à minha mãe que ajudaria com a festa de Natal este ano.

Lucy olhou para frente.

— Pensei que você tivesse se recusado a ajudá-la depois do ano passado.

— Eu sei, mas ela se comportou no Dia de Ação de Graças e não disse nada sobre a *mousse* de Lonny.

Ela pegou o casaco de lã das costas da cadeira e o vestiu.

— Isso quase a matou, mas ela não citou Lonny. Então, como recompensa, eu disse que a ajudaria. — Enrolou o cachecol vermelho no pescoço. — Também fiz que ela prometesse parar de mentir a respeito do que escrevo.

— Você acha que ela conseguirá manter a palavra?

— Claro que não, mas vai tentar. — Ela pegou a bolsa vermelha de couro de crocodilo. — Vejo vocês todas dia 10 — disse ela, acenou para as amigas e saiu do restaurante.

A temperatura do lado de fora havia aumentado, e a neve no chão começara a derreter. O vento frio batia em seu rosto enquanto ela caminhava pela varanda em direção ao estacionamento. Tirou as luvas de couro vermelhas do bolso do casaco e as vestiu. Os saltos de suas botas batiam pelo chão branco e preto quando ela entrou à direita, que dava em um restaurante italiano. Se houvesse caminhado para frente, teria ido parar no Balcony Bar — o local que Lonny sempre garantira não se tratar de um bar *gay*. Ela sabia que ele havia mentido sobre isso, assim como mentira sobre muitas coisas. E ela sempre se dispusera a acreditar nele.

Abriu as portas do estacionamento e caminhou em direção ao carro. Ao pensar em Lonny, seu coração não mais acelerava.

O que mais sentia era raiva por Lonny ter mentido para ela, e por ela querer desesperadamente acreditar nele.

A temperatura dentro do estacionamento de concreto era mais baixa que do lado de fora, e sua respiração saía esbranquiçada diante de seu rosto enquanto ela abria o Lexus e se sentava ao volante. Pensando bem, não estava mais tão brava. A única coisa boa que resultara de seu relacionamento falido com Lonny era o fato de ela ter se forçado a parar e analisar sua vida com atenção. Finalmente. Ia fazer trinta e quatro anos em alguns meses e estava cansada de relacionamentos fadados ao fracasso.

O óbvio momento de epifania que ela esperara se revelar para que resolvesse todos os seus problemas não havia acontecido. Cerca de um mês antes, enquanto ela dobrava as roupas e assistia a *The Guiding Light*, percebera que o motivo pelo qual não notara o momento *eureca* era porque não havia um momento assim... havia vários. Começando por seu problema com seu pai e passando para seu desejo inconsciente de aborrecer ou agradar sua mãe.

E Clare havia namorado homens que se encaixavam nas duas categorias. Detestava admitir que sua mãe tivera tamanha influência em sua vida pessoal, mas tivera, sim. Além de tudo isso, ela era viciada em amor. Amava o amor, e apesar de isso ajudar sua carreira, não era tão bom para sua vida pessoal.

Ela saiu da vaga do estacionamento e seguiu em direção ao guichê. Ficou um pouco envergonhada por ter chegado aos trinta e três anos e só então estar mudando esses padrões destrutivos de sua vida.

Já estava mais que na hora de ela assumir o controle. Estava na hora de quebrar o ciclo passivo-agressivo com sua mãe. Hora de parar de se apaixonar por todos os homens que lhe davam atenção. Não mais amor à primeira vista — nunca mais —, e falava sério dessa vez. Não mais acomodações — nunca mais, e isso incluía, mas não se limitava, a mentirosos, traidores e falsos. Se e quando ela se envolvesse com um homem — e não sabia se e quando, realmente — ele se sentiria um homem de sorte por tê-la em sua vida.

Um dia antes da festa de Natal de Joyce Wingate, Clare vestiu sua velha calça *jeans* e uma blusa de lã. Por cima, vestiu a parca branca de esqui, as luvas de lã e um cachecol de lã azul-claro enrolado no pescoço e na parte inferior do rosto. Passou a tarde acrescentando os últimos detalhes do lado externo da casa na Warm Springs Avenue.

As duas últimas semanas desde que encontrara as amigas para almoçar havia passado ajudando a mãe e Leo a decorar a casa do lado de dentro e de fora. Havia um grande pinheiro no meio da sala, decorado com ornamentos antigos, laços vermelhos e luzes douradas. Todos os cômodos do piso inferior haviam sido decorados com plantas verdes, velas de latão, imagens do nascimento de Jesus e a grande coleção de quebra-nozes. As louças de Natal e os cristais Waterford haviam sido limpos, as toalhas passadas e estavam esperando dentro do porta-malas do carro de Clare para serem levadas para dentro.

Um dia antes, Leo havia pegado um resfriado, e ela e Joyce insistiram para que ele abandonasse as tarefas restantes do lado de fora com medo de que seu resfriado piorasse. Ele havia recebido a tarefa de polir as peças de prata e envolver o corrimão de mogno com guirlandas de pinhas e laços vermelhos de veludo.

Clare havia começado do lado de fora, e sempre que entrava na casa para tomar café ou apenas esquentar os pés Leo reclamava dizendo que já estava bem o suficiente para pendurar luzes nos arbustos que restavam. Talvez estivesse, mas, com sua idade, Clare não queria correr o risco de vê-lo piorar e pegar uma pneumonia.

O trabalho do lado de fora não era pesado nem difícil, mas gelado e tedioso. A grande casa estava decorada com ramos iluminados penduradas na porta, na varanda e ao redor de cada coluna de pedra. Havia duas renas feitas com grãos de pimenta no quintal da frente, e doces em forma de bengalas iluminadas estendiam-se pela calçada e entrada da casa.

Clare levou a escada até o último arbusto e desembaraçou o último cordão de lâmpadas decorativas. Depois desse, ela terminaria e já estava ansiosa para ir para casa, encher a banheira de água quente e sentar-se ali dentro até sua pele enrugar.

O sol havia aparecido, esquentando o vale à temperatura agradável de meio grau abaixo de zero, o que era uma grande melhoria comparada à máxima de menos três graus do dia anterior. Clare subiu a escada e envolveu o topo da árvore de 2,5 metros com as lâmpadas. Leo saberia dizer o nome comum e científico do arbusto. Ele era incrível assim.

A folhagem congelada farfalhava ao resvalar pela manga do casaco de Clare, e os dedos de seus pés, dentro das botas, haviam perdido a sensibilidade cerca de uma hora antes. Ela não sentia mais as bochechas, mas seus dedos ainda tinham sensibilidade dentro das luvas de revestimento de pele. Ela se inclinou sobre o arbusto para passar as luzes na parte de trás e sentiu seu telefone celular cair do bolso de seu casaco. Demorou um segundo a mais para segurá-lo, e o fino telefone desapareceu no arbusto.

— Droga.

Ela enfiou as mãos no arbusto e o afastou. Viu de relance o aparelho prateado e preto quando este escorregou mais para o fundo. Ela se inclinou para frente, por cima da escada, esticando o braço o máximo que conseguiu. As pontas de suas luvas passaram pelo telefone, que desapareceu ainda mais na folhagem. Ao puxar a cabeça para fora do arbusto, um veículo virou para a entrada da garagem e seguiu até a parte de trás da casa. Quando olhou ao redor, o carro estava fora de sua vista. Imaginou que a floricultura que entregaria copos-de-leite, açafrões e amarílis para a festa estivesse um pouco adiantada.

Foi para a parte de trás do arbusto mais próximo da casa e afastou os galhos. Os ramos congelados passaram em seu rosto, e ela pensou em aranhas. Pela primeira vez desde que havia saído ficou feliz por sentir o frio. Se fosse verão, teria comprado um celular novo para não correr o risco de ver aranhas em seus cabelos.

— Oi, congelada.

Clare se endireitou e se virou tão depressa que quase tropeçou. Sebastian Vaughan caminhou em sua direção, com a luz do sol refletindo em seus cabelos, iluminando-o como um arcanjo descido do céu. Vestia uma calça *jeans*, um casaco preto, e um sorriso que indicava pensamentos nada santos.

— Quando chegou? — perguntou ela, e saiu de trás do arbusto.

— Agora há pouco. Reconheci seu traseiro quando estacionei.

Ela franziu o cenho.

— Leo não disse que você viria. — Da última vez em que ela o vira, ele a havia beijado, e a lembrança fez com que corasse.

— Ele só soube quando aterrissei, há uma hora.

Sua respiração estava esbranquiçada, e ele tirou uma mão do bolso do casaco e a estendeu em direção a ela.

Ela se afastou e segurou o punho dele com a mão coberta pela luva.

— O que está fazendo?

O sorriso dele fez os cantos de seus olhos verdes se enrugarem.

— O que você acha que eu ia fazer?

Ela sentiu o peito apertado quando se lembrou com clareza do que ele havia feito com ela na festa de aniversário de seu pai. Mais que do que havia feito, ela se lembrava de sua resposta. E o mais perturbador era que ela queria se sentir daquela maneira de novo. Queria o que toda mulher queria: sentir desejo e ser desejada.

— Com você, nunca se sabe.

Ele pegou um pedacinho de galho dos cabelos dela e o mostrou a ela.

— Seu rosto está vermelho.

— Porque está congelando aqui fora — disse ela, e pôs a culpa no clima.

Tirou a mão do punho dele e deu um passo para trás. Quem precisava de um homem para fazer com que ela se sentisse bem consigo mesma era a antiga Clare, disse a si mesma. A Clare mais nova e mais esperta havia aprendido que não precisava de homem nenhum para se sentir bem.

— Por que não faz algo útil e telefona para o meu celular?

— Por quê?

Ela apontou para trás.

— Porque eu o derrubei aqui dentro.

Ele riu e pegou o BlackBerry preso a seu cinto.

— Qual é o número?

Ela lhe deu o número, e poucos instantes depois, "Don't phunk with my heart", do Black Eyed Peas, começou a tocar dentro do arbusto alto.

— O toque do seu celular é do Black Eyed Peas?

Clare deu de ombros e procurou dentro do arbusto mais uma vez.

— É meu novo lema.

Ela afastou vários galhos e viu o telefone.

— Quer dizer que você superou seu namorado *gay?*

— Sim. — Ela não amava mais Lonny. Esticou o braço o máximo que pôde e pegou o telefone. — Consegui — sussurrou, e saiu de perto do arbusto.

Virou-se, e a parte da frente de seu casaco roçou em Sebastian. Ele segurou os braços dela para que ela não caísse. Ela olhou para o zíper do casaco dele, até seu pescoço e seu queixo, passando pelos lábios até chegar aos olhos, que a fitavam.

— O que está fazendo aqui? — perguntou ele. Em vez de soltá-la, ele a segurou com mais força e a colocou em pé, aproximando seu rosto do dela. — Além de perder o telefone.

— Luzes de Natal.

Ela poderia ter se afastado.

Ele olhou para os lábios dela.

— Está mais frio que a bunda de um cavador de poços aqui.

Sim, ela poderia ter se afastado, mas não se afastou.

— Já sentiu a bunda de um cavador de poços?

Ele negou com um movimento de cabeça.

— Então, como pode saber se está mais frio? E por que o traseiro, e não o cotovelo?

— Sei lá, foi só modo de falar. Não é... — Sua voz foi sumindo com o hálito branco de sua respiração. Olhou nos olhos dela e franziu o cenho. — Você sempre foi muito literal. — Soltou os braços de Clare e apontou para a sequência de luzes — Precisa de ajuda?

— De você?

— Há mais alguém aqui?

Os dedos dos pés de Clare estavam congelados e seus polegares estavam perdendo a sensibilidade. Com ajuda, ela não teria que perder tempo subindo e descendo a escada e levando-a de um lado a outro. Poderia estar dentro da casa se aquecendo em dez minutos, e não dali a meia hora.

— Qual é a segunda intenção?

Ele riu e subiu a escada.

— Não pensei em nada. — Ele pegou as luzes e as enrolou na parte de cima do arbusto. Seu braço era tão comprido, que ele não precisava descer e mover a escada. — Mas vou pensar.

E, quinze minutos depois, ele pensou.

— É meu preferido — disse Sebastian ao entregar a Clare uma xícara de chocolate. Ele tivera que a convencer a acompanhá-lo para dentro da casa, e começou a se perguntar por que havia se dado ao trabalho. Ele não tinha dificuldade para encontrar companhia feminina. — Gosto dos *marshmallows* para mastigar.

Ela tomou um gole do chocolate e olhou para ele com seus olhos azuis, e então, ele percebeu por que havia se dado ao trabalho de fazê-la tirar o casaco e pendurá-lo. Não que necessariamente gostasse daquilo, mas não tinha como negar que havia pensado muito nela nos últimos meses. Ele tomou um gole do chocolate. Por motivos que nem sequer conseguia começar a explicar, não conseguia tirar Clare Wingate da cabeça.

— Isto é muito bom — disse ela ao baixar a xícara. Ele a observava enquanto ela lambia o chocolate de seu lábio superior, e sentiu algo em sua virilha. — Veio passar o Natal?

Ele queria Clare, e não como amiga. Sim, ele gostava dela o bastante, mas tão perto dela, sentia vontade de lamber o chocolate de seus lábios.

— Não pensei tão adiante. Estava em Denver hoje de manhã e telefonei para meu pai. Ele começou a tossir e a fungar e troquei meu voo de Seattle a Boise.

— Ele está com gripe.

Sua atração por ela era totalmente física. Só isso. Queria seu corpo. Que pena que ela não devia ser o tipo de mulher a fim de diversão mútua.

— Dava a impressão de que ele estava sem fôlego — disse ele, e não queria nem pensar em quanto isso o havia preocupado.

Ele havia imediatamente telefonado para a companhia aérea e mudado o destino. Durante as quase duas horas de viagem a Boise, ele havia imaginado cenas diferentes. Era uma pior que a outra. Quando aterrissou, sentiu um nó no estômago e várias caraminholas tomaram sua mente. Isso não era normal para ele.

— Mas acho que exagerei, porque quando telefonei para ele do aeroporto de Boise, ele estava polindo as peças de prata na cozinha de sua mãe e reclamando por ter ficado em casa como se fosse um bebê. Parecia irritado por eu estar telefonando para saber como ele estava.

Ela esboçou um sorriso e recostou-se no balcão.

— Acho bacana que você tenha se preocupado. Ele sabe que você está aqui?

— Não entrei ainda. Eu me distraí ao ver seu traseiro saindo do arbusto — disse ele, em vez de admitir que se sentia um tolo. Como uma velha paranoica. — Tenho certeza de que ele viu o carro da locadora e virá aqui quando terminar.

— O que você estava fazendo em Denver?

— Dei uma palestra ontem à noite em Boulder, na Universidade do Colorado.

Ela ergueu uma das sobrancelhas e soprou o líquido.

— Falou sobre o quê?

— Sobre o papel do jornalismo em tempos de guerras.

Uma mecha dos cabelos dela caiu em seu rosto.

— Parece interessante — disse ela, e balançou sua bebida.

— Instigante. — Ele colocou a mecha atrás da orelha dela, e ela não levou um susto ou segurou a mão dele. — Decidi qual será minha segunda intenção.

Ele abaixou a mão. Ela inclinou a cabeça para o lado e colocou a xícara sobre o balcão ao lado dele. Seus lábios carnudos de estrela de filme pornô ficaram tensos.

— Não se preocupe, só precisa sair comigo para comprar um presente de Natal para meu pai.

— Você esqueceu o que aconteceu quando quis um presente de aniversário para ele?

— Não esqueci. Demorei uns bons quinze minutos para cortar todas aquelas porcarias cor-de-rosa da vara de pescar.

Ela parou de franzir o cenho e sorriu contente.

— Acho que você aprendeu sua lição.

— Que lição seria?

— Não brincar comigo.

Dessa vez, foi ele quem sorriu.

— Clare, você gosta quando eu brinco com você.

— O que tem fumado?

Em vez de responder, ele deu um passo à frente e diminuiu a distância entre eles.

— Da última vez que brinquei com você, você me beijou e não queria parar.

Ela jogou a cabeça para trás e olhou para ele.

— *Você* me beijou. Não beijei você.

— Você praticamente sugou o ar de meus pulmões.

— Não é bem assim que me lembro das coisas.

Ele passou as mãos pelas mangas grossas da blusa de lã que ela vestia.

— Mentirosa.

Ela franziu o cenho e inclinou-se um pouco para trás.

— Fui criada para não mentir.

— Meu bem, tenho certeza de que você faz muitas coisas que sua mãe lhe ensinou a não fazer. — As mãos dele escorregaram até metade das costas dela para puxá-la para mais perto. — Todo mundo gosta de você. Meiga, uma moça tão bacana...

Ela apoiou as mãos no peito dele e engoliu em seco. Pela lã azul da blusa, a pressão suave de seu toque esquentou a pele dele e lhe causou ansiedade.

— Procuro ser uma boa pessoa.

Sebastian riu e enfiou os dedos nos cabelos macios dela. Ele segurou a nuca de Clare com uma das mãos.

— Gosto quando você não se esforça. — Ele olhou dentro dos olhos dela e viu o desejo que Clare se esforçava para esconder. — Quando você deixa a Clare de verdade se mostrar.

— Acho que não... — Ele beijou os cantos de seus lábios. — Sebastian, acho que não é uma boa ideia...

— Solte-se — disse ele ao roçar seus lábios nos dela — e farei você mudar de ideia. — Só uma vez. Um minuto ou dois. Só para ter certeza de que não havia se enganado da última vez que a beijara. Só para ter certeza de que não havia exagerado aquele beijo em sua mente apenas para satisfazer suas fantasias proibidas.

Ele começou devagar. Provocando e explorando. Com a ponta da língua, tocou o contorno dos lábios dela, aplicando beijos suaves. Ela permaneceu totalmente imóvel, tensa, mas seus dedos seguraram a parte da frente da camisa dele.

— Vamos, Clare. Você sabe que quer — ele sussurrou diante dos lábios dela.

Ela entreabriu os lábios e sentiu a respiração dele, bem no fundo de seus pulmões. Ele aproveitou o momento e, com a língua, tocou a parte interna de sua boca quente e úmida. Ela tinha gosto de chocolate e do desejo que tentava negar. Então, ela virou a cabeça para um dos lados e se recostou no peito dele. Subiu as mãos aos ombros dele e à lateral de seu pescoço. Sebastian esquentou um pouco as coisas e aplicou pressão. Ela respondeu com um leve gemido que espalhou o desejo pela carne dele e agarrou seu baixo ventre como um punho branco. Mas quando o beijo começou a ficar bom de verdade, a porta da frente da casa se abriu e se fechou, e Clare quase morreu de susto. Deu alguns passos para trás e Sebastian abaixou as mãos. Ela arregalou os olhos e respirou de modo irregular.

Sebastian ouviu os passos do pai um momento antes de Leo entrar na cozinha.

— Oh — disse o pai, e parou do outro lado da mesa. — Oi, filho.

Sebastian nunca se sentiu mais aliviado por estar usando uma blusa de lã na vida.

— Como está? — perguntou Sebastian, e pegou a caneca.

— Melhor — Leo olhou para Clare. — Não sabia que você estava aqui.

Clare, como seria de se esperar, sorriu e fez cara de paisagem.

— Sebastian me ajudou com a iluminação.

— Ótimo. Estou vendo que ele lhe deu algo gostoso e quente para lhe aquecer.

Ela arregalou os olhos.

— Como?

Sebastian tentou não rir... por um instante. Então, sua risada encheu a cozinha.

— Ele sempre gostou de chocolate com pedacinhos de marshmallow — Leo acrescentou, e então olhou para o filho. — Por que está rindo?

— Oh — disse Clare suspirando de alívio, e livrou Sebastian de ter que se explicar.

— Chocolate. Sim, Sebastian fez a gentileza de preparar um chocolate. — Ela deu alguns passos e pegou seu casaco. — Preciso tirar as toalhas do carro, e então, acho que não tenho mais nada para fazer — disse ela ao enfiar as mãos no casaco. — A menos que minha mãe peça para eu fazer mais alguma coisa. — Ela enrolou o cachecol no pescoço. — O que estou dizendo? Claro que ela vai me pedir para fazer mais alguma coisa. Sempre pede.

Ela olhou para o outro lado da cozinha.

— Leo, cuide-se para que sua gripe não piore, e com certeza nos veremos na festa de minha mãe. — Ela olhou para Sebastian. — Obrigada por sua ajuda.

— Vou acompanhar você até lá fora.

Ela levantou uma das mãos e arregalou os olhos azuis.

— Não! — Seu sorriso diminuiu, mas continuou ali. — Fique com seu pai.

Ela pegou as luvas e saiu da cozinha. Alguns momentos depois, fechou a porta.

Leo olhou para Sebastian.

— Que estranho. Aconteceu alguma coisa que eu deveria saber?

— Não. Nada aconteceu. — Nada sobre o que falaria com seu pai. Leo não tinha que saber sobre o beijo. — Acho que ela está estressada por causa da festa.

— Deve ser isso — disse Leo, mas não pareceu convencido.

Doze

Clare passou pelos diversos membros dos círculos sociais e organizações de caridade de sua mãe, sorrindo e trocando palavras de circunstância. Vários decibéis abaixo do burburinho, Bing Crosby cantava "The first noel". Para a festa de Natal, Clare havia prendido um ramo de azevinhos no bolso da blusa de lã. A blusa se fechava com botões de pérola pequenos na frente, e o último ficava abaixo da linha da cintura de sua calça de lã preta. Ela usava uma sandália de tiras de salto alto e prendera o cabelo em um rabo de cavalo simples. Sua maquiagem estava perfeita, e o batom vermelho combinava com sua blusa. Ela estava linda.

E sabia que estava. Não tinha por que negar. Pena que estava negando ter se vestido daquela maneira pensando em um determinado jornalista. Podia dizer a si mesma que sempre tentava estar bonita, o que era verdade. Mas nunca antes havia sido tão meticulosa com o delineador, nem aplicara a base ou separara os cílios com tanta perfeição só para participar de uma das festas da mãe.

Não sabia por que havia se dado ao trabalho. Nem sequer gostava de Sebastian. Bem, não gostava muito. Com certeza, não o suficiente para se preocupar tanto com sua aparência. O pior era o fato de ela se esquecer de que não gostava muito dele assim que ele a beijava. Ele tinha um jeito de fazer com que toda sua racionalidade desaparecesse. De fazer com que ela se derretesse por dentro e que sentisse vontade de ser abraçada.

Ela dizia a si mesma que isso pouco tinha a ver com Sebastian em si, era mais com o fato de ele ser um heterossexual normal. Exalava testosterona e produzia feromônios em quantidade suficiente para causar overdose em qualquer mulher que se aproximasse. Depois de Lonny, ela se sentia especialmente vulnerável a esse tipo de força sexual.

Da última vez que ele a beijara, ela sentira vontade de ficar ali, alheia e sem se envolver. A melhor maneira de desestimular um homem era manter-se parada em seus braços; mas é claro que isso não havia acontecido. Se Leo não houvesse entrado na casa, ela não sabia até onde as coisas teriam ido. Mas ela o teria impedido de continuar, porque não precisava de um homem em sua vida. *Então, por que estava usando o batom vermelho e a blusa bonita?*, perguntou uma voz interna. Havia alguns meses, ela nem sequer pararia para pensar nisso, muito menos numa resposta. Conversava com as amigas da mãe enquanto pensava nisso e decidiu se tratar da velha vaidade, exacerbada pelas inseguranças que trazia da infância. Mas não importava. O carro alugado que ele estava usando não estava mais estacionado na garagem. Ele provavelmente havia voltado para Seattle, e ela havia se esforçado para ficar bonita para uma casa cheia de amigas de sua mãe.

Uma hora depois do começo da festa, Clare teve que admitir que as coisas estavam indo surpreendentemente bem.

As conversas variavam de assuntos comuns e bobos até os extremamente deliciosos. Desde o último evento de arrecadação de fundos à qualidade surpreendente dos membros mais novos do clube, passando pelo fato de o médico cardiologista marido de Lurleen Naddiga ter fugido com Mary Fran Randall, de trinta anos, filha do dr. e da sra. Randall. Era de se esperar que Lurleen e a sra. Randall recusassem o convite anual para a festa de Natal dos Wingate.

— Lurleen não anda muito bem desde que fez a histerectomia — Clare ouviu alguém sussurrar ao carregar uma bandeja de prata com canapés para a mesa da sala de jantar.

Clare conhecia a sra. Maddigan havia muito tempo e achava que Lurleen nunca havia sido muito boa das ideias. Qualquer pessoa que fizesse Joyce Wingate parecer preguiçosa tinha problemas de controle. Ainda assim, trair não era correto, e ser trocada por uma mulher com metade de sua idade deve ter sido humilhante e doloroso. Talvez ainda mais humilhante e doloroso que flagrar seu noivo com o moço da Sears.

— Como andam seus textos, querida? — perguntou Evelyn Bruce, uma das amigas mais próximas de Joyce.

Clare olhou para a sra. Bruce e controlou a vontade de fazer uma careta. Evelyn se recusava a acreditar que havia chegado aos setenta anos, e ainda tingia os cabelos de vermelho. A cor fazia que ela ficasse com cara de morta e não combinava em nada com seu terno St. John vermelho.

— Ótimos — respondeu Clare. — Obrigada por perguntar. Meu oitavo livro será lançado este mês.

— Que maravilha! Sempre pensei que alguém devia escrever um livro sobre minha vida.

Não era o que todo mundo pensava? O problema é que a maioria das pessoas achava sua vida mais interessante do que era, na realidade.

— Talvez eu pudesse contá-la e você poderia escrevê-la para mim.

Clare sorriu.

— Escrevo ficção, sra. Bruce. Tenho certeza de que não conseguiria contar sua história tão bem como a senhora. Com licença.

Clare fugiu para a cozinha, onde Leo estava preparando mais bebidas. Havia uma mistura de canela e cravo da Índia cozinhando no fogão, enchendo a casa com os aromas da época do ano.

— O que posso fazer? — perguntou ao entrar e se colocar ao lado do velho.

— Vá se divertir.

Seria difícil. Aquelas mulheres da velha guarda não eram muito divertidas. Olhou pela janela, para seu Lexus estacionado ao lado do Town Car de Leo — nem sinal do carro alugado de Sebastian.

— Sebastian foi para casa? — perguntou ela, e pegou o saca-rolhas.

— Não. Devolvemos o carro. Não faz sentido continuar com ele sendo que Sebastian pode usar o Lincoln enquanto estiver aqui. — Leo colocou claras em neve dentro da mistura que preparava. — Ele está em casa sozinho. Tenho certeza de que não ficaria chateado se você fosse lá dizer oi.

A notícia de que Sebastian ainda estava na cidade fez com que ela se sentisse ansiosa e segurou a garrafa com mais força.

— Oh... é... não posso deixá-lo aqui fazendo tudo.

— Não há muito a fazer.

Aquilo era verdade, mas a última coisa de que ela precisava era ficar sozinha com Sebastian, porque ele a fazia esquecer que estava se afastando dos homens por um tempo.

Ela pegou uma garrafa de Chardonnay e enfiou o saca-rolhas.

— As moças podem querer mais vinho — disse ela.

— Aconteceu alguma coisa ontem entre você e Sebastian? — perguntou Leo enquanto colocava um dos recipientes dentro da geladeira e tirava outro que havia preparado antes. — Quando entrei em casa, vocês me pareceram meio assustados.

— Ah, não.

Ela balançou a cabeça e sentiu o rosto esquentar ao se lembrar do beijo do dia anterior. Em um momento, ela bebia seu chocolate quente, e no momento seguinte, estava se aproveitando de Sebastian.

— Tem certeza? Eu me lembro de você quando criança... ficava toda nervosinha. — Leo pousou o recipiente sobre o balcão e salpicou noz-moscada. — Acho que ele gostava de puxar seus rabos de cavalo só para ouvir seus gritos.

Clare puxou a rolha e abriu um sorriso contente. Atualmente, ele tinha uma maneira totalmente nova de provocá-la.

— Não aconteceu nada. Ele não puxou meus cabelos nem pegou meu dinheiro.

Não, ele só a beijou e a fez querer mais.

Leo olhou para ela com atenção, e então assentiu.

— Se tem certeza...

Deus, ela sabia mentir.

— Sim, tenho. — Pegou a garrafa de vinho e caminhou até a despensa.

Leo riu e disse:

— Ele sabe ser chato.

— Sim — disse ela, apesar de haver palavras melhores para descrevê-lo.

Ela abriu a porta por dentro e saiu, acendeu a luz e passou por uma escada de madeira e fileiras de produtos enlatados. Em uma prateleira do fundo, pegou uma caixa de farinha e biscoitos de centeio.

Ao voltar para a sala de jantar, Clare colocou o vinho ao lado das outras garrafas. Voltou a encher uma bandeja vermelha com torradas e puxou uma uva verde do cacho. Da sala, ouviu a risada da mãe mais alta que um grupo de vozes no vestíbulo ao lado da árvore de Natal.

— Eles deixam qualquer pessoa entrar no clube, hoje em dia — alguém disse. — Antes de ela se casar, trabalhava no Walmart.

Clare franziu o cenho e enfiou a uva na boca. Não via nada de errado em trabalhar no Walmart, só nas pessoas que achavam que havia algo de errado nisso.

— Como está sua vida amorosa? — perguntou Berni Lang do outro lado do arranjo de narcisos do centro de mesa.

— Inexistente no momento — respondeu ela.

— Você não estava noiva? Ou era a filha de Prue Williams?

Clare sentiu vontade de mentir, mas sabia que Berni não estava confundindo as coisas. Estava apenas se fazendo de ingênua para poder xeretar a vida alheia.

— Tive um noivado curto, mas não deu certo.

— Que pena. Você é uma moça atraente, não consigo entender por que ainda está solteira.

Bernice Lange tinha quase oitenta anos, leves problemas com osteoporose e problemas graves de chatice. Um mal que afligia algumas mulheres depois dos setenta anos, que passavam a acreditar que podiam ser grosseiras quanto quisessem.

— Quantos anos você tem? Se é que não se importa que eu pergunte.

Claro que se importava, porque sabia aonde aquela conversa chegaria.

— Claro que não. Farei trinta e quatro anos em alguns meses.

— Oh. — Ela levou uma taça de vinho aos lábios, mas parou como se acabasse de pensar em algo. — Melhor se apressar, não é? Não vai querer que seus óvulos acabem. Isso aconteceu com a filha de Patricia Beideman, querida. Quando encontrou um homem, não pôde mais ter filhos. — Ela tomou um gole, e então completou: — Tenho um neto que pode interessá-la.

E ter Berni como avó? De jeito nenhum.

— Não quero namorar agora — disse Clare, e pegou a bandeja de canapés. — Com licença.

Saiu da sala de jantar antes de se render à vontade de dizer a Berni que seus óvulos não eram problema dela.

Clare não acreditava que o relógio biológico de uma mulher entrava em contagem regressiva depois dos trinta e cinco. Ainda tinha mais um ano, mas sentiu um nó no estômago mesmo assim. Acreditava que aquilo se devia ao estresse pelo esforço que fazia para ser educada. Nada de óvulos morrendo. Mas... o nó tomou seu estômago. Talvez... Que se dane Berni. Como se já não tivesse pressão suficiente na vida. Tinha que cumprir o prazo de entrega de um livro, e em vez de trabalhar, estava servindo canapés às amigas da mãe.

Levou a bandeja para a sala.

— Canapés?

— Obrigada, querida — disse a mãe ao olhar para a bandeja. — Estão deliciosos. — Ela ajeitou o ramo de azevinhos no bolso de Clare, e então disse: — Você se lembra da sra. Hillard, não?

— Claro que sim. — Clare segurou a bandeja de um lado e beijou o ar perto do rosto de Ava Hillard. — Como está?

— Estou bem — Ava pegou um canapé. — Sua mãe disse que você vai lançar um livro este mês. — Ela deu uma mordida e engoliu tudo com Chardonnay.

— Sim.

— Que maravilha. Não consigo me imaginar escrevendo um livro inteiro. — Ela olhou para Clare através de um par de óculos de armações grossas. — Você deve ser muito criativa.

— Eu tento.

— Clare sempre foi uma criança muito criativa — disse a mãe ao reorganizar os canapés, como se eles não estivessem dispostos do jeito certo.

A antiga Clare, passiva-agressiva, teria acidentalmente virado a bandeja para que eles escorregassem para um lado. A nova Clare simplesmente sorriu e deixou a mãe fazer o que tinha que fazer. A organização de canapés não era algo com que ela devia se importar.

— Adoro ler. — Ava era a mais nova esposa de Norris Hillard, o homem mais rico do estado e o terceiro mais rico do país. — Sua mãe sugeriu que eu pedisse a você uma cópia de seu livro mais recente.

Mas era estranho ver a mãe oferecendo brindes.

— Não dou cópias de meus livros, mas pode comprá-los em qualquer livraria. — Ela olhou para a mãe e sorriu. — Vou esquentar estes — disse ela, levantando a bandeja. — Com licença.

Ela passou pelas amigas da mãe, deixou alguns canapés e foi para a cozinha sem perder a paciência nem deixar de sorrir. Esperava encontrar Leo trabalhando. Mas era Sebastian quem estava perto do balcão, de costas para a sala, olhando para o quintal. Vestia uma camiseta por baixo de uma blusa cinza e a calça cargo de sempre. Seu cabelo parecia estar úmido na nuca e pescoço. Ao ouvir o som dos sapatos dela no piso, ele se voltou. Os dois se entreolharam, e ela parou de repente.

— Onde está Leo? — perguntou ela enquanto alguns canapés escorregavam para a ponta da bandeja.

Sebastian, como era de se esperar, estava à vontade com o vinho tinto de Joyce e segurava uma taça perto do quadril.

— Ele disse que foi descansar.

— Em casa?

— Sim. — Sebastian olhou para os olhos dela e então para seus lábios, e desceu lentamente o olhar para o ramo de azevinhos. Apontou para ela com a taça. — Você fica bem de vermelho.

— Obrigada. — Ela deu alguns passos para frente e colocou a bandeja no balcão no meio da cozinha. Ele também estava ótimo, totalmente apetitoso e ela manteve distância propositalmente. Sentia o estômago leve e pesado ao mesmo tempo, e tentou manter uma conversa educada.

— O que tem feito desde ontem?

— Passei a noite acordado, lendo. — Ele tomou um gole de vinho.

A distância entre eles permitiu que ela se acalmasse, e respirou aliviada.

— Sobre o quê, desta vez?

Ele olhou para ela por cima do copo e disse:

— Piratas.

— Piratas da internet?

— Internet? — Ele balançou a cabeça e esboçou um sorriso torto. — Não. De alto-mar. Aqueles de verdade, com espada e tudo.

Os dois primeiros livros dela haviam sido sobre piratas. O primeiro deles contava a história do capitão Jonathan Blackwell, filho bastardo do duque de Stanhope, enquanto o segundo era sobre William Dewhurst, cuja paixão pelos saques no Pacífico Sul só perdia para sua paixão por roubar o coração de lady Lidia. Durante a pesquisa que realizou para os livros, aprendeu que os piratas continuavam sendo um problema. Com certeza não causavam mais tantos estragos como centenas de anos antes, mas eram igualmente violentos.

— Está escrevendo um texto sobre piratas?

— Não, texto nenhum. — Ele caminhou em direção a ela e colocou a taça ao lado da bandeja de prata, diminuindo a distância segura entre eles. — Como está indo a festa?

Clare deu de ombros.

— Berni Lang me disse que meus óvulos estão morrendo.

Ele apenas olhou para ela com os olhos verdes, sem saber sobre o que ela estava falando.

Mas é claro que não sabia. Os homens não tinham que se preocupar com o tempo passando nem com o envelhecimento dos óvulos.

— Ela está preocupada com o fato de eu não conseguir ter um filho.

— Ah. — Ele inclinou a cabeça para o lado e olhou para a barriga dela. — Está preocupada com isso?

— Não. — Ela colocou uma mão na barriga como se quisesse se proteger do olhar forte e intensamente sexual dele. Se havia um homem que podia engravidar apenas com o olhar, esse homem era Sebastian Vaughan. — Pelo menos, não até hoje. Agora, estou um pouco assustada.

— Eu não me preocuparia com isso, se fosse você. — Ele olhou para ela. — Você ainda é linda e jovem, e vai encontrar alguém para fazer um bebê com você.

Ele disse que ela era linda, e por algum motivo idiota, aquilo a deixou zonza e aqueceu seu coração. Tocou a menininha que existia dentro dela e que costumava segui-lo. Ela desviou o olhar dele e olhou para os canapés. Havia entrado na cozinha para fazer alguma coisa. O quê?

— Se não der certo, pode adotar um ou encontrar um doador de esperma.

Ela pegou a bandeja prateada e caminhou em direção à pia.

— Não, isso pode funcionar para algumas mulheres, mas quero um pai para meu filho. Um pai em tempo integral. — Falar sobre esperma e doadores fazia que ela pensasse em fazer bebês do jeito antigo. E, com isso, ela pensava em Sebastian em pé a sua frente, usando apenas uma toalha. — Quero mais de um filho, e quero um marido para me ajudar a criá-los.

Ela puxou a lixeira debaixo da pia.

— Tenho certeza de que você sabe a importância que um pai tem na vida de um menino.

— Sim, mas você sabe que a vida não é perfeita. Sabe que mesmo com a melhor das intenções, cinquenta por cento dos casamentos terminam em divórcio.

Pensar nele de toalha fazia com que ela pensasse nele sem toalha.

— Mas cinquenta por cento, não — disse ela, sem pensar no que estava fazendo enquanto jogava fora os canapés. Enquanto observava todos eles deslizarem para o lixo, lembrou que havia ido à cozinha para esquentá-los, não jogá-los.

— Você quer um conto de fadas.

— Quero tentar.

Droga. Ela havia passado horas fazendo aqueles rolos de cogumelo. Por um segundo, pensou em tirá-los do lixo. Era culpa do Sebastian. Ele parecia tirar o ar da sala e deixava seu cérebro sem oxigênio. Voltou a colocar o cesto de lixo embaixo da pia e fechou a porta. E agora?

— Você acredita mesmo em finais felizes?

Clare se voltou e olhou para ele, que não parecia estar brincando, apenas curioso. Ela ainda acreditava? *Apesar de tudo?*

— Sim — respondeu com sinceridade. Talvez não mais acreditasse em um amor perfeito, nem em amor à primeira vista, mas ainda acreditava em amor duradouro? — Acredito que duas pessoas podem ser felizes e construir uma vida incrível juntas.

Ela colocou a bandeja no balcão ao lado de um prato de balinhas de menta com formato de árvore de Natal. Enfiou uma delas na boca e recostou o traseiro no balcão. Havia assado todos os canapés e os servido. Olhou para as unhas vermelhas ao se lembrar de um peixe congelado dentro do freezer da mãe, mas não havia nada que ela pudesse fazer com ele.

— Nossos pais não puderam.

Ela olhou para Sebastian. Ele havia se virado na direção dela e seus braços estavam cruzados sobre o peito, sobre a blusa grossa.

— Verdade, mas minha mãe e seu pai se casaram pelos motivos errados. A minha se casou porque pensou que poderia mudar um mulherengo, e o seu porque... bem, porque...

— Minha mãe estava grávida — ele terminou por ela. — E nós sabemos como isso acabou. Foi um desastre. Os dois foram muito infelizes.

— Não precisa ser desse jeito.

— O que pode impedir? Corações, flores e declarações de amor sem fim? Não me diga que realmente acredita nisso.

Ela deu de ombros.

— Só quero alguém que me ame tão honesta e intensamente quanto eu o ame.

Ela se afastou do balcão e caminhou em direção à geladeira. Abriu o freezer e viu um pote velho de sorvete, embalagens de frango e a truta que Leo havia dado a Joyce da última vez que ele e Sebastian haviam ido pescar. Fechou a geladeira e perguntou:

— E você? — Estava cansada de falar de si mesma. — Você quer ter filhos?

— Ultimamente, tenho pensado que gostaria de ter um filho, algum um dia. — Clare olhou para ele ao abrir a geladeira. Ele bebeu um gole de seu vinho, e então acrescentou: — Mas, quanto a esposa, é outra história. Não consigo me imaginar casado.

Ela também não conseguia imaginá-lo casado. Inclinou--se para frente e apoiou as mãos nos joelhos para espiar dentro da geladeira.

— Você é um desses caras.

— Que caras?

Leite. Suco de toranja. Frascos de molho.

— Esses caras que não conseguem se imaginar amarrados a uma mulher pelo resto da vida, porque existem tantas outras esperando para ser conquistadas. Aquele lance do "por que comer arroz e feijão todo dia, se dá pra variar o cardápio?". — Queijo cottage. Um pedaço de alguma coisa com formato de pizza. — Sabe o que acontece com esses caras?

— Pode me dizer.

— Eles completam cinquenta anos, ficam sozinhos e de repente decidem que está na hora de se ajeitarem. Então, compram Viagra e encontram uma mulher de vinte anos com quem possam se casar e ter alguns filhos. — Queijo. Picles. Ovos. — Mas são velhos demais para criar os filhos, e quando completam sessenta anos, as meninas de vinte os largam para arranjar alguém de sua idade e limpam a conta bancária deles, que ficam tristes e arrasados e não conseguem entender por que estão sozinhos. — Ela pegou um vidro de azeitonas Kamalamata. — Os filhos não querem que eles participem dos eventos da escola porque estão quase aposentados e todos os outros alunos da quarta série acham que o pai deles é, na verdade, seu avô.

Nossa! Ela pensou ao se levantar, aquilo parecia bem cínico. Com certeza estava dando muita bola ao que Maddie dizia. Observou a data de validade no vidro de azeitona.

— Não que eu seja amarga ou coisa assim — disse ela sorrindo ao olhar para trás. — Nem todos os homens são idiotas imaturos — completou, e flagrou Sebastian olhando para seu traseiro. — Mas eu poderia estar enganada.

Ele olhou para as costas dela.

— O quê?

— Você não escutou nada do que eu disse?

Ela fechou a porta e colocou as azeitonas sobre o balcão. Não sabia o que fazer com elas, mas pareciam melhor que qualquer outra coisa dentro da geladeira.

— É. Você acha que eu não me vejo casado porque quero "conquistar" muitas mulheres diferentes e variar o cardápio. — Ele sorriu. — Mas não é verdade. Não me vejo casado porque viajo demais, e, pela minha experiência, a distância não aumenta a saudade. Enquanto eu estiver fora, ou ela segue em frente ou eu. Caso contrário, ela passa a ver meu trabalho como concorrente e pede para que eu trabalhe menos para ficar com ela.

Clare conseguia entender o que ele dizia. Sabia como era ter que trabalhar enquanto o namorado queria sair. Sentiu afinidade com Sebastian até ele dizer:

— E as mulheres não deixam passar nada. Mesmo quando tudo está indo muito bem, elas implicam, torturam e falam sobre isso até morrer. Sempre querem discutir sentimentos e falar sobre um relacionamento e querem compromisso. As mulheres não sabem pegar leve com essas coisas.

— Meu Deus, você devia vir com uma placa de advertência.

— Nunca menti para mulher nenhuma com quem mantive qualquer tipo de relacionamento.

Talvez não com tantas palavras, mas Sebastian tinha uma maneira própria de olhar para uma mulher e fazer que ela se sentisse especial para ele. Mas, a verdade, é que só era especial até ele partir para a próxima. E ela, que conhecia a língua ferina de Sebastian, não estava imune. Não estava imune à maneira como ele olhava para ela, beijava-a, tocava e envolvia quando ela sabia que devia sair correndo.

— Defina relacionamento.

— Jesus! — ele suspirou. — Você é fogo. — Ele levantou uma mão e voltou a abaixá-la. — Um relacionamento... como namorar e fazer sexo com a mesma pessoa com frequência.

— E você é esse cara. — Ela balançou a cabeça e caminhou para o outro lado do balcão da cozinha. — Relacionamentos envolvem mais que jantar, filmes e cama. — Poderia ter falado mais sobre o assunto, mas não achava que seria boa ideia. — Quanto tempo durou seu relacionamento mais longo?

Ele pensou por um momento, e então respondeu:

— Cerca de oito meses.

Ela colocou as mãos no azulejo branco e tamborilou os dedos ao olhar para os olhos dele.

— Então, provavelmente só viu sua namorada metade desse tempo.

— Mais ou menos.

— Então, contando tudo, foram quatro meses, mais ou menos. — Ela balançou a cabeça de novo e atravessou o cômodo até a despensa, e seus sapatos faziam barulho no chão. — Estou chocada.

— Com o quê? Com o fato de não ter durado mais?

— Não — respondeu ela ao abrir a porta. — Por ter durado tudo isso. Quatro meses é tempo suficiente para não se incomodar com conversa sobre compromisso e sentimentos. — Ela franziu o cenho e entrou na despensa. — A pobre coitada deve ter se esgotado psicologicamente.

Ela passou pela escada de dois degraus e procurou uma caixa disso ou uma lata daquilo. Qualquer coisa para servir às amigas da mãe.

— Não sinta tanta pena dela — disse Sebastian da porta. — Ela era instrutora de ioga e pilates e eu a deixava praticar as coisas comigo na cama. Se me lembro bem, a posição preferida dela era cachorro baixo.

O que provava, de novo, que a mulher fazia todo o esforço no relacionamento.

— Está se referindo à posição do cachorro olhando para baixo?

— Sim, sabe como é?

Clare ignorou a pergunta.

— Então, a instrutora de ioga tinha que se dobrar toda para agradar você? Imagino que ela tinha que abalar seu mundo dentro e fora do quarto, mas o que ela ganhou com o relacionamento? Além de barriga tanquinho e bunda malhada?

Ele riu como um pecador contumaz.

— Fora do quarto, ela ganhava jantar e um filme. No quarto, ganhava orgasmos múltiplos.

Oh. Certo. Que bom. Ela nunca tivera orgasmos múltiplos. Apesar de acreditar que havia chegado perto disso, certa vez.

Ele encostou o corpo no batente da porta.

— O quê? Não tem nada a dizer?

Mas ela não era gulosa. Já fazia tanto tempo, gostaria de ter só um, mesmo.

— Tipo o quê?

— Tipo que um relacionamento não se baseia apenas em sexo e que uma mulher precisa mais que orgasmos múltiplos.

— Sim, precisa. — Ela fechou os olhos e balançou a cabeça. — Precisamos, sim. E um relacionamento é mais que sexo.

Ela olhou para ele, em pé ali, como o garanhão do mês. Estava deixando que ele a distraísse com a ideia dos orgasmos. Havia entrado na despensa para encontrar torradinhas ou algo assim...

Ele se afastou do batente e fechou a porta com o pé.

— O que está fazendo? — perguntou ela.

Ele deu alguns passos à frente até que ela precisasse inclinar sua cabeça para cima para olhar o rosto dele.

— Aparentemente, estou atacando você.

— Por quê? — Ele estava fazendo aquilo de novo. Aquilo de acabar com todo o ar da sala e deixá-la zonza. — Está entediado?

— Entediado? — Ele demorou alguns instantes pensando e respondeu: — Não, não estou entediado.

Treze

Sebastian estava longe de se sentir entediado. Estava curioso, interessado e muito excitado. Mas não era sua culpa. Era dela. Ele havia lido seu segundo livro *A prisioneira do pirata*, e ficara chocado por ter gostado tanto. Era um texto cheio de dramas em alto-mar e muita "safadeza". Uma mulher que conseguia escrever um texto tão malicioso como aquele tinha que ser boa de cama. Clare. Clare Wingate. A menina de óculos de lentes grossas que costumava segui-lo a todos os lados e perturbá-lo muito havia se tornado uma mulher interessante, misteriosa e linda. Quem poderia imaginar?

Depois de um banho frio, ele a havia procurado para perguntar se ela queria fugir da festa e almoçar com ele no centro da cidade. Algum lugar público onde não sentiria vontade de beijá-la como no dia anterior. Mas ela havia começado a falar sobre homens comendo mulheres como cardápio variado, e ele começara a se perguntar se ela era deliciosa, bem ali onde estavam. Trancados dentro da despensa.

— Então, por que está me perseguindo? — perguntou ela.

Ele passou as mãos pelos braços dela até os ombros da blusa de lã. Graças ao sapato de salto, os lábios dela ficavam logo abaixo dos dele.

— Você lembra quando nos escondemos aqui e comemos os biscoitos das bandeirantes? Acho que comi um pacote inteiro.

Ela engoliu em seco e olhou para ele com os lindos olhos azuis. E piscou.

— Você me seguiu até aqui para dizer que costumávamos comer biscoitos?

Ele passou as mãos pelos ombros dela, até a lateral do pescoço quente. A pulsação dela ficou mais rápida sob os polegares dele.

— Não. — Ele ergueu o queixo dela e abaixou o rosto em sua direção. — Quero dizer que quero experimentá-la como um prato delicioso. — Ele continuou olhando dentro dos olhos dela ao dizer: — Quero falar sobre todas as coisas que quero fazer com você. Depois, podemos conversar sobre todas as coisas que quero que você faça comigo. — Todas as coisas que ele já havia pensado que ela poderia fazer com ele.

Ela levantou as mãos e as encostou no peito dele, e ele pensou que ela poderia empurrá-lo para longe. Mas, em vez disso, disse:

— Não podemos fazer isso. Alguém vai entrar aqui.

Ele tentou imaginar se ela percebia que sua única preocupação era que fossem flagrados. Sorriu.

O batom vermelho que ela usava o estava enlouquecendo, e ele passou seus lábios nos dela.

— Não se fizermos silêncio. — Ele a beijou. — Não vai querer que Joyce nos veja. Ela ficaria horrorizada se visse você beijando o filho do jardineiro dela.

— Mas não estou beijando você.

Ele riu baixinho.

— Ainda não.

Ela suspirou e prendeu a respiração.

— Seu pai pode nos ver.

Ele passou o polegar pela pele macia do rosto de Clare enquanto continuava a brincar com seus lábios.

— Ele está tirando um de seus cochilos de vinte minutos que costumam durar uma hora. Nunca vai saber.

— Por que permito que você faça isso comigo? — perguntou ela com um suspiro.

— Porque é bom.

Ela engoliu em seco e sua garganta se moveu sob as mãos dele.

— Muitas coisas são boas — disse ela.

— Não tão boas assim. — Ela fechou os dedos segurando a blusa dele. — Admita, Clare. Você gosta dessa sensação tanto quanto eu.

— Só porque... já faz um tempo.

— Um tempo desde que...

— Foi tão bom.

Já fazia um tempo para ele também. Já fazia um tempo que ele não pensava em uma mulher como pensava em Clare. Principalmente por não estar transando com ela. Ele ergueu o rosto dela um pouco mais, e enquanto seus lábios roçavam os dela, esperou. Esperou pelo último e doce momento de hesitação. O momento antes de ela perder a guerra consigo mesma e entregar-se a ele. Quando deixava de ser a Clare perfeita. Quando não tinha mais que se esconder atrás de sorrisos amarelos e controle rígido. O momento antes de se tornar delicada e apaixonada ao mesmo tempo.

Ele sentiu a diferença em sua respiração e a pressão de seus dedos na blusa dele um segundo antes de suas mãos subirem por seu peito, deixando-lhe uma onda de calor até o pescoço. Ela entreabriu os lábios com um "ahh" quase imperceptível, e passou a ser dele. Sua entrega o excitou quase tanto quanto seus dedos passando por sua nuca. Arrepiou sua pele e o deixou totalmente empolgado.

Ele manteve o beijo leve, demorando-se para sentir o cheiro de menta no hálito dela e o calor suave de sua boca. Deixou que ela ditasse o ritmo e entregou-se a um beijo quente e úmido que era tão excitante quanto doce. Sentiu que a intensidade dela só aumentava. Sentia isso em seu toque e pelos gemidinhos que ela dava.

Ela se afastou, com a respiração ofegante, os olhos arregalados e dilatados. Segurou Sebastian pelos ombros e perguntou com um sussurro:

— Por que sempre permito que isso aconteça?

Ele sentiu a frustração dentro do peito e na virilha. Sua respiração estava um pouco mais calma que a dela.

— Já falamos sobre isso.

— Eu sei, mas por que com você? — Ela lambeu os lábios úmidos. — Há muitos outros homens no mundo.

Ele a puxou contra seu peito até que os seios dela pressionaram a parte da frente de sua blusa.

— Acho que eu faço melhor que esses outros homens.

A hora da conversa havia terminado, e ele a beijou de novo. Ela não hesitou dessa vez. Demonstrou apenas paixão, intensidade quente, assim como a ele.

Ele pousou a mão sobre o traseiro dela e enfiou uma perna entre as dela. Encostou-a em sua ereção, transformando seu desejo por ela em algo guloso que não conseguia controlar. O beijo dela se tornou mais úmido e mais faminto, e ele lhe deu o que ela precisava.

Ela estava enganada em relação a ele. Ele não queria uma mulher que fizesse tudo por ele. Se bem que não havia nada de errado em abalar seu mundo na cama. Ou fora da cama. Ou na despensa.

Naquele momento, Clare estava se saindo muito bem. Ele tirou a mão de seu traseiro, levou-a a sua cintura e deslizou os dedos por baixo da blusa dela. Sua pele era macia, e ele traçou um círculo em sua barriga com o polegar. Ela se mexeu contra sua ereção e ele controlou a vontade de abaixar a calça dela e fazer sexo bem ali, no chão da despensa onde qualquer um poderia entrar, satisfazer seu desejo entre suas coxas macias e acabar com aquela vontade que tomava seu corpo e acrescentava um pouco de dor ao prazer.

Ele ergueu uma mão até o primeiro botão da blusa de Clare e puxou. A blusa se abriu e ele continuou a beijá-la sem parar enquanto descia a mão até o botão seguinte. A última coisa que queria era que ela o detivesse. Haveria tempo para parar mais tarde. Naquele momento, ele só queria um pouco mais.

Cinco outros botões e a mão dele escorregou entre as partes abertas da blusa e segurou o seio dela. Pela renda do sutiã, o mamilo intumescido roçou a palma de sua mão.

Ela se afastou e olhou para a mão dele.

— Você desabotoou minha blusa.

Ele esfregou o polegar em seu mamilo, e ela fechou os olhos e prendeu a respiração.

— Quero você — ele sussurrou.

Ela olhou para ele, desejo e controle em conflito em seus olhos azuis.

— Não podemos.

— Eu sei.

Pelos furinhos da renda, ele sentiu um pouco da pele quente dela.

— Vamos parar. — Ela balançou a cabeça, mas não afastou a mão dele. — Devemos parar agora. A porta não tem chave. Alguém pode entrar.

Verdade. Normalmente, isso faria que ele parasse. Mas não naquele dia. Com as duas mãos, ele afastou as partes da blusa ainda mais e olhou para baixo.

— Desde aquela noite no Double Tree — disse ele —, tenho pensado nisso. Em despir você e tocá-la. — Ele olhou para seu decote e para os mamilos intumescidos pressionados contra a renda vermelha de seu sutiã. — Em ver a pequena Clare de novo.

— Não sou pequena mais — ela sussurrou.

— Sim, eu sei — disse ele, e escorregou três dedos por baixo da alça do sutiã. — Gosto disso. — Você devia sempre usar vermelho.

Por baixo da renda, ele desceu os dedos para o laço vermelho entre os seios, no decote. Inclinou-se para frente e beijou a lateral de seu pescoço enquanto com as mãos abria o pequeno fecho escondido por baixo do laço. O sutiã se soltou e ele o puxou, com a blusa, pelos braços dela.

— Mas você fica mais bonita nua hoje em dia. — Seus seios claros eram perfeitamente redondos e ostentavam mamilos pequenos e cor-de-rosa, intumescidos e expostos como uma sobremesa. Ele abaixou a cabeça e beijou seu pescoço, o decote e a lateral de seus seios. Olhou no rosto dela enquanto abria os lábios e tocava com a língua a ponta de seu mamilo. Ele continuou o movimento e ela levou as mãos ao rosto dele, arqueando as costas. Suas narinas se abriram, e ela o observou com os olhos azuis, brilhando de desejo.

Sebastian passou as mãos pelas costas dela e a segurou enquanto abria seus lábios úmidos e a beijava. Sua língua brincava com as texturas macias e mais ásperas de sua carne enquanto o desejo o dominava e torturava.

— Pare! — ela sussurrou e o empurrou.

Ele olhou para ela, assustado e embriagado com o gosto de sua pele em seus lábios. Parar? Mas ele havia acabado de começar!

Na cozinha, alguém abriu a torneira da pia.

— Acho que é Leo — ela sussurrou.

Ele apertou ainda mais as costas dela enquanto prestava atenção à voz abafada de seu pai do lado de fora. A última coisa que queria era parar, mas não queria que seu pai entrasse ali e flagrasse os dois.

— Venha para a casa comigo — disse ele perto de seu ouvido.

Ela balançou a cabeça e se afastou dele. O barulho da água foi interrompido e ele percebeu o pai se afastando em direção à sala de jantar.

Passou os dedos pelos cabelos, frustrado.

— Você tem uma casa grande. Tenho certeza de que há bastante espaço para terminarmos isto.

Mais uma vez, ela balançou a cabeça ao segurar a parte da frente do sutiã e fechar o laço. Seu rabo de cavalo resvalou em seus ombros.

— Eu devia saber que você iria longe demais.

A frustração que ele sentia confundiu sua mente e tomou sua virilha, e ele queria terminar o que havia começado. Na casa do pai. Na casa dela. Dentro do carro. Não importava.

— Há menos de um minuto, você não estava reclamando.

Ela olhou para frente, e então para baixo enquanto prendia o fecho entre os seios.

— Quem teve tempo? Você foi rápido demais.

Agora, ela o estava irritando. Assim como fizera naquela manhã no Double Tree.

— Você curtiu tudo o que eu estava fazendo, e se Leo não houvesse entrado na cozinha, ainda estaria gemendo e segurando minhas orelhas. Mais alguns minutos e eu teria conseguido despi-la totalmente.

— Eu não estava gemendo. — Ela uniu as partes da blusa.

— E não se deixe enganar. Eu não teria permitido que você tirasse mais nenhuma peça minha.

— E não minta para si mesma. Você teria deixado eu fazer o que quisesse. — Ele lutou contra o desejo de agarrá-la e beijá-la até que ela implorasse por mais. — Da próxima vez que me deixar despi-la, vou até o fim.

— Não haverá próxima vez. — Suas mãos tremiam enquanto ela abotoava a blusa. — Isso fugiu do controle sem que eu conseguisse parar.

— Sei. Você não é uma menina que não sabia aonde isso ia dar. Da próxima vez, vou fazer o serviço completo que seu noivo não fez.

Ela respirou fundo e olhou para ele. Estreitou os olhos e a antiga Clare voltou. Totalmente arrumada e controlada.

— Que cruel. — Ele se sentia cruel. — Você não sabe nada sobre minha vida com Lonny.

Não, mas podia adivinhar. Ouviram o som de passos de novo, e ele se inclinou para frente e disse com um sussurro.

— Vou alertá-la agora. Se eu voltar a enterrar o rosto em seus seios, vou dar a você o que tanto necessita.

— Você não faz ideia do que preciso. Fique longe de mim — disse ela, e saiu da despensa, fechando a porta.

Ele adoraria poder sair correndo também, mas tinha um problema doloroso dentro da calça, pressionado contra o zíper.

Pela porta, ele ouviu a voz do pai.

— Você viu Sebastian? — perguntou Leo.

Sebastian esperou que ela o entregasse, como fazia na infância quando ficava irritada com ele. Olhou ao redor para encontrar algo que escondesse sua ereção.

— Não — respondeu Clare. — Eu não o vi. Já olhou em sua casa?

— Sim. Ele não está lá.

— Bom, tenho certeza de que ele está em algum lugar por aí.

Quatorze

Fiona Winters tinha certeza de que não era o tipo de mulher que atrairia a atenção de um homem como Vashion Elliot, duque de Rathstone. Ela era a governanta da filha dele. Uma ninguém. Uma órfã com poucas coisas de valor. Gostava de pensar que era uma boa governanta para Annabella, mas nem sequer era bonita. Ou, pelo menos, não como eram cantores de ópera ou bailarinas, como era a preferência do duque.

— Com licença, senhor.

Ele deu um passo para trás e inclinou a cabeça para o lado. Desviou o olhar do rosto dela.

— Acho que o ar fresco dos campos italianos deu um brilho a mais a suas faces. — Ele ergueu uma mão e pegou uma mecha dos cabelos dela dançando na brisa diante de seus olhos. Ele passou os dedos pelo rosto dela e prendeu a mecha atrás da orelha. — Você está bem melhor esses últimos três meses.

Ela prendeu a respiração e conseguiu responder um "Obrigada". Tinha certeza de que uma dieta constante tinha mais a ver com sua saúde que com o ar. Assim como tinha certeza de que o *duque de Rathstone não queria dizer nada com seu comentário sobre a aparência dela.*

— Se me der licença, senhor, devo preparar Annabella para a visita do conde e da condessa de Diberto.

Clare pegou um livro de pesquisa sobre a nobreza e o abriu. Estava prestes a incluir dois novos personagens e precisava ter certeza de que sabia os títulos corretos da aristocracia italiana.

Enquanto abria uma página no meio do livro, a campainha tocou e *Paperback Writer* se ouviu na casa. Era manhã de sábado, e ela não estava esperando ninguém.

Clare se levantou da cadeira e foi até uma das janelas do quarto que dava para a entrada da casa. O Lincoln de Leo estava estacionado ali, mas ela teve a sensação de que o homem não era o condutor.

Abriu a janela e o ar frio de dezembro soprou em seu rosto e entrou pela blusa de lã de gola alta.

— Leo?

— Não. — Sebastian saiu da varanda e olhou para cima, para ela. Usava uma jaqueta preta e óculos de sol pretos.

Ela não o via desde o dia anterior, depois de fugir da despensa da casa da mãe. Sentiu o rosto esquentar, apesar do frio. Esperava não ter que vê-lo por um tempo. Talvez um ano.

— Por que está aqui?

— É onde você mora.

Olhar para ele fez que ela sentisse ansiedade. O tipo de ansiedade que não tinha nada a ver com nenhum tipo de emoção profunda e tudo a ver com desejo. O tipo de desejo que qualquer mulher sentiria por um homem cuja aparência e sorriso combinados fossem de matar.

— Por quê?

— Deixe-me entrar e direi por quê.

Deixá-lo entrar na casa? Ele estava louco? Ontem mesmo ele a havia alertado, dizendo que daria o que acreditava que ela necessitava. Claro, tudo isso havia sido previsto para que ela voltasse a ficar seminua com ele. E ela não tinha muita certeza de que não...

— Vamos, Clare. Abra a porta.

...aconteceria de novo. E ainda que adorasse colocar a culpa toda nele, ele estava certo. Ela já tinha idade suficiente para saber onde uma blusa desabotoada levaria.

— Estou congelando aqui fora — disse ele, interrompendo seus pensamentos, que não faziam muito sentido.

Clare colocou a cabeça para fora da janela e olhou para os vizinhos dos dois lados. Ainda bem que ninguém o havia escutado.

— Pare de gritar.

— Se está pensando que vou tentar agarrá-la de novo, não precisa se preocupar — ele gritou mais alto. — Não vou conseguir lidar com outra rejeição tão cedo. Tive que ficar dentro daquela maldita despensa por meia hora.

— Chhh!

Ela fechou a janela e saiu do escritório. Se não tivesse medo do que ele podia gritar em seguida, não teria permitido sua entrada, mas ela suspeitava que ele sabia disso. Ela desceu a escada e passou pela cozinha, até a entrada.

— O que foi? — perguntou ela ao colocar a cabeça para fora da porta de entrada.

Ele enfiou as mãos nos bolsos e sorriu.

— É assim que você recebe suas visitas? Não é à toa que todos a consideram uma moça tão bacana.

— Você não é visita. — Ele riu e ela suspirou com resignação. — Tudo bem. — Ela abriu a porta e ele entrou.

— Cinco minutos.

— Por quê? — Ele parou na frente dela e puxou os óculos para o topo da cabeça. — Vai realizar outro grupo de oração?

— Não. — Ela fechou a porta e recostou-se nela. — Estou trabalhando.

— Pode fazer um intervalo de uma hora?

Podia, mas não queria passar nenhum intervalo com Sebastian. Ele exalava um cheiro de ar fresco e um daqueles sabonetes masculinos, como Irish Spring ou Calvin Klein. Estava mais simpático que o normal, mas ela não confiava nele. E foi sua vez de perguntar:

— Por quê?

— Para poder me ajudar a escolher um presente de Natal para meu pai.

Ela não confiava que ele não tentaria nada, e não confiava em si mesma para deixá-lo entrar.

— Não seria mais fácil comprar um presente em Seattle?

— Meu pai não vai para Seattle no Natal, e finalmente encontrei um comprador para a casa de minha mãe. Não sei se o negócio será fechado a tempo de eu voltar para cá para passar o Natal com ele, então, estava querendo encontrar algo antes de ter que ir embora. Você vai me ajudar com isso, não vai?

— Sem chance.

Ele se balançou e olhou para ela.

— Eu ajudei você com a iluminação, e você disse que me ajudaria com Leo.

Ela não achava que as coisas haviam acontecido exatamente daquele modo.

— Não dá para ser amanhã?

Amanhã. Mais vinte e quatro horas para esquecer as coisas que ele havia feito com a boca. Coisas além de falar. Coisas em que ele era muito bom.

— Vou embora amanhã. — Como se ele lesse a mente dela, levantou as mãos e disse: — Não vou tocar em você. Pode acreditar, não quero passar mais um dia com tesão.

Ela não conseguia acreditar que ele havia dito aquilo. Calma, aquele era Sebastian. Claro que ela conseguia acreditar. Ele devia ter interpretado sua surpresa como confusão, porque jogou a cabeça para trás e ergueu uma sobrancelha.

— Entendeu?

— Sim, Sebastian, eu entendi...

Ela parou e ergueu uma das mãos. Não queria falar sobre aquilo. Era muito... pessoal. Algo sobre o que ele tinha que falar com uma namorada.

Ele abriu o zíper da jaqueta.

— Não me diga que não é capaz de falar tesão.

— Sou capaz, mas prefiro não dizer essas coisas.

Nossa! Ela não queria parecer sua mãe falando.

Por baixo da jaqueta, ele usava uma camisa de cambraia dentro da calça *jeans*.

— Diz isso a mulher que me chamou de imbecil. Você não fez cerimônia para dizer isso.

— Você me provocou.

— E você também.

Talvez, mas ele havia sido pior. Mentir sobre eles, dizendo que haviam dormido juntos, havia sido pior que acusá-lo de tirar vantagem dela. Muito pior.

— Pegue seu casaco. Pode acreditar, depois de ontem, aprendi a lição. Não quero tocá-la, assim como você não quer me tocar.

Era o problema. Ela não tinha tanta certeza de que não queria que ele a tocasse. Mas tinha certeza de que provavelmente era uma ideia ruim. Ela franziu o cenho e olhou para si mesma. Olhou para a parte inferior de sua blusa de gola alta que não tocava o cinto preto de couro na cintura da calça *jeans*.

— Não estou vestida para sair.

— Por que não? Parece descontraída. Não muito arrumada. Gosto de você assim.

Ela olhou para ele, que não parecia estar brincando. Seus cabelos estavam soltos e ela usava apenas rímel. Às vezes, seus amigos a provocavam porque ela passava um pouco de maquiagem todos os dias, mesmo quando não tinha intenção de sair de casa. Maddie, Lucy e Adele não se importavam se ela assustasse o carteiro. Mas ela, sim.

— Uma hora?

— Sim.

— Sei que vou me arrepender disso — disse ela suspirando ao caminhar até o armário e pegar seu casaco.

— Não vai, não. — Ele lançou a ela um dos sorrisos tortos que encolhiam os cantos de seus olhos. — Vou me comportar mesmo que me implore para jogá-la no chão e subir em cima de você. — Ele se colocou atrás dela e ajudou-a a vestir o casaco.

— Bom, talvez não se você implorar.

Ela virou a cabeça e olhou para ele enquanto tirava os cabelos de dentro da gola. As pontas de seus cabelos tocaram a mão dele antes de ele as afastar.

— Não vou implorar.

Ele olhou para os lábios dela.

— Já ouvi isso antes.

— Não de mim. Estou falando sério.

Ele olhou dentro de seus olhos.

— Clare, uma mulher diz muitas coisas mesmo sem intenção. Principalmente você. — Ele deu um passo para trás e enfiou as mãos nos bolsos do casaco. — Você vai levar bolsa?

Ela pegou a mochila de couro e a jogou em um ombro. Sebastian a seguiu para fora, e ela trancou a porta.

— Vi uma loja de gravuras no centro da cidade — disse ele ao caminhar em direção ao lado do passageiro do Town Car e abrir a porta. — Gostaria de começar ali.

A loja de gravuras era mais uma espécie de galeria de arte e loja de molduras, e Clare havia comprado diversos itens ali no passado. Naquele dia, enquanto caminhavam pela loja, ela notou o modo como ele analisava as pinturas. Parava, virava a cabeça para um lado e abaixava um dos ombros mais que o outro. Ela também notou que ele parava mais diante de imagens de nudez.

— Acho que Leo não penduraria um desses na sala de estar — disse ela enquanto ele observava uma bela mulher deitada de barriga para cima em meio a lençóis amarrotados, a luz do sol iluminando seu traseiro nu.

— Provavelmente não. Você viu alguma coisa de que tenha gostado aqui? — perguntou ele.

Clare apontou para uma mulher de vestido simples, branco, em pé na praia, segurando um bebê.

— Gosto da expressão de seu rosto. É alegre.

— Hum... — Ele virou a cabeça de lado. — Eu diria que está mais para pacífica. — Ele se mexeu diante de um desenho a giz de um homem e de uma mulher nus, abraçados. — A expressão *desta* mulher é alegre.

Ela diria que estava mais para uma expressão de quem queria gozar, se fosse o tipo de mulher que dizia tais coisas em público.

Por fim, Sebastian escolheu uma litografia assinada de um homem e um menino diante de uma rocha grande à beira do rio Payette, pescando. Enquanto observavam as molduras, ele pediu a opinião dela a respeito de cada uma delas, aceitando suas sugestões. Pagou uma quantia a mais para que o quadro ficasse pronto antes do Natal.

A entrega seria um problema, pensando no pouco tempo, e Clare não conseguiu se conter e se ofereceu para buscar o presente no dia de Natal.

Ele olhou para ela de soslaio e franziu o cenho.

— Não, obrigado.

Ela sorriu para ele.

— Não vou embrulhá-lo com embalagem cor-de-rosa. Eu juro.

Ele pensou na sugestão dela e enfiou a mão no bolso de trás para tirar a carteira.

— Se tem certeza de que não será um problema...

Ela teria um evento de autógrafos naquele dia e estaria na rua, de qualquer modo.

— Não será.

— Certo, obrigado. É um peso a menos. — Ele entregou seu Visa Platinum, e quando o dono da loja se afastou, Sebastian acrescentou: — Se eu pudesse, a beijaria.

Ela se virou e levantou a mão como se fosse uma rainha. Em vez de beijar seus dedos, ele virou a mão dela, puxou a manga do casaco para cima e beijou a parte interna de seu punho.

— Obrigado, Clare.

Ela sentiu a pele formigar braço acima, e puxou a mão.

— De nada.

Uma hora se transformou em três com uma parada em um restaurante de comida chinesa em um bairro antigo da cidade. Sentaram-se a uma mesa perto dos fundos do restaurante chinês, e Clare notou os olhares das mulheres para Sebastian enquanto eles atravessavam o salão. Não era a primeira vez que ela percebia aquilo naquele dia, os olhares furtivos e explícitos enquanto eles desciam a rua ou passeavam na galeria. Ela ficou tentando imaginar se Sebastian percebia a maneira como as mulheres olhavam para ele. Parecia não perceber, mas talvez estivesse apenas acostumado.

Começaram a comer *wraps* de alface e frango, e se Clare estivesse com as amigas, teria pedido um petisco como entrada que teria servido de almoço. Mas Sebastian não. Ele também pediu frango ao molho de laranja, *moo goo gai pan*, arroz frio com porco e aspargos.

— Vamos encontrar mais alguém? — perguntou ela depois que as entradas chegaram.

— Estou com tanta fome, que seria capaz de comer um cavalo. — Ele balançou a cabeça e serviu-se frango. — Retiro o que disse. Cavalo é duro demais.

Clare pegou uma colher de arroz, e então trocaram as entradas sobre a mesa.

— E você sabe disso porque já comeu cavalo?

— Comi? — Ele olhou para ela. — Eu já mastiguei.

Ela sentiu uma coceira no nariz.

— Onde?

Ele se serviu de mais *moo goo gai pan*, e então o entregou a Clare.

— Na Manchúria.

Ela ergueu a mão e recusou mais comida.

— Está falando sério?

— Sim. No norte da China, é possível comprar pacotes de carne de cachorro e de macaco nos mercados.

Clare olhou para o frango ao molho de laranja em seu prato.

— Você está mentindo.

— Não estou, não. Eu vi isso quando fui para lá em 1996. É a mais pura verdade. — Ele pegou o garfo e espetou um aspargo. — Muitas culturas consideram a carne do cão uma delícia. Procuro não julgar.

Clare também não gostava de julgar, mas não conseguia não pensar na pobre Cindy. Ela olhou para o pescoço dele, para a parte mais funda, visível acima da gola.

— Você já comeu cachorro?

Ele olhou para frente, e então voltou sua atenção para seu almoço.

— Não, mas meus amigos e eu comemos macaco.

— Você comeu macaco? — Ela tomou um gole do vinho Cabernet Sauvignon.

— Sim. Tinha gosto de galinha — disse ele, rindo. — Pode acreditar, depois de comer *congee* por muito tempo, o macaco foi uma delícia.

Clare nunca havia ouvido falar de *congee* e sentiu medo de perguntar. Ela o observou comer e colocou a taça sobre a mesa.

— Qual é seu próximo trabalho? — perguntou ela, mudando de assunto de propósito.

Ele levantou um dos ombros.

— Não sei bem. Decidi não assinar um novo contrato com a *Newsweek*. Nem com ninguém. Acho que vou tirar um tempo de folga.

— Para fazer o quê?

Ela comeu o arroz.

— Ainda não sei o quê.

Ela sabia que se não tivesse contrato nenhum, estaria morrendo de medo.

— Você não sente medo disso?

Ele olhou para o outro lado da mesa, seus olhos verdes encontraram os dela.

— Não tanto quanto sentia há alguns meses. Tenho trabalhado muito para chegar onde cheguei profissionalmente, e a princípio foi assustador pensar que podia perder meu ímpeto. Mas tive que aceitar o fato de que não gosto mais de viajar tanto quanto antes. Simples. Então, vou me afastar um pouco antes de me cansar totalmente. Tenho certeza de que sempre serei *freelancer*, mas quero um novo desafio. Algo diferente.

Ela acreditava que ele era assim com as mulheres também. Quando o desafio terminava, ele se preparava para passar para a próxima coisa diferente e excitante. Mas não importava se ela estava certa ou não. Ela não se envolveria com Sebastian. Além de ter decidido não se envolver com ninguém até ajeitar a vida, ele próprio havia dito que tinha problemas com relacionamentos, e sua vida amorosa não era problema dela.

— E você? — perguntou ele, e tomou um gole de vinho.

— Não. Não tenho nenhum homem na minha vida.

Ele franziu o cenho.

— Pensei que estávamos falando sobre nosso trabalho. Pelo menos, eu estava.

— Oh. — Ela sorriu para encobrir o embaraço. — Eu o quê?

— Quando seu próximo livro será lançado?

Ele colocou o vinho de volta na mesa e pegou o garfo.

— Já saiu. Tenho uma tarde de autógrafos no sábado, na livraria Walden do *shopping*.

— Sobre o que é?

— É um romance.

— Sim, eu sei. Mas sobre o quê?

Ele se recostou na cadeira e esperou a resposta. Com certeza ele não se importava.

— É o segundo livro de minha série da governanta. A heroína, claro, é uma governanta... de um duque recluso e suas três filhas pequenas. É meio como Jane Eyre e Mary Poppins.

— Interessante. Então, não é um livro sobre piratas?

Piratas? Ela balançou a cabeça.

— O livro que você está escrevendo agora é sobre piratas?

— Não. É o terceiro e último livro de minha série sobre a governanta.

— Governanta bonita?

— Claro.

E por que ele queria saber?

O garçom interrompeu e perguntou se estava tudo certo, e quando ele se afastou de novo, Clare recebeu a resposta.

— Vi seus livros na casa de meu pai.

Aah.

— Sim, ele é um doce. Compra todos eles, mas não os lê porque diz que os livros fazem que ele fique envergonhado.

— Devem ser muito quentes.

— Acho que depende do que você está acostumado a ler.

Ele olhou para ela e esboçou um sorriso levantando um dos cantos da boca.

— Não consigo acreditar que a pequena Clare Wingate cresceu e se tornou escritora de livros excitantes.

— E não acredito que você cresceu e comeu macaco. Pior, não acredito que permiti que um cara que já comeu macaco me beijasse.

Ele estendeu a mão e tocou o braço dela.

— Linda — disse ele, e olhou dentro dos olhos ela. — Beijei mais do que sua boca.

Quinze

No dia 24 de dezembro, o Boise Towne Square Mall estava lotado de consumidores de última hora. As músicas de Natal ressoavam no mesmo ritmo que as caixas registradoras. Havia adolescentes encostados na grade do segundo andar, chamando os amigos que estavam no primeiro, enquanto mães guiavam carrinhos entre as pessoas.

Na entrada da Walden's Books, Clare estava cercada por uma pilha de seu último livro, *Renda-se ao amor*, e parcialmente escondida por um pôster grande de uma heroína peituda e seu amante sem camisa. Para o evento, ela havia vestido um casaco preto e uma blusa verde de seda. Usava meia-calça preta e sapatos de salto de dez centímetros, e seus cabelos estavam enrolados e soltos até a altura dos ombros.

Parecia bem-sucedida e sofisticada, e em uma das mãos segurava a caneta Tiffany dourada. Restavam dez minutos do evento de duas horas, e ela havia vendido quinze livros. Nada mal para dezembro. Estava na hora de se recostar e relaxar. Um leve sorriso tomava seus lábios vermelhos enquanto ela olhava para o livro aberto escondido em seu colo. *Redneck Haiku*, edição dupla.

— Olá, Cinderela.

Clare desviou o olhar de um poema oriental, um haicai, a respeito do casamento de Bubba, e viu a braguilha desbotada de uma calça Levi's velha. Reconheceu aquela calça e aquela voz e sabia a quem pertenciam antes mesmo de olhar além da blusa de moletom aberta e a camiseta azul, além daquele sorriso familiar e olhos verdes.

— O que está fazendo aqui?

Havia recebido a notícia de que Sebastian estava de volta à cidade, para passar o Natal. Esperavam por ele e Leo na casa da mãe dela para a ceia da noite seguinte, mas foi um choque vê-lo do outro lado da pequena mesa. Sua resposta foi um choque ainda maior.

— Vou comprar seu livro para dar de presente de Natal a meu pai.

Ao vê-lo, uma sensação familiar fez com que sentisse o estômago revirar. Não amava Sebastian, mas gostava dele. Como não gostar de um homem que enfrentava um *shopping center* lotado para comprar um livro para o pai?

— Você podia ter telefonado e eu levaria um a você.

Ele deu de ombros.

— Tudo bem.

Que mentira. Ninguém em sã consciência estaria no *shopping*, a menos que tivesse que estar.

— Peguei a litografia de Leo hoje de manhã.

Assim como gostava dele, sentia-se atraída fisicamente. Da mesma maneira como se sentia atraída por trufas Godiva. Elas não faziam bem e eram viciantes. Quando comia uma, acabava comendo a caixa inteira. Depois, acabava se arrependendo, mas não havia dúvidas de que queria se empanturrar.

Seu sorriso enrugou os cantos de seus olhos.

— Você exagerou nos laços?

Ela riu e se recostou.

— Dessa vez, não. — E não havia como negar que ela queria se empanturrar de Sebastian. — Ainda não embrulhei.

Talvez pudesse começar pela cabeça e ir descendo pelo peitoral firme que ela sabia que estava escondido embaixo daquela blusa.

— E então?

— E então, o quê?

— Vai me convidar para ir a sua casa para ver? Ou preciso me convidar de novo?

Ela fechou o livro no colo e olhou para seu relógio. Já eram quase seis.

— Você tem planos para a noite de Natal?

— Não.

Ela pegou uma cópia do *Renda-se ao amor* e o abriu na primeira página.

— Terminei aqui. Por que não vai a minha casa ver o presente antes que eu o embrulhe? — Ela escreveu uma mensagem de Feliz Natal a Leo e assinou. — Ou você pode embrulhá-lo.

Ela entregou o livro a ele, e tocou com as pontas de seus dedos os dele sobre a heroína peituda da capa.

— Sou péssimo para fazer embalagens. Você pode cuidar disso.

Ela colocou o livro de haicai sobre a mesa e se levantou.

— Eu sabia que você ia dizer isso.

Ele riu, apontou para o livro amarelo e vermelho e ergueu a sobrancelha de modo duvidoso.

— Poesia japonesa?

— Bem, poesia japonesa provinciana. — Ela enfiou a caneta no bolsinho da bolsa. — Cultura nunca é demais para uma mulher.

— Ah. — Ele pegou o livro e o folheou. — Soube, em algum lugar, que a busca por conquistas intelectuais e artísticas são necessárias para uma mente saudável.

— E um sinal de uma sociedade esclarecida. Mesmo que seja uma sociedade provinciana — disse ela quando eles caminharam mais para o fundo da Walden's.

Clare despediu-se rapidamente do gerente da livraria e deixou Sebastian na fila comprida dos caixas. Em uma das mãos, ela segurava o livro que havia autografado para Leo, e na outra, observava o *Redneck Haiku*.

Sair do estacionamento do *shopping* foi um pesadelo. Atravessar a cidade, que normalmente tomava vinte minutos, demorou mais de uma hora. No momento em que entrou pela porta, estava mais que pronta para estar em casa. Tirou os sapatos e a meia e pendurou o casaco no armário. Ao desabotoar as mangas, a campainha tocou e ela saiu do quarto e caminhou em direção à frente da casa. Abriu a porta da frente e Sebastian estava ali, uma figura alta e de ombros largos na escuridão. Ela sentiu que ele a observava antes mesmo de acender a luz da varanda, e ele olhou para ela com os olhos verdes.

— Como conseguiu chegar aqui tão depressa? — perguntou ela, e abriu a porta ainda mais para que ele entrasse.

Mas ele ficou ali, observando-a por mais alguns instantes antes de olhar para seus lábios, para a frente de sua blusa e saia, até seus pés descalços. A fumaça branca de sua respiração pairava no ar frio diante de seu rosto.

Ela estremeceu e cruzou os braços sob os seios.

— Gostaria de entrar? — perguntou ela, achando estranho que ele ficasse ali como se seus pés estivessem congelados na varanda.

Ele voltou a olhar para ela, pareceu hesitar por um momento, e então, entrou. Fechou a porta e recostou-se contra ela. O candelabro no teto iluminou os cabelos loiros dele e os ombros.

— Está com fome? Quer que eu peça uma pizza?

— Sim — disse ele, falando por fim. — E não, não quero pizza. — Ele se inclinou para frente, escorregou a mão ao

SEM CLIMA PARA O
Amor

redor da cintura dela e a puxou contra seu peito. — Você sabe o que quero.

Ela subiu as mãos pela blusa dele. Pela maneira com que ele olhava para ela, sua intenção era clara.

Mas ele explicou mesmo assim.

— Desde aquela noite em que a vi tirar a roupa, pensei em fazer amor com você de dezenas de maneiras diferentes. Quando fui ao evento do livro, disse a mim mesmo que estava ali apenas para comprar um livro para Leo. É trinta por cento verdade. Setenta por cento mentira. No caminho, pensei em todas as maneiras como poderia tentar tirar suas roupas, mas quando você abriu a porta aqui, percebi que não quero tirar nada de você. Não somos mais crianças. Não precisamos de jogos. Quero sua participação total enquanto eu tiro suas roupas.

Uma parte dela também queria isso. Queria de verdade. O modo como ele olhava para ela a aquecia por dentro. Os dois estavam totalmente vestidos e Sebastian ainda estava de blusa, mas ele a aqueceu com nada além da pressão de seu corpo e o som do desejo em sua voz.

— Só para o caso de você estar confusa a respeito do que quero dizer — disse ele —, se não me expulsar agora, vamos transar.

"Mas, e amanhã?", a voz interna de Clare perguntou. A ansiedade em sua barriga respondeu: quem se importa? Sua voz racional aumentava o desejo que se espalhava por seu corpo.

— Obviamente me sinto atraída por você, mas não consigo parar de pensar que vamos nos arrepender. Poucas horas de sexo valem esse arrependimento?

— Não vou me arrepender, e vou fazer com que você também não se arrependa. E não importa, agora estamos além desse ponto. — Ele abaixou a cabeça e beijou o pescoço dela logo abaixo da orelha. — Precisamos fazer sexo intenso e tirar isso da cabeça. Pensei muito, e não existe outra maneira.

Sua respiração aqueceu a lateral do pescoço dela, e ela fechou os olhos. Nunca havia transado com alguém com quem não mantinha um relacionamento romântico. Pelo menos, não que se lembrasse.

— Isso deu certo no passado?

— Para mim? — Ele beijou a orelha dela. — Sim.

Talvez ele tivesse razão. Talvez ela precisasse fazer aquilo e tirar da cabeça. Apaixonar-se primeiro claramente não havia funcionado para ela. Estava no clima para o sexo. Não para o amor.

— Quando foi a última vez que você transou, Clare? — ele sussurrou.

Quando? Nossa... ah...

— Abril?

— Faz nove meses? Foi antes de seu rompimento, então.

— Sim. Quando foi sua última vez?

— Está se referindo a sexo acompanhado, certo?

Ele riu baixinho.

— Claro.

— Fiz sexo duas vezes desde que fiz exames, em agosto, de tudo, desde malária a HIV. Nas duas vezes, usei preservativo. — Ele passou os lábios nos dela e disse: — Masturbação no chuveiro, pensando em você, conta?

— Não. — Ela devia ter pensado nele uma ou duas vezes. — Eu fui boa?

— Não tão boa quanto será.

Ela passou as mãos sobre a blusa dele e segurou as duas pontas do zíper. Ele entreabriu os lábios e a beijou com intensidade e a levantou do chão.

No brilho suave do candelabro, ele tocava e provocava com a língua. Ele passava a mão pelos cabelos dela e por suas costas, aproximando-a, até pressionar sua ereção contra ela.

Em algum lugar da casa, o sistema de aquecimento foi acionado e forçou o ar pelas saídas. Ela queria Sebastian. Inteiro. Ela queria o modo como ele a tocava e a beijava e fazia que ela se sentisse, como se não se cansasse, e ela se preocuparia com os resultados e com o arrependimento depois. Gemeu enquanto o beijava e se entregava ao desejo maior que sua capacidade de controlar. Não que ela quisesse tentar.

O gemido causou uma reação repentina, como se ele estivesse esperando aquilo. Em poucos segundos, ele estava passando as mãos por todos os lados, tocando-a. Ela acabou encostada na porta e sua blusa estava no chão. Tirou o casaco de Sebastian dos ombros dele e de seus braços. Os lábios dos dois se afastaram o suficiente para ela tirar a camisa dele. Então, ele se recostou de novo na porta com a mão nos seios dela e os dedos acariciando seus mamilos pelo cetim do sutiã. Foi maluco e intenso, diferente de tudo que ela já havia vivido. Duas pessoas se entregando a um desejo puramente físico e que os consumia. Um desejo carnal pelo sexo, e ela não tinha que se preocupar com o que ele pensaria dela na manhã seguinte. Não haveria manhã seguinte, e ela poderia se entregar ao desejo completamente pela primeira vez na vida.

Ele gemeu fundo e se afastou. Sua respiração estava ofegante quando disse:

— Clare. — O desejo ardia em seus olhos verdes e mostrava exatamente o que ele estava pensando. Ele deslizou as mãos pelas costas dela e apertou seu pênis incrivelmente duro contra ela. — Uma vez pode não ser o bastante.

O corpo dela reagiu e ela se remexeu contra ele. Seus seios rasparam no peito dele.

— Duas vezes?

Ele balançou a cabeça enquanto descia a mão pela coxa esquerda dela e levantava a perna para abrigar seu corpo.

— A noite toda.

Ela se inclinou para frente e beijou o pescoço dele enquanto as mãos subiam e desciam pela lateral de seu corpo.

— Hum, acho que devo lhe informar que não tenho um quarto cheio de apetrechos sexuais.

— Ótimo, porque eu prefiro transar em um quarto normal. — Ele levou a outra mão à coxa dela e a ergueu. A saia dela ficou enrolada ao redor da cintura e ela o envolveu com as pernas. — Espero chegar lá um dia.

Pelo tecido de sua calça *jeans*, ele pressionava a ereção contra a calcinha de renda preta dela. Beijava-a enquanto iam para a sala de estar. A luz da entrada formava uma imagem retangular no escuro. Ele a segurava pelo traseiro enquanto a levava ao sofá coberto com uma das mantas de sua bisavó. À meia luz da sala, ela pôs os pés no chão e escorregou os lábios pela lateral do pescoço dele.

— Acenda a luz — disse ele, e ela sentiu a vibração pesada da voz dele contra seus lábios. — Não vamos fazer isso no escuro.

Clare tirou os cabelos do rosto ao caminhar em direção a uma mesa de canto, e então atravessou a sala para acender duas luminárias.

— É luz suficiente para você?

Ela levou a mão às costas e desabotoou a parte de trás da saia enquanto caminhava na direção dele. A peça de lã escorregou por suas pernas, e ela a deixou de lado, ficando apenas com o sutiã preto de náilon e a calcinha de renda. O momento da vergonha já passara havia muito tempo. Na noite no Double Tree, ela já havia tirado toda a roupa, ficando apenas de tanguinha.

Ainda que não se lembrasse, ele com certeza se lembrava, e obviamente gostara do que vira.

— Ou quer mais?

Com os olhos entreabertos, Sebastian a observou caminhando em direção a ele, percorrendo seu corpo todo com o olhar enquanto tirava os sapatos.

— Mais? O que você tem?

Ela ergueu uma sobrancelha ao percorrer com os olhos desde a parte mais funda de seu pescoço aos músculos definidos do peito cobertos pela pele morena clara. Um caminho da felicidade com pelos loiros escuros descia pelo peitoral bem definido e bronzeado, passando pelo umbigo em direção à sua calça *jeans*.

— Não creio que eu tenha alguma coisa que você ainda não tenha visto.

Ela colocou as mãos nos ombros dele e correu os dedos lentamente por seu peito. Seus músculos estavam tensos sob os dedos dela, e ela correu as mãos pela barriga chapada.

— Não faço ioga. Não sei fazer a postura cachorro baixo. — Ela escorregou a mão até a braguilha dele e acariciou seu pênis rígido dentro da calça. — Sinto muito, mas comigo o sexo vai ser normal.

— Estou com tanta vontade há meses, que você não tem que fazer nada além de ficar deitada ali, respirando. — Ele abaixou a cabeça e beijou o ombro de Clare. Abriu seu sutiã e deixou que ele caísse a seus pés. — Posso fazer o resto.

Ela abriu os cinco botões de metal da calça dele, e então, enfiou a mão dentro da cueca branca.

— Não quer que eu faça isto?

Ela envolveu seu pênis quente e grosso com a mão. Como ela havia suspeitado na primeira noite em que ele a beijara, Sebastian havia crescido. A resposta dele foi:

— Não! Sim!

— O que quer, afinal? — Com a mão livre, ela desceu a calça e a cueca. — Não? — Ela correu o polegar para cima e para baixo pela extensão de seu pênis. — Sim?

— Sim — disse ele.

E então, seus lábios procuraram o dela e o cheiro quente de homem que ele exalava tomou as narinas dela, e Clare respirou fundo. Ele tinha um cheiro bom e gosto de sexo. Não havia futuro com Sebastian. Só uma noite. E bastaria.

Ele segurou os punhos dela e os prendeu atrás das costas, apertando os seios dela contra seu peito.

— Droga — disse ele, com a voz rouca, a respiração acelerada. — Vá devagar ou vou me precipitar. Pelo que parece, vou aguentar só cinco segundos.

Ela aceitaria. Cinco segundos de Sebastian parecia melhor que qualquer coisa que havia muito tempo não tinha.

Ele a soltou e tirou a calça, a cueca e as meias dos pés. Nu, era lindo. Perfeito, exceto por uma cicatriz no joelho que ganhara ao cair de uma árvore na casa de sua mãe. Quando ele se inclinou para frente para pegar a carteira do bolso de trás da calça *jeans*, ela sentiu vontade de mordê-lo.

— Imagino que esse adesivo em seu quadril não é antinicotina — disse ele ao se endireitar.

— Não. É anticoncepcional.

— Tem cerca de noventa e cinco por cento de eficácia?

— Noventa e nove.

Ele segurou a mão dela e colocou o preservativo na palma.

— Vou deixar você escolher.

Por mais que sentisse desejo por ele, para Clare não havia escolha. Ela abriu a embalagem e tirou dali o anel de látex. Colocou-o acima da cabeça inchada do pênis de Sebastian e lentamente a desenrolou até a base.

— Sente-se, Sebastian — disse ela.

Ele obedeceu e ela abaixou sua própria calcinha. Ele observou quando a peça desceu, e então olhou para a virilha dela.

— Você é linda, Clare. — Ele estendeu os braços e ela se ajoelhou, aconchegando-se em seu colo. Ele beijou sua barriga. — Inteira. — Colocou a mão na virilha dela e esfregou os dedos entre suas pernas. — Principalmente aqui.

Segurou o pênis com uma das mãos e a empurrou para baixo com a outra. Ela gemeu ao sentir a cabeça, lisa, rígida e quente. Ele entrou nela pela metade, e seu corpo resistiu à invasão. Estava tão pronta para ele que foi só um intenso prazer.

SEM CLIMA PARA O
Amor

Segurou o pescoço dele com as mãos e se abaixou até se sentar completamente. A sensação percorreu seu corpo, desde o topo da cabeça até os dedos dos pés. Ela fechou os olhos e contraiu os músculos ao redor do pênis dele. Já fazia tanto tempo... estava satisfeita com a glória de todo o comprimento de Sebastian enterrado fundo dentro dela.

Evidentemente, ele não estava tão satisfeito. Em um segundo, ela o apertava demoradamente, e no seguinte, estava de costas no sofá, olhando para ele, que mantinha um pé firme no chão e ainda permanecia fundo dentro dela.

— Esta é a parte em que você só tem que respirar. — Ele saiu quase totalmente, mas voltou a penetrá-la fundo. — Assim está bom? — Um gemido grave escapou do peito dele e ecoou no prazer dela. — Ou quer mais?

Ela passou uma perna pelas costas dele.

— Quero mais — sussurrou quando ele começou a se mexer, estabelecendo um ritmo perfeito de prazer. — Isso é bom. — Ela lambeu os lábios secos. — O que acontece se eu parar de respirar e desmaiar?

Com o rosto dele perto do seu, ele disse:

— Vou acordá-la quando acabar.

Ela riu, e o riso se transformou em um longo gemido conforme ele foi se mexendo cada vez mais rápido e cada célula de seu corpo se concentrava no pênis dentro dela. Mais rápido, mais rígido e mais intenso. Sem parar. Sua respiração ofegante passava pelo rosto de Clare enquanto ele a penetrava. Uma sensação de carinho e paixão crescentes. Penetrando-a totalmente. Ela se movia com ele, igualando os movimentos. Entrar e sair, entrar e sair. Envolvida no prazer intenso que não queria que acabasse, não sabia por quanto tempo continuaria, até que ele disse:

— Clare. — Sua voz soou grossa, rouca. — Linda, você está quase?

Antes que pudesse responder, ela gritou quando começou a gozar, sentindo o calor por todo seu corpo. Não via nem ouvia nada em meio às batidas de seu peito e cabeça. Seus músculos internos se contraíam e o puxavam mais para dentro, apertando-o com sua vagina úmida. Ele a penetrava cada vez mais forte, empurrando-a no sofá de sua bisavó até também gozar. Uma explosão de palavrões saiu de sua garganta e colidiu com o som do intenso, primitivo e possessivo prazer masculino. Com um último movimento, passou seus braços sob os ombros dela e a puxou contra seu peito.

— Clare — disse ele ofegante —, se soubesse que seria tão bom, eu a teria jogado nos arbustos e feito isso assim que a beijei, em setembro.

— Se soubesse que seria tão bom... — ela engoliu em seco e lambeu os lábios secos —, eu teria deixado.

Ele ficou em silêncio por um bom tempo enquanto beijava a lateral da cabeça dela, aquecendo-se no doce calor do depois.

— Clare?

— Humm.

— A camisinha rasgou.

A sensação estourou como uma bolha de sabão. Empurrou os ombros dele enquanto sentia o sangue fugir de sua cabeça.

— Quando?

Ele olhou para o rosto dela.

— Cerca de cinco segundos antes de eu gozar.

— E você não parou?

Ele riu e afastou seus cabelos da testa.

— Tenho certo controle, mas não a esse ponto. Não quando estou sentindo seu orgasmo apertando meu pau desse jeito. — Ele beijou a ponta do nariz dela e sorriu. — Juro, acho que nunca gozei desse jeito.

— Como pode sorrir?

Ela o empurrou pelos ombros, mas ele a apertou com mais força.

— Porque você está usando aquele pequeno adesivo anticoncepcional com noventa e nove por cento de eficácia. — Seu sorriso ficou ainda maior. — Porque foi gostoso, e porque você não tem doença nenhuma, e eu sei que não tenho nada.

— Como pode ter certeza?

— Porque eu nunca mentiria para você sobre algo tão importante. Pode acreditar, Clare. Não vou machucar você.

Acreditar em Sebastian? Ela olhou dentro dos olhos dele. Não havia brincadeira, riso nem mentiras. Apenas a verdade. Ele se afastou um pouco, e então, lentamente, ele a penetrou de novo.

— Se achasse que havia uma possibilidade remota de algo ruim acontecer, eu lhe diria. Pode acreditar.

Acreditar nele enquanto ele ainda estava dentro dela?

— Se estiver mentindo para mim, vou matar você. Juro que vou.

Ele continuou com movimentos lentos, e a despeito de si mesma, mexeu-se com ele.

Ele sorriu como se houvesse acabado de ganhar na loteria.

— Vindo da autora de *Renda-se ao amor*, isso não é muito romântico.

— Amor e romance são supervalorizados.

Ela passou as mãos pelos ombros dele até a lateral de seu pescoço.

— Sexo intenso é muito melhor.

Dezesseis

— Feliz Natal.

Clare envolveu Leo com os braços e deu-lhe um forte abraço. Olhou para trás, para Sebastian, que estava em pé a alguns metros atrás de seu pai, usando calça preta e uma blusa caramelo, que era quase da mesma cor de seus cabelos curtos. Também sorria enquanto olhava para ela, e ela se lembrou claramente a noite anterior.

Sentiu um calor no peito e desviou o olhar.

— Adorei o quadro — disse Leo enquanto Clare se afastava. — Sebastian me contou que você o ajudou a escolher.

Ela concentrou a atenção em Leo e tentou ignorar o nervosismo que sentia.

— Que bom que gostou.

Muitos meses antes, ela, Leo e sua mãe haviam decidido não trocar presentes e concordaram em doar o dinheiro que gastariam para o Exército da Salvação.

— E ele me deu seu livro, mas disso você sabia.

— Sim, e sei que você o colocará no console com os outros.

Ela estendeu a mão na direção de Sebastian, escondendo-
-se atrás da fachada fria e controlada que desenvolvera muito tempo antes.

— Feliz Natal.

Ele segurou a mão dela na sua e sorriu. Na noite passada
e até o fim daquela manhã, ele havia tocado o corpo todo
dela com suas grandes mãos. Depois da primeira vez no sofá,
fizeram um breve intervalo para comer uma pizza antes de
recomeçarem no quarto e acabarem às duas e meia no chuveiro, ensaboando os corpos e deslizando os lábios na pele
úmida um do outro.

— Feliz Natal, Clare.

Seu polegar roçou o dela e o tom de sua voz sugeria que ele
estava lendo sua mente.

Clare controlou o desejo de jogar o cabelo para trás ou
brincar com a gola da blusa regata de cetim preta. Não havia
vestido nada novo nem diferente naquele ano. Escolhera a
saia de veludo vermelha que ia até o tornozelo e um cinto
franjado que sempre usava no Natal com botas de couro que
chegavam aos joelhos. Nada especial que chamasse a atenção.
Pelo menos foi o que disse a si mesma, mas não acreditou. Ela
estava bonita e sabia.

— O que gostariam de beber? — perguntou Joyce.

Sebastian soltou a mão de Clare e voltou sua atenção para a
mãe dela. Ele e Leo beberam Glenlivet com gelo, e enquanto
Joyce servia, disse que o uísque era uma ótima escolha e que
beberia com eles. Clare escolheu beber vinho.

Depois de meia hora de discussões a respeito do clima e dos
últimos eventos mundiais, foram para a sala de jantar. Ali, entre
as velas decoradas, comeram a ceia tradicional dos Wingate,
com tender, batatas assadas e purê de batata doce, além de vagem com caju e estragão. Nas taças individuais de cristal da tri-
savó de Clare foi servido ponche romano ao lado de cada prato.

Por ser o homem mais velho, Leo recebeu uma cadeira à cabeceira da mesa, com Sebastian à sua direita e Joyce à esquerda. Sempre atenta à etiqueta, Joyce havia insistido para que Clare se sentasse ao lado de Sebastian. Não seria certo colocar as duas mulheres do mesmo lado da mesa. Normalmente, não teria sido um problema e Clare teria se esforçado para entreter os convidados. Mas, naquela noite, ela não conseguia pensar em nada a dizer ao homem que havia lhe dado três orgasmos na noite anterior, nem a Leo, que sempre fora como um pai para ela. Tinha certeza de que uma placa de néon brilhava acima de sua cabeça com as palavras EU FIZ SEXO SELVAGEM ONTEM À NOITE, e receava que se fizesse ou dissesse algo de errado, todo mundo perceberia.

Ela não entendia muito bem essa coisa de sexo sem compromisso — ou, pelo menos, sem um bom jantar ou um cinema antes. Não estava exatamente envergonhada — ou não tanto quanto pensava que deveria estar, dado o tipo de banho que tomaram —, mas não sabia o que dizer ou fazer. Sentia-se totalmente diferente. Graças a Deus ninguém parecia perceber.

Sebastian não parecia ter a mesma insegurança. Relaxou na cadeira ao lado dela, divertindo sua mãe com histórias a respeito de todos os locais aonde havia viajado e fazia perguntas sobre seus clubes e caridades. Ele estava acostumado a fazer sexo sem compromisso, e Clare teve que admitir que estava um pouco irritada com seu comportamento. Ele devia estar tão desconcertado quanto ela.

— Há anos tento convencer Claresta de que precisa se envolver em meu clube Ladies of Le Bois — disse Joyce enquanto bebia seu Glenlivet. — Graças a vários eventos, coletamos mais de 13 mil dólares este ano. Ficamos muito animadas por ter Galvin Armstrong e sua orquestra tocando para nós no Grove. Sei que Clare se divertiria se resolvesse se envolver.

Galvin Armstrong era mais velho que Laurence Welk, e Clare precisou mudar de assunto antes de repentinamente acabar se envolvendo no evento do próximo ano.

— Sebastian comeu macaco — Leo e Joyce de repente se voltaram para Sebastian, que a encarava com o garfo no ar. — E cavalo — concluiu Clare.

— É mesmo, filho?

— Oh. — Joyce colocou a taça sobre a mesa. — Acho que não conseguiria comer cavalo. Tive um pônei quando era criança. O nome dele era Lady Clip Clop.

Lentamente, Sebastian virou a cabeça e olhou para Clare.

— Já comi muitas coisas diferentes. Algumas eram boas. Outras, nem tanto. — Ele sorriu. — Eu não me arrependeria de comer algumas de novo.

Ela se lembrou dele beijando seu umbigo. "Acho que você vai gostar disto", dissera ele na noite anterior enquanto descia por seu corpo. "Foi uma coisinha que aprendi com uma moça francesa na Costa Rica." E ela gostou. Muito.

— Mas, no momento, estou com vontade de comer tender. — Sebastian olhou para o outro lado da mesa ao colocar a mão na coxa de Clare. — Está delicioso, sra. Wingate.

Clare olhou para ele pelo canto do olho enquanto ele subia sua saia devagar.

— Por favor, pode me chamar de Joyce.

— Obrigado por me convidar, Joyce — disse ele, um exemplo de educação enquanto fazia travessuras.

Clare não estava usando meia-calça, e ela levou a mão para baixo da mesa antes que ele conseguisse tocar sua pele nua.

Cuidadosamente, segurou o punho dele e afastou sua mão.

— Recebi um cartão de Natal da irmã de seu pai — disse Joyce olhando para Clare.

— Como está Eleanor? — Clare enfiou a colher no ponche.

Ao provar o rum, Sebastian subiu sua saia acima dos joelhos e pousou a mão em sua coxa nua.

Assustada com o toque, ela se remexeu.

— Você está bem? — perguntou Sebastian, como quem pergunta sobre o tempo.

Clare abriu um sorriso forçado.

— Ótima.

Alheia àquilo, Joyce continuou.

— Parece que Eleanor descobriu a religião.

— Esta é a época para isso.

Clare colocou sua mão sobre a de Sebastian, mas ele apertou sua perna. Além de afastar a mão dele e chamar atenção para o que estava ocorrendo embaixo da mesa, ela não podia fazer mais nada.

— Eleanor sempre foi chata — sua mãe continuou. — Ela era vergonhosa, o que era uma realização naquela família.

— Quantos anos tem Eleanor? — perguntou Sebastian em tom educado e curioso, enquanto sua mão subia.

Pele com pele, o calor se espalhava pela coxa de Clare, e o toque de Sebastian despertava lembranças físicas da noite anterior. Em sua cama e chuveiro e, claro, no sofá antigo.

— Acho que tem setenta e oito anos. — Joyce parou para pegar as vagens que restavam. — Ela já se casou e se divorciou oito vezes.

— Uma vez bastou para mim — disse Leo balançando a cabeça. — Algumas pessoas nunca aprendem.

— Verdade. Meu tio-bisavô Alton foi ferido em uma disputa conjugal — confessou Joyce estranhamente sincera a respeito dos segredos dos Wingate, graças à terceira taça de Glenlivet. — Infelizmente, ele gostava das esposas de outros homens, mas negligenciava a própria. Tão comum...

— Onde ele foi ferido?

Sebastian escorregou os dedos para a parte da frente da calcinha de Clare. O olhar dela ficou um tanto enevoado, e ela estava prestes a derreter na cadeira.

— Bala no traseiro, do lado esquerdo. Ele estava fugindo com a calça abaixada.

Sebastian riu e seus dedos passaram por cima do tecido. Ela contraiu as coxas e abafou um gemido enquanto a conversa continuava sem ela. Leo fez um comentário sobre... algo, e Joyce respondeu com... algo, e Sebastian puxou o elástico da calcinha e perguntou algo...

— Não é, Clare? — perguntou Joyce.

Ela voltou a olhar para a mãe.

— Sim! Com certeza! — Ela afastou a mão dele de sua virilha e se levantou, tomando o cuidado de descer a saia.

— Sobremesa?

— Acho que ainda não.

A mãe colocou o guardanapo de linho sobre a mesa.

— Leo? — perguntou Clare enquanto recolhia os pratos e os talheres.

— Não para mim. Espere mais meia hora.

— Posso tirar seu prato, Sebastian?

Ele se levantou.

— Eu vou tirá-lo.

Tudo bem, a última coisa que ela necessitava era que ele a seguisse e terminasse o que havia começado.

— Pode ficar aí sentado, relaxe com minha mãe e Leo.

— Depois de uma refeição como esta, preciso caminhar — ele insistiu.

Joyce entregou seu prato a Clare.

— Você devia mostrar a casa a Sebastian.

— Oh, acho que ele não se importa...

— Adoraria vê-la — ele a interrompeu.

Ele a seguiu até a cozinha e eles colocaram os pratos dentro da pia. Ele se recostou no balcão e correu as costas de seus dedos no braço dela.

— Desde que cheguei aqui hoje estou tentando descobrir se você está usando sutiã ou não. Acho que não.

Ela olhou para baixo, para os dois pontos nítidos na parte da frente de sua blusa de cetim preta.

— Estou com frio.

— Sei, sei. — Ele passou os dedos por seu seio esquerdo. Ela entreabriu os lábios e respirou fundo. — Você está excitada.

Ela mordeu o lábio superior e balançou a cabeça, mas os dois sabiam que ela estava mentindo. Ele suspirou e abaixou a mão.

— Mostre a bendita casa para mim.

Ela se virou e saiu, e ele teve que segui-la. Sim, a última coisa de que ela precisava era que Sebastian agisse dentro da casa da mãe. Mas havia outra parte dela, a parte nova que havia acabado de descobrir o prazer do sexo sem compromisso, que queria que ele fizesse isso e mais.

Ela mostrou a ele a sala que a mãe usava como escritório, a sala de estar principal e a biblioteca.

Ele manteve as mãos controladas, o que era quase tão frustrante quanto quando ele a tocava.

— Eu costumava passar muito tempo aqui, quando era criança — disse ela apontando para as fileiras, do teto ao chão, de livros com capa de couro.

A sala era decorada com cadeiras antigas de couro e diversas luminárias Tiffany.

— Eu me lembro. — Ele caminhou ao longo das estantes embutidas de mogno. — Onde estão seus livros?

— Ah, meus livros não são de capa dura.

Ele olhou para ela.

— E?

— E minha mãe acha que livros comuns não devem dividir espaço com os livros de capa dura.

— O quê? Que absurdo! Você é membro da família. Muito mais importante que autores russos deprimidos e poetas mortos. Sua mãe devia se emocionar ao colocar seus livros aqui.

Bem, ela sempre havia pensado assim; pensava que pelo menos devia ganhar espaço igual na estante na casa de sua mãe. Ouvir Sebastian dizer aquilo despertava sentimentos indesejados em seu peito.

— Obrigada.

— Pelo quê? Sua mãe sabe como é difícil conseguir publicar um livro?

Aquele era Sebastian. Ela não podia permitir a si mesma sentir nada por ele além de uma leve amizade e uma forte atração física.

— Provavelmente não, mas não importaria se ela soubesse. Nada do que eu fizer será bom o suficiente, nem certo nem perfeito. Ela nunca vai mudar, então, eu tive que mudar. Não me mato para agradá-la nem a irrito.

— Não — disse ele baixinho. — Você só tira a atenção de si e a projeta em mim.

Ela sorriu.

— Verdade, mas você precisa sofrer um pouco por ter comido o pobre Mr. Bananas. — Ela fez um meneio de cabeça em direção à porta. — Vou mostrar o andar de cima.

Ele a seguiu escada acima. Ela mostrou a ele três quartos de hóspedes, o quarto de sua mãe e, por fim, o quarto que havia ocupado na infância. Ainda havia ali a cama *queen size* com colunas grossas de madeira, o mesmo guarda-roupa, criado-mudo e cômoda de cinco gavetas. A única coisa que havia mudado era a roupa de cama.

— Eu me lembro deste quarto — disse Sebastian conforme ia entrando. — Mas era tudo cor-de-rosa.

— Sim.

Ele se virou para ela e disse:

— Feche a porta, Clare.

— Por quê?

— Porque você não vai querer que sua mãe veja o que vou fazer com a menininha dela.

— Não podemos fazer nada aqui.

— Você quase me convenceu disso.

Ele atravessou o quarto e fechou a porta.

— Quase.

Ele voltou, subiu as mãos pelos braços dela até seus ombros e nuca. Beijou-a, e antes que ela percebesse o que ele queria fazer, passou os dedos pela nuca dela e desceu sua blusa até a cintura.

Ela se afastou e cobriu os seios nus com as mãos.

— E se alguém entrar aqui?

— Ninguém vai entrar. — Ele segurou o punho dela e colocou as mãos em seus ombros. — Seus mamilos estão rígidos e sua calcinha está úmida, então, eu sei que você também quer. — Ele envolveu seus seios com as mãos e esfregou os mamilos com os polegares. — Tenho pensado nisso desde que entrei. Enquanto sua mãe contava as histórias dos eventos de caridade, fiquei pensando se alguém perceberia se eu me enfiasse embaixo da mesa e beijasse suas coxas. Fiquei tentando imaginar se você estava tão excitada quanto eu. Então, senti sua calcinha e percebi que penetraria você em algum momento esta noite.

Ele beijou o pescoço dela e ela escorregou as mãos por baixo da blusa e da camiseta que ele vestia por baixo.

— Pensei que, depois de ontem à noite, você não ia mais querer fazer sexo — disse ela, e desceu uma das mãos ao botão de sua calça. — Que você tiraria esse assunto da cabeça.

— Sim, eu a subestimei. Acho que vou precisar de pelo menos mais uma vez.

Ele segurou a parte de trás de suas coxas e a ergueu. Clare envolveu a cintura dele com suas pernas, posicionando sua virilha contra seu pênis inchado enquanto ele a carregava na curta distância até a cômoda de carvalho.

— Diga se quer.

Ele a colocou sobre a cômoda e subiu a saia dela até a cintura.

— Quero tanto que estou deixando você me despir com minha mãe no andar de baixo.

Ele abriu as pernas dela e a tocou por cima da calcinha.

— Aqui, dentro desta casa, sabendo que você está molhada desse jeito, quase morri.

Ela abriu o zíper dele e escorregou a mão para dentro de sua cueca. Na palma da mão, ela sentiu a pulsação dele e o apertou.

— Você está duro.

— Vou fazer você gozar.

— Conto com isso.

Em vez de descer a calcinha, ele escorregou a faixa fina de tecido para o lado. E então, penetrou-a, grosso e enorme, e ela passou as pernas por seu traseiro até senti-lo dentro de si, bem fundo. A carne dele estava quente e ela contraiu os músculos ao redor de seu pênis. O beijo dele foi suave e doce quando começou a se mexer, afastando-se levemente e voltando a penetrá-la.

— Você é tão gostosa quanto eu lembrava — ele sussurrou diante dos lábios dela. — Lisa e apertada.

Clare recostou a cabeça no espelho e ele beijou a lateral de seu pescoço, abaixo de sua orelha.

— Quero muito você — disse ele. — Quero beijar todas as partes boas como fiz ontem à noite.

Ele segurou o quadril dela contra o dele e gemeu. Saiu e então voltou a penetrá-la com força. Se houvesse qualquer coisa dentro das gavetas da cômoda, teria feito muito barulho. Felizmente, ela estava vazia, e o único som no quarto era o da respiração ofegante.

De modo constante, ele a penetrou, acariciando a parte interna da vagina de Clare com seu pênis, massageando seu ponto G. Não demorou muito para que a primeira onda de orgasmo a tomasse de modo intenso. Ela ficou sem fôlego e contraiu os dedos dos pés dentro das botas pretas. Logo após a primeira onda, tudo começou de novo.

— Ai, meu Deus! — disse ela quando o segundo orgasmo teve início.

No meio de seu prazer, ela sentiu a forte ejaculação dele dentro dela. Ele gemeu baixo, seus joelhos falharam um pouco, e apertou as coxas dela para não cair.

— Meu Deus do céu! — disse ele em um sussurro rouco.

Quando tudo terminou e as contrações pararam, ela desceu uma das pernas enquanto tentava retomar o fôlego. Ela nunca havia sentido algo daquele tipo na vida. Quando finalmente conseguiu falar, olhou nos olhos verdes dele e disse:

— Foi incrível.

— Também achei.

Ela piscou diversas vezes.

— Tive um orgasmo múltiplo.

— Percebi.

— Nunca me aconteceu antes.

Ele sorriu.

— Feliz Natal.

Alguns dias depois do Natal, Clare encontrou as amigas para almoçar em seu restaurante mexicano preferido.

Diante de um enorme prato combo, falaram sobre livros e sobre enredos. Lucy estava apertada com o prazo, assim como Clare, e Adele havia acabado de terminar um livro. Os livros de Maddie não eram publicados com tanta frequência quanto os das outras, e ela estava tirando vários meses de folga para relaxar e colocar a cabeça no lugar depois de seu último romance. Bem, até onde era possível colocar a cabeça no lugar no caso de Maddie, Clare pensou. Conversaram e riram como sempre faziam. Dividiram fatos de sua vida.

Dwayne continuava perturbando Adele, deixando objetos aleatórios na porta de sua casa; Lucy estava pensando em ter filhos; e Maddie havia acabado de comprar uma casa de veraneio em Truly, uma cidade pequena a 160 km de Boise. A única coisa que Clare não contou para as amigas foi sobre seu relacionamento com Sebastian. Em primeiro lugar, porque não havia relacionamento, apenas sexo, e ela não era o tipo de pessoa que falava sobre sua vida sexual. Não como Maddie — se tivesse a quem contar.

Outro motivo era que tudo era ainda muito novo, e ela não sabia o que pensar.

Sebastian havia deixado a cidade um dia depois do Natal, não sem antes ir à sua casa e acordá-la mais uma vez. Nunca havia conhecido um homem que quisesse sexo tanto quanto ele. Não. Na verdade, fazia muito tempo desde que estivera com um homem que gostasse de sexo tanto quanto ele, mas nunca havia conhecido um cara tão bom naquilo. Um homem que dizia: "Vou fazer tal coisa com você", e então, não apenas fazia, como ultrapassava as expectativas.

Ao voltar para casa depois do almoço com as amigas, encontrou uma mensagem em sua secretária eletrônica; uma mensagem de Sebastian.

— Oi — ele começou enquanto ela tirava o casaco. — Haverá uma grande festa de Ano Novo aqui em Seattle à qual terei que ir. Estava pensando que, se você não tiver outros planos, poderia ser minha acompanhante. Ligue-me para dizer.

Ano Novo? Em Seattle? Ele estava maluco? Ela serviu Coca-Cola *diet* e telefonou para ele para perguntar exatamente isso.

— É um voo de uma hora — disse ele. — Você tem algum plano?

Se Sebastian fosse seu namorado, ela poderia se fazer de difícil, fingir que tinha planos. Mas estava disposta a trocá-los por ele.

— Não.

— Eu pago a passagem — disse ele.

— Não vai ser barato. — Ela pegou a Coca-Cola e subiu as escadas até seu escritório. — Qual é sua segunda intenção?

— Ficar com uma bela mulher.

Alguns dias antes, ela havia ficado feliz ao escutá-lo dizer que ela era bonita. A pequena parte dela que ainda vivia ali dentro. A parte que o perseguia na infância. Agora, ela não tinha mais tanta certeza de como se sentia com o elogio. Agora, parecia algo que um homem diria a sua namorada, e Clare sentia que não podia deixar que nada ali sequer lembrasse um relacionamento, que nada ultrapassasse o muro que havia erguido para proteger seu coração. Pensou que aquilo não fazia sentido. Era algo que os homens sempre diziam para as mulheres. Não significava nada.

— Não me diga que não há nenhuma mulher em Seattle com quem você poderia ficar.

Ela esperou pela primeira pontada de ciúme. Pelo aperto no coração. Não sentiu nada, e sorriu.

Ela gostava dele como amigo. Uma mulher não sentia ciúme de um amigo que não era namorado. Principalmente quando ele morava em outro estado.

— Algumas, mas não são tão interessantes quanto você. E nem tão divertidas.

— Ou seja, elas não querem transar com você?

— Ah, claro que querem. — Ele riu do outro lado. — Mas já que você tocou nesse assunto, traga algo bem sensual, porque acho que precisamos fazer amor mais algumas vezes para tirarmos esse assunto da cabeça.

Fazer amor. O que eles faziam não era amor. Era puramente físico. A Terra tremia, e seu coração não parecia prestes a explodir. Isso seria fazer amor, e ela sabia a diferença.

— Sei, como uma lavagem cerebral.

— Não, seria mais como uma terapia sexual. Acho que podemos fazer isso. Sei que podemos.

Ela tinha que admitir que parecia uma boa ideia. Depois de se sentir indesejada por muitos anos, ver um homem desejá-la tanto quanto Sebastian era algo viciante. E naquele momento de sua vida, sexo ardente, selvagem e incrivelmente bom era melhor que amor. No futuro, ela voltaria a procurar uma alma gêmea. Alguém com quem pudesse passar a vida. Queria um marido e uma família. Queria um "felizes para sempre" com um homem que valesse a pena. Era uma característica dela querer essas coisas, mas, por enquanto, só queria se divertir com um cara como Sebastian. Que nunca poderia ser confundido com o homem que valeria a pena.

— Certo — ela concordou. — Mas preciso comprar algo para vestir quando chegar aí. Você está disposto a isso?

Fez-se uma longa pausa, e então:

— Pode ser que eu precise de mais terapia para superar o trauma.

Ela riu e começou a eliminar as lojas em sua mente. Além da lista de lojas comuns, como Nordstrom, Nieman's e Saks, ela iria à Club Monaco, BCBG e Bebe.

Uau! Dias de compras e sexo. Alguns meses antes, sua vida estava péssima, mas era uma maneira incrível de começar o ano novo.

Dezessete

Sebastian pegou a faca e cortou diversos sanduíches de peru pela metade. Colocou-os em um prato e pegou uma lata de Pringles. Nunca havia trazido uma mulher de outro lugar só para passar o dia na cama com ela. Mas não acreditava que já havia estado com uma mulher como Clare antes.

Vestindo apenas uma cueca, ele pegou o lanche e saiu da cozinha. Buscara Clare naquela manhã no Sea-Tac, e só quando a vira descer a escada rolante em direção a ele, linda com um casaco preto e um cachecol vermelho, percebeu como gostava de estar com ela. Os dois tinham muito em comum. Ela era inteligente e linda e não fazia exigências. Mais importante, era fácil estar com ela. Em sua experiência, quando um homem fazia sexo com uma mulher mais de duas vezes, sempre traziam à tona a palavra que começava com R — relacionamento —, que sempre vinha acompanhada da palavra com Com — compromisso. As mulheres pareciam nunca relaxar. Sempre tinham que complicar as coisas.

Ele entrou no quarto e olhou para Clare, sentada no meio da cama, com um monte de lençóis brancos embaixo dos braços.

— Não há nada para assistir além de futebol — disse ela contrariada enquanto zapeava pelos canais com o controle remoto. — Detesto ver futebol. Uma vez, namorei um cara que gravava todos os jogos.

Os cabelos dela estavam despenteados e havia uma marca de chupada em seu ombro.

— Eu vejo futebol quando não tenho nada melhor para fazer.

Ele colocou o prato na beira da cama e engatinhou na direção dela. Entregou a ela metade de um sanduíche e mordeu a marca. Gostava de sentir o cheiro de sua pele e seu gosto.

— Terminei com ele quando o flagrei assistindo futebol enquanto transávamos. — Ela deu uma mordida no lanche, mastigou e engoliu. — Ele havia ligado a televisão, mas tirara o som para eu não perceber.

— Que safado.

Sebastian tirou a tampa da lata de Pringles e comeu algumas.

— Sim, eu devo ser um ímã de safados. — Ela desligou a televisão e jogou o controle remoto na cama. — Por isso, vou dar um tempo de homens.

Ele parou no meio da mastigação.

— E eu sou o quê?

— Você é só um amigo com benefícios. E pode acreditar que, depois de Lonny, preciso desse benefício.

Ela riu e mordeu o lanche. Aquele era mais um motivo pelo qual ele gostava dela. Entregou-lhe um pouco de batatinhas e pegou meio sanduíche para si.

— Diga uma coisa. Se você é uma mulher que gosta de muitos benefícios, e nós dois sabemos que você é, como acabou noiva de um *gay*? Querer agradar sua mãe explica as coisas até certo ponto.

Ela pensou por um momento enquanto comia várias Pringles.

— Aconteceu pouco a pouco. No começo, o relacionamento era bem normal. Ele era menos ligado em sexo que meus outros namorados, mas eu dizia a mim mesma que não tinha problema nenhum. Eu o amava. E se você ama alguém, precisa ser compreensivo. Então, na negação, você não vê nada. Na verdade, não quer ver. — Ela deu de ombros. — E além do sexo, não houve nenhum grande sinal. Apenas um monte de pequenos sinais que eu ignorava.

— Como aquela colcha cheia de coisinhas de sua cama. Um cara heterossexual não aguentaria dormir com aquilo.

Ela olhou para ele e prendeu o cabelo atrás da orelha.

— Você dormiu.

Ele balançou a cabeça.

— Eu transei debaixo daquilo. Não durmo com renda.

E aquilo fez que ele se lembrasse do sexo que haviam acabado de fazer. Começara na porta da frente e acabara no meio da cama toda desarrumada. Ela sentia tanto tesão por ele quanto ele por ela, e para um homem, saber que uma mulher o deseja tanto quanto ele é um forte afrodisíaco. O sexo teria sido ainda melhor não fosse pelo preservativo que ela pedira que ele usasse.

— Pensei que você confiasse em mim para não precisar usar preservativo — disse ele, e comeu uma batatinha.

— Eu confio em você. — Ela inclinou a cabeça para o lado e olhou para ele. — Mas acho que você está saindo com outras mulheres agora, e eu preciso ter cuidado.

— Saindo com outras mulheres? Desde o fim de semana? Obrigado pelo elogio, mas não sou tão rápido. — Ele havia pensado que ela não estava saindo com mais ninguém, e pensar que poderia estar com outros homens o incomodou mais do que gostaria de admitir. — Você saiu com outro?

Ela se retraiu.

— Não.

— Então, por que não continuamos?

Ele pegou uma garrafa de água e abriu a tampa.

— Está dizendo que não devemos transar com mais ninguém? Nós dois?

Ele bebeu um gole de água e entregou a garrafa a ela. Gostava de pensar que Clare só faria sexo com ele, e não queria transar com nenhuma outra mulher.

— Claro.

— Pode fazer isso?

Ele fez uma careta para ela.

— Sim. Você pode?

— Quero dizer, você mora em outro estado.

— Não tem problema. Vou visitar meu pai com frequência, e pode acreditar, já fiquei sem sexo antes. Não gostei, mas sobrevivi.

Ela tomou um gole e pareceu pensar muito antes de devolver a garrafa a ele.

— Certo, mas, Sebastian, se e quando você encontrar alguém, terá que me contar.

— Encontrar alguém? Encontrar alguém pra quê?

Ela ficou olhando para ele.

— Certo. — Ele se inclinou para frente e beijou seu ombro nu. — Se eu me cansar de você, vou contar.

Ela escorregou a mão pelo peito dele, fazendo com que ele se arrepiasse.

— Percebi que você não disse o que acontece se eu me cansar de você primeiro.

Ele riu e a empurrou na cama. Aquilo não ia acontecer.

Quando terminaram de almoçar, tomaram um banho e saíram do apartamento para o que Sebastian pensou que seria uma ida rápida ao Pacific Place Mall. Não gostava muito de fazer compras e não tinha muitas roupas. Tinha alguns ternos Hugo Boss e algumas camisas sociais, mas preferia usar calça cargo, e podia enfiar várias coisas nos bolsos e camisetas de algodão Eddie Bauer. Na verdade, fazer compras era uma das coisas de que menos gostava, mas, por algum motivo, permitiu que Clare o arrastasse pelo centro de Seattle enquanto ela experimentava peças e mais peças de roupas, analisava diversas bolsas e ainda fazia cara de maluca ao ver sapatos prateados na Nordstrom.

Depois da quinta loja e de muitas sacolas, Sebastian relaxou e só aproveitou. Não podia dizer que estava se divertindo, mas era interessante. Clare tinha um estilo claro e sabia o que queria. Quando entraram na Club Monaco, ele já sabia o que chamaria a atenção dela.

Naquela manhã, quando ele a pegara no aeroporto, ficara tentando imaginar por que ela havia levado duas malas grandes para uma viagem tão curta. Agora já sabia.

Clare era uma viciada em compras.

Mais tarde, Sebastian a levou à festa de Reveillon de uma velha amiga de faculdade, Jane Alcot-Martineau. Ele conhecia Jane desde muito antes de ela ganhar um sobrenome composto. Os dois haviam feito o curso de jornalismo juntos na Universidade de Washington, e enquanto Sebastian se formara e passara a ser *freelancer* em todo o país e às vezes no exterior, Jane permanecera em Seattle. Havia conseguido um emprego no *Seattle Times*, onde conhecera e se casara com o goleiro de hóquei Luc Martineau. Eles estavam casados havia alguns anos e viviam em um apartamento não muito longe ao de Sebastian. Tinham um filho de um ano, James, e a irmã de Luc, Marie, vivia com eles enquanto fazia faculdade.

— Tem certeza de que Clare é só uma amiga? — perguntou Jane ao entregar a ele uma cerveja Pyramid. Sebastian olhou para a mulher de 1,55 metro a seu lado e então olhou para Clare, que conversava com uma loira alta e magra, seu corpulento namorado russo, ruivo, jogador de defesa.

— Sim, tenho certeza. — Clare usava um vestido tubinho prata brilhante que dava a impressão de que havia sido enrolada em papel alumínio. O vestido não era exatamente escandaloso, mas várias vezes durante a noite Sebastian notou alguns jogadores musculosos desembrulhando-a com os olhos. Quando descobriam que ela era escritora de romances femininos, ficavam ainda mais interessados. Ele sabia o que aqueles idiotas estavam pensando.

— Porque parece que você está prestes a atacar Vlad — disse Jane.

Sebastian descruzou os braços com cuidado da frente do peito coberto pela camisa social azul e tomou um gole de sua cerveja.

— Você acha que consigo derrubá-lo?

— Claro que não. Ele acabaria com seu corpo de jornalista. — Jane sempre havia sido espertinha. — Ele é Vlad, o Paredão, por algum motivo. Quando passar a conhecê-lo melhor, vai ver que ele é um cara bacana. — Ela balançou a cabeça e seus cabelos pretos e curtos resvalaram em seu rosto. — Se não queria que esses caras dessem em cima dela, não devia tê-la apresentado como sua "amiga".

Jane devia estar certa. Mas apresentá-la como namorada parecia precoce demais. E Clare certamente não teria gostado se ele dissesse: "Essa mulher é minha, afaste-se!". Clare podia não ser sua namorada, mas era a pessoa com quem estava ficando, e não gostava de ver outros homens se aproximando dela.

— Você sabe que eu estava brincando, certo?

— Sobre derrubar Vlad? Sim. Sobre Clare ser "apenas uma amiga", acho que você está se enganando.

Ele abriu a boca para discutir, mas Jane se afastou para seguir na direção de seu marido. Mais tarde naquela noite, enquanto observava Clare dormir, tentou imaginar o que o atraía tanto nela a ponto de ele se recusar a se afastar. Não era só o sexo. Era algo mais. Os momentos de compras aos quais ela o havia submetido deveriam ter diminuído seu interesse, mas não. Talvez fosse o fato de ela não ter expectativas. Parecia não querer nada dele, e quanto mais se mantinha afastada, mais ele queria que ela se aproximasse.

Às seis da manhã seguinte, Sebastian acordou inquieto e vestiu uma camiseta e uma calça cargo. Enquanto Clare dormia, ele ligou a cafeteira, e enquanto o café ficava pronto, telefonou para o pai. Eram sete da manhã em Boise, mas ele sabia que Leo acordava cedo. O relacionamento com seu pai estava melhorando aos poucos a cada visita. Eles não estavam exatamente próximos, mas os dois estavam se esforçando para consertar os erros do passado.

Não conversava com o pai desde o Natal, mas tinha certeza de que Leo não sabia que ele tinha uma hóspede em seu apartamento. Não mencionara o fato, e não tinha certeza de como o pai reagiria ao que estava ocorrendo entre ele e Clare. Certo, isso era mentira. Leo não ficaria nem um pouco feliz, mas Sebastian não se importava. Soube disso na primeira vez em que a beijara, e sabia da última vez que haviam feito amor, na noite anterior. Chegara à conclusão de que os dois eram adultos conscientes e que o que rolava entre eles não dizia respeito a mais ninguém.

Depois de desligar o telefone, Sebastian foi para seu escritório. Nos últimos meses, andava pensando em escrever ficção. Uma série de livros de suspense/mistério com um personagem principal fixo, como Dirk Pitt, de Cussler, ou Jack Ryan, de Clancy. Mas seu protagonista seria um jornalista investigativo.

Sebastian sentou-se a sua mesa e ligou o computador. Tinha um enredo delineado e uma vaga noção do personagem, mas depois de duas horas escrevendo, tudo ficou mais claro em sua mente.

Um barulho proveniente da cozinha tirou sua atenção do drama que se desenrolava em sua mente, e ele desviou o olhar da tela ao ver Clare entrar no quarto vestindo uma camisola azul lisa que combinava com seus olhos. Era curta e tinha alças finas, era sensual demais exatamente por não se esforçar muito. Muito como a própria Clare.

— Oh, desculpe — disse ela, e parou na porta. — Não sabia que você tinha que trabalhar.

— Não estou trabalhando. — Ele se levantou e se espreguiçou. — Não estou trabalhando, de fato. Só estou mexendo em algumas coisas.

— Jogando paciência?

Ela entrou no cômodo e tomou um gole da xícara que estava segurando.

— Não. Tive uma ideia para um livro.

Era a primeira vez desde algum tempo em que ele se animava para escrever. Provavelmente desde a morte da mãe.

— Sobre uma história que você cobriu recentemente?

— Não. Ficção. — Era também a primeira vez que ele comentava o que estava fazendo. Não tinha nem contado a seu agente ainda. — Eu estava pensando em fazer algo mais na linha do jornalista investigativo que descobre segredos do governo.

Ela ergueu a sobrancelha.

— Como Ken Follett ou Frederick Forsyth, talvez?

— Talvez. — Ele saiu de trás da mesa e sorriu. — Talvez eu me torne um escritor de romances.

Ela arregalou os olhos e começou a rir.

— Do que você está rindo? Sou um cara romântico.

Ela pousou a xícara na mesa e sua risada se transformou em um riso incontido que durou até ele jogá-la por cima de seu ombro e levá-la de volta à cama como Valmont Drake, de seu último livro, *Renda-se ao amor.*

No dia 3 de março, Clare completou trinta e quatro anos, em real ambivalência ao fato de estar um ano mais velha. Por um lado, gostava da sabedoria que vinha com a idade e a confiança que vinha com essa sabedoria. Por outro, não gostava de perceber o tempo passando em seu corpo. Era como se houvesse um relógio marcando todos os dias e todos anos, fazendo que ela se lembrasse de que ainda estava sozinha.

Algumas semanas antes, ela havia feito planos para comemorar o dia com as amigas. Lucy fizera reserva para quatro pessoas no The Milky Way, no velho edifício Empire, no centro da cidade, mas elas se encontrariam na casa de Clare antes para beber uma taça de vinho e entregar os presentes de aniversário.

Enquanto Clare vestia um vestido Michael Kors que havia comprado em uma promoção na Nieman Marcus, pensou em Sebastian. Até onde sabia, ele estava na Flórida. Não falava com ele havia uma semana, desde que ele dissera que havia decidido escrever um artigo sobre a mais recente onda de imigrantes cubanos que foram à Little Havana. Nos últimos dois meses ela o havia visto pelo menos a cada quinze dias, quando ele ia a Boise de carro ou avião para visitar o pai.

Clare colocou um par de brincos de prata nas orelhas e espirrou perfume Escada na parte interna dos pulsos. Até ali, seu não relacionamento com Sebastian estava dando certo. Eles se divertiam juntos e não havia pressão para tentar impressioná-lo. Ela podia falar com ele sobre qualquer coisa, porque não tinha que se preocupar com o fato de ele ser ou não o cara certo. Estava claro que ele não era. O cara certo apareceria. Até lá, ela estava contente em passar um tempo com o cara certo para o momento.

Quando ele chegava à cidade, ela ficava feliz ao vê-lo, mas não sentia o coração acelerar; tampouco sentia frio na barriga. Bem, talvez um pouco, mas isso tinha mais a ver com o modo como ele olhava para ela que com a maneira como se sentia em relação a ele. Não havia perdido a capacidade de respirar nem de pensar racionalmente. Era fácil conviver com ele. Quando as coisas deixassem de dar certo, ela terminaria tudo... ou ele terminaria. Sem mágoas. Era esse o acordo. Podiam manter a exclusividade por enquanto, mas ela sabia que não duraria para sempre, e não permitia a si mesma pensar muito adiante.

Pegou um batom vermelho e inclinou-se na direção do espelho da cômoda. Não estava pronta para um relacionamento sério. Ainda não. Na semana passada ela havia decidido testar o terreno e encontrara Adele em Montego Bay para uma noite de *speedy date*; oito minutos com cada pretendente para que os dois se conhecessem, e ao fim desse período, os homens trocavam de mesa. A maioria dos homens que ela havia conhecido naquela noite parecia perfeito. Não havia nada de errado com eles, mas depois de dois minutos no primeiro "encontro", ela abrira a boca e dissera: "Tenho quatro filhos". Ao ver que o rapaz não se abalara, acrescentou: "Todos com menos de seis anos". Até o fim da noite, ela havia conseguido se transformar em uma mãe solteira que recolhia gatos de rua. Ao ver que o pretendente não havia se incomodado, fez referência a "problemas de mulher", e ele praticamente derrubou a mesa na ânsia de se afastar.

A campainha tocou enquanto Clare terminava de passar o batom, e ela atravessou a casa até a porta. Adele e Maddie estavam na varanda, segurando os presentes.

— Eu disse que vocês duas não deviam me dar nada — disse ela, sabendo muito bem que elas lhe dariam presentes.

— O que é isso? — perguntou Maddie apontando para uma caixa de entrega expressa do correio que estava no chão.

Clare não estava esperando nenhuma correspondência ou caixa de sua editora. Ao abaixar-se para pegar a caixa, reconheceu o endereço de Seattle. Tinha um selo da Flórida.

— Deve ser um presente de aniversário.

Sebastian havia se lembrado de seu aniversário, e ela tentou reprimir o prazer antes que atingisse seu coração. Quando ouviu passos em direção à casa, meio que esperava ver Sebastian.

Mas era Lucy, claro, e ela trazia um buquê de rosas cor-de-rosa e uma pequena caixa dourada.

— Pensei em dar o melhor presente de todos — disse ela enquanto Clare e as amigas entravam.

Clare pegou as rosas de Lucy e saiu à procura de um vaso enquanto as amigas penduravam seus casacos. Na cozinha, cortou as pontas dos caules e olhou para a caixa branca sobre o balcão. Ficou surpresa por ver que Sebastian havia se lembrado de seu aniversário. Principalmente porque ele estava trabalhando, e voltou a sentir o prazer que tentara reprimir. Disse a si mesma que aquele presente havia sido um ato muito gentil dele. Provavelmente, dentro da caixa havia alguma coisa que um homem gostaria de ver. Alguma coisa que deixasse à mostra sua virilha e seus mamilos.

— Nossa! Já cansei do frio — Maddie reclamou enquanto as outras três mulheres entravam na cozinha.

— Alguma de vocês pode servir o vinho? — perguntou Clare enquanto arrumava as flores dentro de um vaso de porcelana de Portmeirion, que pertencera a algum parente já falecido.

Lucy serviu o vinho, e quando terminou, as quatro amigas foram para a sala de estar. Clare colocou o vaso em uma mesinha ao lado do sofá e quando se virou, Adele estava colocando os presentes sobre a mesa de centro. Inclusive a caixa branca.

Enquanto elas falavam sobre envelhecer, Clare abriu os presentes que suas amigas lhe haviam dado. Lucy deu a ela um porta-cartões com monograma, e Adele, uma pulseira com pequenos cristais. Maddie, como era de se esperar, presenteou Clare com um equipamento de segurança pessoal na forma de caneta para substituir o outro que ela havia lhe dado no ano anterior.

— Obrigada, meninas, adorei todos os presentes — disse ela ao se recostar com a taça.

— Vai abrir este? — perguntou Adele.

— É de sua mãe? — Lucy quis saber.

Alguns anos antes, quando ela evitava Joyce, a mãe lhe enviara um belo conjunto de roupa de cama de linho. Pegar o telefone e telefonar para a filha não seria uma atitude suficientemente passivo-agressiva.

— Não. Minha mãe e eu estamos conversando este ano.

— De quem é?

— De um amigo. — As três mulheres olharam para ela com as sobrancelhas erguidas enquanto esperavam mais informações. — Sebastian Vaughan.

— Sebastian, o jornalista? — perguntou Adele. — O cara que Maddie acha que tem volume?

— Sim. — Clare manteve a expressão impassível ao acrescentar: — E ele é só amigo.

Maddie suspirou.

— Amigo, nada. Sei, pela sua cara, que você está escondendo alguma coisa. Sempre faz essa cara quando faz isto.

— Que cara?

Lucy apontou para ela.

— Essa cara. — Ela tomou um gole do vinho. — E então, estão namorando?

— Não, é só um amigo. — As amigas continuaram olhando para ela, que suspirou e confessou: — Tudo bem. Somos amigos que transam.

— Que ótimo! — disse Maddie. — Adele havia dito a você que o usasse como tapa-buraco.

Adele assentiu.

— Já tive alguns amigos assim, e o sexo sem compromisso é um dos melhores tipos.

Lucy ficou em silêncio por alguns momentos, e então disse:

— Tem certeza?

— De quê?

— De que sabe fazer sexo sem compromisso? Eu conheço você. Você tem o coração de uma romântica inocente. Consegue, realmente, fazer sexo sem se apaixonar?

— Consigo. — Ela colocou a taça sobre a mesa de centro e pegou a caixa branca. Para provar, mostraria a elas que o presente de Sebastian não tinha nada de mais. Nadinha. — E vou abri-lo.

Ela abriu a caixa branca e sorriu. Dentro, havia uma caixa menor embrulhada em papel metálico cor-de-rosa e laços e fitas em excesso.

— As coisas estão ótimas. Ele mora em Seattle e me encontra quando vem para a cidade visitar o pai. Nós nos divertimos e não criamos expectativas.

— Tome cuidado — Lucy alertou. — Não quero que sofra de novo.

— Não vou sofrer — disse ela ao desembrulhar a caixa. — Eu não amo Sebastian e ele não me ama.

Olhou para baixo ao abrir a caixa, e aninhado sobre um papel cheio de bolinhas, havia um cinto de couro preto. Na fivela grossa de prata estavam gravadas as palavras *Boy toy*.

Clare olhou para o presente e sentiu uma pontada no peito e um arrepio na boca do estômago. Ao mesmo tempo, teve a sensação de estar no topo de uma montanha-russa. Subindo, subindo, subindo, e sabia que não havia mais para onde ir além de para baixo. *Homem objeto.*

— O que é isso?

Ela levantou o cinto e as amigas riram.

— Ele está demarcando território? — perguntou Adele.

Clare assentiu, mas sabia que as coisas não eram bem assim. Eram piores. Ele havia analisado o coração de uma moça e oferecido o que ela mais desejava. Ele havia prestado atenção. Ele a havia escutado e se esforçado para conseguir o que ela queria. Havia embrulhado o objeto com papel cor-de-rosa e tomado as providências para que o presente chegasse no dia de seu aniversário. Sentiu seu rosto quente de repente, e seu coração batia acelerado contra o muro que ela havia erguido para manter Sebastian afastado. O muro atrás do qual ela se escondia para não se apaixonar total e completamente por um homem totalmente errado para ela.

Ao seu redor, as amigas falavam e riam e pareciam alheias ao conflito dentro dela, à luta para permanecer no topo da montanha-russa. Para se segurar. Mas era tarde demais. Irremediavelmente, começou a descer. Uma forte emoção tomou conta dela e a intensidade ameaçava roubar seu fôlego. Ela dizia a si mesma que não podia amá-lo, mas era tarde demais. O amor chegou e ela se sentiu completa e perdidamente apaixonada por Sebastian Vaughan.

— Oh, não — sussurrou.

Lucy notou que havia algo de errado e perguntou:

— Você está bem?

— Estou bem. Acho que completar trinta e quatro anos me deixou meio estranha. — Ela riu e torceu para parecer convincente.

— Compreendo. Quando eu completei trinta e cinco, comecei a sentir certo pânico — disse Lucy, e Clare respirou um pouco mais tranquilamente. — É normal.

Mais tarde, durante o jantar, Clare tentou dizer a si mesma que o ardor que sentia no peito não era amor de verdade, que era causado pelo camarão apimentado que ela pedira como petisco. As lágrimas que ameaçavam rolar de seus olhos eram por causa de mais um ano de vida. Era normal. Até Lucy concordara.

Mas, quando a refeição terminou com crème brulée, Clare sabia que não tinha nada a ver com o camarão nem com aquele dia.

Ela estava apaixonada por Sebastian, e não acreditava já ter sentido tanto medo. Claro, já tinha vivido momentos de medo, mas sempre soubera o que fazer. Dessa vez, não fazia ideia. De certo modo, ela estava tentando se convencer de que só sentia amizade, que seu amor por ele havia chegado de modo sorrateiro.

Não havia sido um golpe forte nem um olhar de tirar o fôlego. Não sentia ondas de calor quando pensava nele. Em vez disso, a coisa toda havia se desenvolvido de uma sementinha, encontrando as rachaduras no muro que protegia seu coração, envolvendo-a sem que ela se desse conta, até estar bem presa.

Apesar de ela e Sebastian conversarem sobre muitas coisas diferentes, nunca haviam falado a respeito do que sentiam um pelo outro. Mas, pelo menos, ela não negava. Não mais. Sim, ele queria ser exclusivo, mas ela sabia que ele não a amava. Ela já havia estado com homens que a amavam. Talvez não tivesse sentimentos fortes por eles, mas sabia como agia um homem apaixonado. E não era como Sebastian.

Mais uma vez, ela havia se apaixonado pelo homem errado. Era uma grande tola.

Naquela noite, foi para a cama pensando em Sebastian, e quando acordou, ele continuava em sua mente.

Pensou no cheiro do pescoço dele e no toque de suas mãos, mas se recusou a telefonar para ele. Não tinha a desculpa perfeita. Devia telefonar e agradecer o presente de aniversário. Na verdade, a etiqueta ditava que ela devia ao menos telefonar para ele, mas ela se recusava a se entregar à tentação de ouvir sua voz. Talvez se apenas tentasse ignorar seus sentimentos, eles voltassem para onde se escondiam. Não acreditava que desapareceriam. Era uma veterana em relacionamentos de trinta e quatro anos e ex-viciada em amor. Mas talvez, se tivesse muita sorte, a ausência dele faria a saudade diminuir.

Dezoito

Três dias depois do aniversário de Clare, Sebastian telefonou, e ela descobriu que não tivera tanta sorte.

Nem um pouco. No mínimo, ver o nome dele no identificador de chamada fez que seu peito doesse.

— Alô — ela atendeu tentando parecer calma e um pouco *blasé*.

— O que está vestindo?

Ela olhou para seu roupão e pés descalços enquanto passava uma escova nos cabelos úmidos.

— Onde você está?

— Em sua varanda.

Sua mão parou, assim como o fluxo de sangue em seu cérebro.

— Você está do lado de fora da minha casa?

— Sim.

Ela jogou a escova na cama e caminhou do quarto em direção à porta de entrada. Abriu-a e ali estava ele, vestindo uma camiseta branca por baixo de uma blusa verde-escuro de lã com botões. Estava lindo. Seus olhos verdes se estreitaram em um sorriso, e ele prendeu o telefone no cinto marrom que usava com a calça *jeans* surrada. Ai, Deus, ela estava em apuros.

— Oi, Clare.

O som da voz dele enviou ondas de calor por suas costas e arrepiou os pelos de seus braços.

— O que está fazendo? — perguntou ela ainda ao telefone. — Não me contou que viria visitar Leo.

— Leo não sabe que estou aqui. — Ele pegou o telefone dela, apertou o botão de desligar e o devolveu. — Vim ver você.

Ela olhou atrás dele, para o Mustang estacionado na frente de sua casa. As placas eram de Idaho.

— Veio me ver?

Seu coração quis ver aquilo como um sinal de que ele se importava com ela mais que um amigo com benefícios, mas sua mente não permitiu.

— Sim, quero passar a noite com você. A noite toda. Como quando você foi ficar comigo em Seattle. Não quero voltar à casa de Leo como uma criança. Como se estivéssemos fazendo algo de errado.

Ela devia mandá-lo embora antes de se apaixonar ainda mais, mas o problema era que já era tarde demais. Abriu a porta e o deixou entrar.

— Quer dormir aqui?

— Finalmente.

Ele entrou com ela e esperou que ela fechasse a porta para abraçá-la.

— Tem renda em minha cama, lembra? Algo de ruim pode acontecer se você dormir na cama de uma moça.

Ele a puxou contra seu peito.

— Vou correr esse risco.

— Obrigada pelo presente de aniversário. — Ela sorriu e colocou as mãos nos ombros dele. — Foi muito gentil de sua parte enviar um presente em meu aniversário.

SEM CLIMA PARA O
Amor

— Você gostou?

— Adorei.

— Mostre — disse ele ao beijar-lhe os lábios.

Ele a tocou como sempre fazia, mas, dessa vez, houve uma diferença no jeito com que ela reagiu. Por mais que tentasse esconder, estava apaixonada por Sebastian. Seu coração estava envolvido, e quando o levou ao quarto, foi mais que sexo o que aconteceu. Mais que prazer e gratificação. Pela primeira vez, ela realmente fez amor com ele. O calor da emoção se espalhou por seu corpo de dentro para fora. Do centro de seu peito para fora, chegando às pontas dos dedos das mãos e dos pés. Quando terminou, ela o puxou para perto e beijou seu ombro nu.

— Você deve ter sentido muito minha falta — disse ele perto de seu ouvido.

Ele havia notado a diferença no sexo, mas não soube interpretar o que havia por trás.

Sebastian ficou com ela por dois dias e contou como havia sido sua infância e sobre a culpa que sentia por seu relacionamento com o pai. Contou como havia ficado bravo ao ser mandado para longe quando era criança. Ela suspeitava que ele havia ficado mais que bravo. Ainda que não admitisse, ela tinha certeza de que ele também havia se machucado.

— Aprendi a lição. Foi a última vez que contei a uma menina como os bebês são feitos — disse ele.

— Meu Deus, morri de medo de sexo por anos depois daquilo, e foi tudo sua culpa.

Ele levou a mão ao peito, fingindo inocência.

— Minha?

— Você me disse que os espermatozoides eram do tamanho de girinos.

Ele riu.

— Não me lembro, mas devo ter dito isso mesmo.

— Você disse.

253

Eles conversaram sobre os textos, e ele contou que estava se dedicando a escrever seu livro. Contou sobre as reviravoltas no enredo e disse que estava na metade. Também confessou que havia lido todos os livros dela. Clare sentiu-se tão chocada que não soube o que dizer.

— Se não houvesse caras seminus nas capas, acredito que mais homens os leriam — disse ele durante o jantar na casa dela.

Ela não pensou que fosse possível, mas, naquela noite, do outro lado da mesa, observando-o comer vitela com sálvia, ela se apaixonou ainda mais.

— Você pode se surpreender por saber que tenho leitores do sexo masculino. Eles sempre escrevem para mim. — Ela sorriu.

— Claro, todos eles estão presos por crimes que não cometeram.

Ele parou de comer e olhou para ela.

— Espero que você não responda às cartas.

— Não.

Talvez Sebastian não a amasse naquele momento, mas estava ali, com ela, e não havia como saber como ele se sentiria na semana ou no mês seguinte.

Quando Sebastian voltou a Boise de carro, estava voltando de uns dias de esqui em Park City, Utah, onde havia encontrado alguns amigos jornalistas. Fazia três semanas desde a última visita, e ele planejava ficar com Leo vários dias e pescar na represa Strike, onde seu pai dissera que as pessoas estavam pescando peixes enormes. Mas, horas depois de sua chegada, telefonou para Clare e a buscou em casa. Sebastian detestava fazer compras mais que qualquer outro homem que ela já conhecera, e ele a chamou para ir ao *shopping*. As costas de Leo não estavam muito boas e eles saíram à procura de um massageador. Sebastian esperava que o pai melhorasse o bastante para poderem ir à represa na manhã seguinte.

Devido às mudanças nos planos, Sebastian decidiu relaxar com Clare aquela noite assistindo a filmes de ação, comendo pipoca salgada e tomando cerveja. Pelo menos os dois concordavam em relação à pipoca. Clare era mais afeita a vinho e preferia filmes mais femininos, mas ele prometeu que ela escolheria o próximo filme que veriam.

— Qual era seu filme preferido na infância? — perguntou Clare quando entraram na Brookstone.

Sem hesitar, ele respondeu:

— *A fantástica fábrica de chocolate*.

— *A fantástica fábrica de chocolate*? — Clare parou ao lado de uma vitrine de travesseiros ergonômicos. — Eu detestava esse.

Ele olhou para ela.

— Como é possível que uma criança não goste de *A fantástica fábrica de chocolate*?

Eles foram para os fundos da loja, passaram por um casal com gêmeos em um carrinho duplo e Clare perguntou:

— Você nunca se perguntou por que o Vovô Joe não saiu da cama até Willie voltar para casa com o bilhete dourado?

— Não.

Eles pararam diante de uma vitrine de massageadores.

— Durante anos, ele ficou deitado ali com os outros avós enquanto a mãe de Willie trabalhava para sustentá-los. — Ela pegou um massageador do tamanho de uma caneta e voltou a deixá-lo onde estava. — E aí, Willie pega o bilhete e pronto, o Vovô Joe magicamente se cura. Ele começa a dançar e consegue sair todo cheio de energia.

— Mais uma vez, você está pensando demais em tudo — disse Sebastian, e pegou um massageador de ponta azul. — Como a maioria das crianças, eu ficava pensando em todos aqueles doces. — Ele sorriu e levantou o massageador. — O que isso lembra?

— Não sei — ela mentiu, e pegou o objeto das mãos dele.

Trocou-o por outro com uma ponta triangular e que não podia ser confundido com mais nada.

— Qual era seu filme preferido? — perguntou ele ao ligar o botão e passar o massageador nas costas dela.

— Ahhh — ela estremeceu e sua voz falhou um pouco. — Eu tenho muitos. Quando era pequena, meu filme preferido era *Cinderela*. O da versão antiga, do Rodgers e Hammerstein. No ensino médio, eu adorava *A garota de rosa shocking* e *Gatinhas e gatões*.

— *A garota de rosa shocking*? É um daqueles filmes com Molly Ringwald?

— Não me diga que nunca assistiu.

— Claro que não. — Ele desligou o massageador e pegou um cinto de massagem. — Sou homem. Homens não assistem a filmes assim a menos que haja algo de nosso interesse.

— Sexo.

Ele sorriu.

— Ou, pelo menos, um rala e rola.

Ela riu e se virou em direção à cadeira de massagem. Seu riso se desfez e o choque a fez erguer as sobrancelhas ao ficar cara a cara com seu passado.

— Oi, Clare.

— Lonny.

Ele estava tão lindo e arrumado como sempre. A seu lado, uma loira da mesma altura dele.

— Como vai? — perguntou ele.

— Bem.

E estava bem. Ao vê-lo de novo, ela não sentiu nada. Nem o coração acelerado nem raiva de matar.

— Esta é minha noiva, Beth. Beth, esta é Clare.

Noiva? Que rápido. Ela olhou para a mulher.

— Prazer em conhecê-la, Beth.

Ela estendeu a mão à moça que obviamente acreditava que Lonny a amava como um homem amava uma mulher. Mas ele não era capaz de sentir esse tipo de amor.

— O prazer é meu.

Os dedos dela mal tocaram os de Clare, e ela abaixou a mão. A mulher estava se enganando. Tanto quanto Clare já havia enganado a si mesma, querendo acreditar em algo com toda a força, recusando-se a ver a realidade que a encarava. Acreditava que o mais certo a fazer seria contar a Beth um segredinho a respeito de seu noivo, mas não era obrigação dela desiludir os iludidos.

Antes que Clare pudesse apresentar Sebastian, ele deu um passo à frente e estendeu a mão a Lonny.

— Sou amigo de Clare, Sebastian Vaughan.

Amigo de Clare. Ela olhou para trás, para Sebastian, para a realidade que a encarava. Depois de todos aqueles meses, não passava de uma amiga para ele. Sentiu o coração ruir ali dentro da Brookstone, ao lado de todos aqueles massageadores, para que Lonny, Beth e a mulher com os filhos gêmeos vissem. Ela não era melhor que Beth. Não viu diferença do dia em que encontrou Lonny dentro do armário, literal e figurativamente. Pensou que houvesse mudado. Crescido. Aprendido. Estava se iludindo mais que nunca. Sentiu vontade de fugir. Fugir e se esconder.

Com a visão embaçada, falou de amenidades até Lonny e Beth se afastarem. Ficou ao lado de Sebastian enquanto ele comprava o cinto de massagem para Leo. Ele não percebeu que ela não estava bem. Quando saíram do *shopping*, passando por todas aquelas pessoas, ninguém parecia perceber que ela estava morrendo por dentro.

A caminho de casa, ele falou sobre a viagem de esqui e disse que estava pensando em levar Leo para pescar salmão no Alasca. Só quando chegaram à casa da mãe de Clare ela finalmente conseguiu olhar para o homem que, assim como Lonny, não tinha capacidade de amar.

— O que houve? — perguntou ele diante da casa. — Você está calada desde que encontramos seu ex-namorado. A propósito, você está bem melhor sem ele.

Ela olhou dentro dos olhos de Sebastian. Dentro dos olhos do homem que ela amava com todo o coração. Os olhos do homem que não a amava. Não queria chorar, não naquele momento, mas conseguia sentir as lágrimas se acumulando dentro do peito.

— Somos amigos?

— Claro.

— Só isso?

Ele desligou o motor.

— Não. Não é só isso. Eu gosto de você, e nós nos damos muito bem. E o sexo é ótimo.

Aquilo não era amor.

— Você gosta de mim?

Ele deu de ombros e colocou a chave dentro do bolso da blusa preta.

— Sim. Claro que gosto de você.

— Só isso?

Ele devia ter compreendido onde a conversa acabaria. O cansaço se introduziu em seus olhos verdes quando olhou para ela.

— O que mais você quer?

O fato de ele perguntar apenas provava a terrível verdade.

— Nada que você possa me dar — disse ela, e abriu a porta do carro.

Ela a fechou e atravessou o gramado em direção à parte dos fundos da casa da mãe. Gostaria de estar sozinha, trancada no quarto, antes de começar a chorar. Chegou ao jardim, onde Sebastian segurou seu braço.

— Qual é o problema? — perguntou ele ao virá-la para que o encarasse. — Está toda melindrada porque seu ex--namorado está noivo?

— Não tem nada a ver com Lonny. — Um vento frio soprou seus cabelos, e ela prendeu uma mecha atrás da orelha. — Embora vê-lo de novo tenha me forçado a ver como as coisas estão entre nós dois. Como sempre serão.

— De que diabos está falando?

— Não quero ser sua amiga. Isso não me basta mais.

Ele deu um passo para trás e abaixou o braço.

— Isso foi repentino.

— Quero mais.

Ele estreitou o olhar.

— Não faça isso.

— Não fazer o quê? Querer mais?

— Não estrague tudo falando sobre relacionamentos e compromisso.

Além de seu coração arrasado, ela agora se sentia irritada. Tão irritada que sentiu vontade de lhe dar um soco.

— Qual é o problema de se querer um relacionamento e compromisso? É saudável. Natural. Normal.

Ele balançou a cabeça.

— Não, é bobagem. Não faz sentido, bobagem sem sentido. Mais cedo ou mais tarde, alguém se irrita e a briga começa. — Ele esfregou o rosto com as mãos. — Clare, nós nos damos muito bem. Gosto de ficar com você. Vamos deixar assim.

— Não posso.

Ele estreitou os olhos ainda mais.

— Porra, por que não?

— Porque você gosta de mim e eu amo você. — Sua garganta doía por causa da emoção reprimida. — Isto não é mais só uma amizade. Não para mim, e não me basta ter só seu carinho. Em outro momento da vida eu teria aceitado isso, esperando por mais. Mas não agora. Eu mereço um homem que me ame e que queira um relacionamento. Um homem que me ame o bastante para querer passar o resto de sua vida comigo. Não preciso

dessas coisas para sobreviver, mas eu as quero. Um marido, filhos e... — Ela engoliu em seco —, um cachorro.

Ele contraiu a mandíbula e cruzou os braços sobre o peito.

— Por que as mulheres forçam a barra e fazem exigências? Por que não podem ser tranquilas em relação aos relacionamentos?

Meu Deus, aquilo era como ela havia esperado. Ela havia co-
metido o mesmo erro de outras mulheres da vida de Sebastian.
Havia se apaixonado por ele.

— Tenho trinta e quatro anos, meus dias de diversão terminaram. Quero um homem que acorde de manhã desejando
estar ao meu lado. Não quero um homem que só entra em
minha vida quando quer sexo.

— É mais que só sexo. — Ele apontou para ela quando a
brisa fria abriu sua blusa. — E foi você quem disse que éramos
apenas amigos com benefícios. Agora, quer mudar tudo. Por
que não podemos deixar as coisas assim?

— Porque eu amo você e isso muda tudo.

— Ama — ele bufou. — O que você espera de mim? Devo
mudar quem sou e me adequar à sua vida porque de repente
você acha que me ama?

— Não. Eu sei que não pode mudar quem é, e por isso você
é a última pessoa por quem eu queria me apaixonar. Mas pensei
que eu conseguiria lidar com o fato de sermos apenas amigos.
Pensei que me bastaria, mas não basta. — Sua voz falhou quando olhou para o rosto bravo dele, do homem que ela amava.
— Não posso mais ficar com você, Sebastian.

Ele ergueu uma mão como se quisesse tocá-la, mas a abaixou de novo.

— Não faça isso, Clare. Se resolver se afastar, não vou
atrás de você.

Sim. Ela sabia disso, e a dor de saber era grande demais para
suportar.

— Amo você, mas estar ao seu lado machuca demais. Não ficarei esperando que seus sentimentos mudem. Se não me ama agora, nunca vai me amar.

Ele riu, uma risada amarga e ríspida e sem humor.

— Você agora virou vidente?

— Sebastian, você tem trinta e cinco anos e nunca teve um relacionamento sério. Não preciso ser vidente para saber que sou apenas uma em uma longa fila de mulheres em sua vida. Não preciso ser vidente para saber que você nunca se apaixonou. Que nunca sentiu o coração acelerar e o ar faltar por ninguém.

Ele franziu o cenho e inclinou a cabeça para trás ao observá-la.

— Você está começando a acreditar em seus livros. Tem uma visão distorcida a respeito dos homens.

Os olhos dela ficaram marejados.

— A visão que tenho de você é bem clara. Não posso me envolver mais com um homem que não sabe onde estará amanhã, muito menos que não pode se comprometer comigo. Eu quero mais.

Ela se virou e se afastou enquanto ainda conseguia caminhar.

— Boa sorte — disse ele, pisando no coração já destruído dela.

Dezenove

Sebastian entrou na casa com a sensação de que havia sido atropelado por uma jamanta. Que diabos havia acontecido? Em um instante, tudo estava bem, e no seguinte, Clare começara a falar sobre sentimentos, compromisso e amor. De onde havia saído tudo aquilo? Em um instante, pensava em como as coisas estavam ótimas entre eles, e no seguinte, ela dissera que não o queria mais.

— Que merda é essa?

O pai, que olhava pela janela para o quintal das Wingate, voltou-se.

— O que foi?

Sebastian colocou o pacote da Brookstone no sofá.

— Comprei um massageador para suas costas.

— Obrigado, não precisava.

— Eu quis comprar.

Leo se afastou da janela.

— Por que Clare está brava?

Ele olhou dentro dos olhos do pai e deu de ombros.

— Não sei.

— Posso ser velho, mas não estou gagá. Eu sei que vocês dois andam saindo.

— É, mas acabou.

Apesar de dizer isso, não conseguia assimilar.

— Ela é uma moça tão doce... Detesto vê-la triste.

— Que besteira! Ela não é uma moça tão doce — ele explodiu. — Eu sou seu filho e não parece importar para você o fato de eu estar "triste"!

Leo franziu a testa.

— Claro que importa. Só imaginei que foi você quem... colocou um ponto-final.

— Não.

— Oh.

Sebastian se sentou no sofá e cobriu o rosto com as mãos quando, na verdade, sentia vontade de bater com a cabeça na parede.

— Estava tudo ótimo, perfeito, e então, como qualquer mulher, ela teve que estragar tudo.

Leo pegou a embalagem e se sentou ao lado do filho.

— O que houve?

Sebastian pousou a mão no colo.

— Gostaria de saber. Estávamos nos divertindo, e então, ela viu o ex-namorado e só sei que começou a dizer que queria mais.

Ele respirou profundamente e soltou o ar. Ainda não conseguia acreditar no que havia acabado de acontecer.

— Ela disse que me ama.

— O que você disse?

— Não sei. Foi um grande choque, e veio do nada.

Ele se virou e olhou para o pai, e percebeu que aquela era a segunda vez que eles conversavam sobre algo diferente além de pescaria, carros e o tempo. A primeira vez desde que ele havia derrubado o globo na casa da mãe. Franziu o cenho.

— Acho que eu disse que gosto dela.

O que era verdade. Ele gostava dela mais que de qualquer outra mulher com quem estivera.

— Vixe — disse Leo.

— Qual é o problema? Eu gosto dela.

Ele gostava de tudo nela. Gostava de apoiar a mão no fim das costas dela quando entravam em algum lugar. Gostava do cheiro do pescoço dela e do som de sua risada. Gostava até do fato de todos a considerarem uma boa moça e só ele conhecer seus pensamentos pervertidos. E o que recebia por gostar dela? Ela havia lhe dado uma voadora no peito.

— Receio que sua mãe e eu não tenhamos sido bons exemplos de amor, casamento e relacionamentos.

— Verdade.

Mas, por mais que ele quisesse culpar seus pais por sua vida, já tinha quase trinta e seis anos, e havia algo de patético em um homem de sua idade justificar seus problemas de relacionamento culpando os pais. Problemas de relacionamento? As mulheres do passado já haviam dito que ele tinha problemas de relacionamento, mas ele nunca acreditou. Nunca pensou que teria problemas em se relacionar com alguém. Eram necessários dedicação e compromisso para encontrar histórias e publicá-las. Mas claro que não era a mesma coisa. As mulheres eram muito mais difíceis de entender.

— Pensei que eu a fizesse feliz — disse ele, e sentiu um peso em seu peito. — Por que ela não deixou as coisas como estavam? Por que as mulheres têm que mudar as coisas?

— Porque são mulheres. E é o que fazem. — Leo deu de ombros. — Sou um cara velho e nunca as entendi.

A campainha tocou, e os joelhos de Leo estalaram quando ele se levantou do sofá.

— Volto já.

Ele atravessou a sala de estar e abriu a porta da frente. A voz de Joyce tomou a casa toda.

— Claresta chamou um táxi e saiu correndo. Aconteceu alguma coisa que eu deva saber?

Leo balançou a cabeça.

— Não que eu saiba.

— Aconteceu alguma coisa entre Clare e Sebastian?

Sebastian meio que esperava que o pai fosse contar os detalhes sórdidos, e que ele, mais uma vez, seria expulso da propriedade de Joyce.

— Não sei — disse Leo. — Mas, se soubesse, os dois são adultos e saberão resolver.

— Só acho que não vou tolerar que Sebastian a chateie.

— Clare disse que o Sebastian a chateou?

— Não, mas ela nunca me conta o que está acontecendo na vida dela.

— Também não tenho nada a dizer.

Joyce suspirou.

— Bem, se souber de alguma coisa, me avise.

— Pode deixar.

Sebastian se levantou quando seu pai entrou na sala de novo. Sentia-se abalado, como se estivesse prestes a perder o controle. Precisava sair dali. Precisava se distanciar de Clare.

— Vou para casa — disse ele.

Surpreso, Leo parou.

— Agora?

— Sim.

— Está meio tarde para ir a Seattle. Por que não espera até amanhã cedo?

Sebastian balançou a cabeça.

— Se eu me cansar, paro no caminho.

Mas duvidava de que se sentiria cansado. Estava irritado demais. Havia tirado apenas uma bolsa do carro, e entrou no quarto para pegá-la. Vinte minutos depois, estava na estrada I-84. Dirigiu sem parar. Seis horas e meia de nada além de asfalto e raiva. Ela dissera que o amava. Bem, aquilo era uma novidade para ele. Da última vez que checara, ela queria amizade.

Em janeiro, ela havia dito que se ele quisesse sair com outras mulheres, que lhe avisasse. Como se ela não fosse ter problemas com isso. O mais engraçado era que ele nem sequer havia pensado nisso. Nem uma vez. Agora, de repente, ela queria mais.

Ela o amava. *Amor.* O amor vem com amarras. Nunca era apenas dado. Sempre havia coisas presas ao amor. Compromisso. Expectativas. Mudança.

Durante cerca de seis horas e meia, ele repassou tudo em sua mente. Os pensamentos colidiam, e quando entrou em seu apartamento, estava exausto. Caiu na cama e dormiu por mais de doze horas. Quando acordou, não estava mais cansado, mas continuava irritado.

Vestiu uma calça de moletom e fez musculação no quarto extra.

Gastou um pouco de energia e extravasou um pouco a raiva, mas não conseguiu tirar Clare da cabeça. Depois do banho, ele entrou no escritório e ligou o computador em uma tentativa de distrair a mente com trabalho. Em vez disso, relembrou quando ela havia entrado no escritório vestindo aquela camisola azul.

Depois de passar uma hora digitando à toa, Sebastian telefonou para alguns amigos e os encontrou em um bar que não ficava longe de seu apartamento. Beberam cerveja, jogaram bilhar e falaram sobre beisebol. Diversas mulheres no bar flertaram com ele, mas Sebastian não se interessou. Estava irritado com todas as mulheres de modo geral, e principalmente com mulheres inteligentes e atraentes.

Foi uma péssima companhia, teve uma noite péssima e se comportou como um idiota. Sua vida era uma droga e tudo por causa de uma escritora de romances que acreditava no amor, em heróis e em finais felizes.

Ao longo da semana seguinte, Sebastian saiu muito pouco. Foi apenas ao mercado para comprar pão, frios e cerveja. Quando seu pai telefonava, conversavam sobre tudo, menos sobre Clare. Como se houvessem feito um acordo, evitavam falar da filha de Joyce. Mas não significava que ele não pensava nela o tempo todo.

Nove dias depois de ele ter entrado em sua picape e dirigido como um louco de Boise a Seattle, Sebastian se levantou na sala de estar olhando para os navios e balsas da baía Elliott. Não gostava de mudanças pessoais, principalmente quando eram repentinas e ele não podia fazer nada para mudar as coisas. Mudanças o deixavam impotente. Significavam começar de novo.

Ele pensou em Clare e na noite em que a vira em um bar com o vestido cor-de-rosa bufante. Naquela noite, ele a havia colocado na cama e, de manhã, sua vida havia mudado. Ele não soubera naquele dia, mas ela havia entrado em sua vida, modificando-a para sempre.

Independentemente do que ele gostava ou não, do que queria ou não, sua vida havia mudado. Ele havia mudado. Sentia isso no vazio que levava no peito e na fome de seu estômago que nada tinha a ver com comida. Sentia isso na maneira como olhava para a cidade que amava, mas, ainda assim, queria ir para outro lugar.

Adorava Seattle. Exceto pelos primeiros anos de sua vida, sempre vivera em Washington. Sua mãe havia sido enterrada lá. Adorava o drama e o ritmo da cidade. Adorava assistir aos jogos dos Mariners ou dos Seahawks se estivesse a fim, e adorava a vista do Monte Rainier das janelas de seu apartamento. Havia trabalhado muito para ter aquela vista.

Tinha amigos em Washington. Bons amigos conquistados ao longo da vida. Era onde morava, mas não mais parecia seu lar. Seu lugar era a 640 quilômetros dali, com a mulher que o amava. A mulher com quem ele gostava de passar todo o tempo livre, a pessoa com quem mais gostava de conversar.

Sebastian olhou para a rua. O que sentia por Clare era mais que gostar, não havia como negar. Era bobagem, e ele reconhecia a verdade quando dava umas cabeçadas. Adorava o jeito como ela ria e a cor com que pintava as unhas dos pés. Não amava todas aquelas coisas rendadas que ela mantinha em sua casa, mas adorava o fato de ela ser feminina.

Ele a amava, e ela o amava. Pela primeira vez na vida, ele sentia que não precisava fugir do amor de uma mulher.

Virou-se e encostou as costas na janela. Ele a amava. Ele a amava e a ferira. Lembrava-se do olhar dela ao se afastar, e não acreditava que pudesse simplesmente pegar o telefone e dizer: "Oi, Clare, tenho pensado bem e eu te amo". Então, ele pegou o telefone e ligou para o pai. Não que Leo fosse especialista em mulheres e amor, mas talvez ele soubesse o que fazer.

Clare vasculhava o sótão da mãe à procura de uma cobertura para a cama. Percorrera a cidade toda tentando encontrar alguma de que gostasse, mas não encontrara. Devia haver algo adequado nas pilhas de roupas de cama de linho no sótão dos Wingate.

Um dia depois de dizer a Sebastian que não podia mais sair com ele, havia guardado as peças de renda. Detestava aquilo que fazia que ela se lembrasse tanto dele. Não conseguia mais olhar para elas quando se deitava à noite.

Já fazia três semanas desde aquele dia no *shopping* em que ela havia encontrado Lonny e percebido que, mais uma vez, havia se apaixonado por um homem incapaz de retribuir seu amor. E, dessa vez, nem sequer podia dizer que havia sido enganada. Sebastian nunca a amara, e ela sabia. Só não sabia que se apaixonaria por ele.

Depois da briga no jardim da casa de sua mãe, ela havia ido para casa e passado três dias na cama, assistindo a filmes de John Hughes e Merchant-Ivory até suas amigas intervirem.

O lado bom era que ela não havia recorrido a uma garrafa de bebida nem a um corpo quente para se sentir melhor. Nem sequer quisera fazer isso. O lado ruim era que não acreditava que um dia conseguiria esquecer a dor de amar Sebastian Vaughan. Era algo profundo em sua alma. Algo muito arraigado em seu peito.

Clare abriu um guarda-roupa velho e procurou nos lençóis de seus ancestrais. Tudo era muito rendado e feminino, e depois de passar uma hora procurando em vão, saiu do sótão e desceu a velha escada entalhada. Uma voz proveniente da cozinha fez que ela ficasse paralisada no fim da escada. Paralisada e arrasada, tudo de uma vez.

— Onde está Clare?

— Sebastian? Quando você chegou? — perguntou Joyce.

— O carro de Clare está lá fora. Onde ela está?

— Minha nossa! Ela está no sótão vendo uns lençóis de renda.

Passos pesados soaram no chão de piso frio e de madeira e a mão de Clare tremeu. Ele havia dito que não iria atrás dela. Quando se virou, ele entrou pela porta e ela segurou o corrimão com mais força. Sentiu aquele aperto no peito de novo, tão forte quanto o que sentira naquele dia dentro da Brookstone, quando morria por dentro.

Sebastian atravessou a sala como um louco, e antes que ela sequer conseguisse pensar em se mexer, ele estava a sua frente, com os olhos verdes intensos olhando para seu rosto. Estava tão perto que as pontas do cardigã aberto dela tocavam a parte da frente de sua camisa azul.

— Clare — disse ele.

Uma palavra que parecia um carinho, e então, ele a beijou.

Durante vários segundos, ela permitiu. Deixou sua alma lembrar. Permitiu que o beijo a adentrasse e esquentasse os espaços solitários que só ele podia tocar. Seu coração parecia chorar e se alegrar ao mesmo tempo, mas antes que ele pudesse continuar, ela levantou as mãos e o empurrou.

— Você está tão linda — ele sussurrou enquanto olhava para seu rosto. — Estou me sentindo vivo pela primeira vez em semanas.

E ele a estava matando. Tudo de novo. Desviou o olhar antes que seu amor por ele a tomasse e ela começasse a chorar.

— O que está fazendo? — perguntou ela.

— Da última vez que a vi, eu disse que se você fosse embora, eu não iria atrás. Mas estou aqui. — Com os dedos quentes de uma mão, ele tocou seu rosto para que ela voltasse a olhar para ele. — Vou completar trinta e seis anos em dois meses, e estou apaixonado pela primeira vez na vida. Como você é a mulher que amo, imaginei que devesse saber.

Ela sentiu tudo dentro de si parar.

— O quê?

— Estou apaixonado por você.

Ela balançou a cabeça. Ele só podia estar brincando.

— É verdade. De sentir o coração acelerar e o ar faltar.

Ela não acreditava nele.

— Talvez você só pense que está apaixonado e vai superar tudo isso.

Foi ele quem balançou a cabeça dessa vez.

— Passei a vida toda esperando sentir algo maior e mais forte que eu. Algo contra o que eu não pudesse lutar, nem do qual pudesse me afastar ou que conseguisse controlar. Esperei a vida toda... — Sua voz titubeou, e ele parou para respirar. — Esperei a vida toda por você, Clare. Eu amo você, e não me diga que não amo.

Clare piscou para controlar a vontade de chorar. Aquela era a coisa mais linda que já lhe haviam dito. Melhor do que ela falaria.

— É melhor que você não esteja de brincadeira.

— Sem brincadeira. Amo você, Clare. Amo você e quero passar minha vida com você. Até assisti a *A garota de rosa shocking*.

— É mesmo?

— Sim, e odiei do começo ao fim. — Ele segurou a mão dela. — Mas amo você, e se isso a deixa feliz, assistirei a filmes adolescentes com você.

— Não precisa fazer isso.

— Graças a Deus. — Ele levantou a mão livre e colocou os cabelos dela atrás da orelha. — Tenho algo para você, mas está no carro. Achei que Joyce não me permitiria entrar com ele.

— O que é?

— Você disse que quer um marido, filhos e um cachorro. E aqui estou eu com um filhotinho de yorkshire terrier dentro do carro, e estou disposto a providenciar os filhos.

Mais uma vez, ele havia observado seu coração triste e lhe dado o que ela queria. E também um cachorro.

— Não tenho nada para lhe dar.

— Eu só quero você. Pela primeira vez em muito tempo, sinto que estou exatamente onde devo estar.

As lágrimas que ela nem sequer tentou esconder escorreram por seu rosto. Ficou na ponta dos pés e o abraçou pelo pescoço.

— Eu amo você.

— Não chore. Odeio choro.

— Eu sei. E fazer compras. E pedir orientação na rua.

Ele a abraçou com força.

— Vendi meu apartamento e não tenho onde morar. Foi por isso que demorei tanto para chegar aqui depois de decidir onde precisava ficar.

— Está sem casa? — perguntou ela.

— Não, minha casa é com você. — Ele beijou sua têmpora. — Nunca compreendi quando minha mãe dizia que finalmente havia encontrado um lar. Eu não entendia que um lugar podia ser diferente do outro. Agora entendo. Você é meu lar e não quero ir embora.

— Certo.

— Clare.

Ele se afastou e mostrou uma aliança. Uma aliança de diamantes.

— Ai, meu Deus!

Ela olhou para a aliança e para ele.

— Case comigo. Por favor.

A emoção ficou presa em sua garganta e ela assentiu. Era uma escritora de romances, mas não conseguiu pensar em nada romântico para dizer além de:

— Eu te amo.

— Isso é um sim?

— Sim.

Ele soltou um suspiro reprimido, como se nunca houvesse tido dúvida alguma.

— Tem mais uma coisa — disse ele ao deslizar a aliança pelo dedo dela. — Tenho uma segunda intenção por trás da compra do cachorro.

A aliança era a coisa mais linda que ela já havia visto. Ela olhou para o rosto dele e pensou que a aliança era a segunda coisa mais linda.

— Claro que tem. — Ela secou os olhos. — Qual?

— Em troca desse cachorrinho de menina — disse ele esboçando um sorriso bem-humorado —, nada de colcha de renda na cama.

Como ela já havia se livrado das peças de renda, foi fácil aceitar.

— Qualquer coisa por você.

Ela ficou nas pontas dos pés de novo e beijou Sebastian Vaughan. Ele era seu amante, amigo e herói romântico, a prova de que, às vezes, o maior pesadelo de uma mulher se transformava em seu final feliz.

Epílogo

Clare encheu uma xícara de café e olhou pela janela de trás para seu quintal. Sebastian estava em pé no meio do gramado vestindo nada além de uma calça cargo bege. O sol da manhã banhava seu peito e seu rosto enquanto ele apontava para o outro lado do jardim.

— Faça o que tem que fazer — disse ele ao yorkshire terrier que estava sentado em seus pés descalços. O cachorro, Westley, em homenagem ao mocinho do filme *A princesa prometida*, levantou-se e caminhou com as patinhas curtas e se sentou no outro pé de Sebastian.

Westley adorava Sebastian. Ele o seguia por todos os lados. Por tanta devoção, era mais chamado de Westgay. Mas quando Sebastian achava que não havia ninguém olhando, ele acariciava a barriguinha do cachorro e dizia que ele era um "bom parceiro".

Sebastian havia se mudado para a casa de Clare dois meses antes, e uma semana depois, as peças antigas já haviam saído. Clare não se importava. O sofá e as cadeiras dele eram mais confortáveis que os dela, e ela não era tão apegada ao descanso de pés do tataravô. Mas o pedestal com o querubim ficou.

— Vamos logo — disse Sebastian olhando para Westley. — Só poderemos entrar quando você terminar.

Em maio, eles colocaram uma placa de Vende-se no jardim, esperando que a casa fosse vendida até a data do casamento, em setembro. Encontrar uma casa nova estava sendo mais difícil que planejar o casamento. Atender ao gosto dos dois não foi fácil, mas eles estavam determinados a se comprometer e fazer dar certo.

Lucy, Maddie e Adele ficaram felizes por Clare e ansiosas para ser suas madrinhas, mas as duas últimas fizeram a amiga prometer que não haveria tule dessa vez.

Sebastian caminhou pelo quintal e Westley o seguiu de perto. Apontou para o chão.

— Aqui é um bom lugar.

Westley olhou para cima, latiu como se concordasse e se sentou no pé de Sebastian.

Clare sorriu e levou a xícara de café aos lábios. Havia encontrado as amigas para almoçar um dia antes. Lucy ainda estava pensando em ter filhos. Dwayne ainda deixava objetos aleatórios na porta da casa de Adele, e Maddie ainda planejava passar o verão em sua casa de veraneio em Truly. Mas, ao sair do restaurante, Maddie dera sinais de que talvez algo estivesse diferente. Bem, diferente para ela, pelo menos. Com um olhar estranho, ela disse:

— Vasculhar o passado sórdido das outras pessoas é muito mais fácil que vasculharmos nosso próprio.

Havia coisas na vida de Maddie. Segredos obscuros que ela não revelava. Se e quando revelasse, suas amigas estariam prontas para ouvir.

Clare abriu a porta e saiu ao sol.

— Estou vendo que você deu um jeito nesse cachorro.

Sebastian levou as mãos ao quadril e olhou para ela.

— Seu vira-lata não presta.

Ela se abaixou e pegou o cachorrinho.

— Presta, sim. É muito bom em latir para o carteiro.

Sebastian pegou a xícara dela e a abraçou na altura dos ombros.

— E para gatos imaginários. — Tomou um gole do café e disse: — Papai e eu vamos pescar no sábado. Quer ir conosco?

— Não, obrigada. — Já havia pescado uma vez com os dois, e não precisava de mais uma. Minhocas e entranhas de peixe não combinavam com ela.

Uma das maiores surpresas em relação a Sebastian, além das tentativas que ele fazia de ser romântico, era sua relação com a mãe de Clare. Não aceitava muito bem a natureza fria e autoritária da sogra, não levava desaforo para casa, e os dois se davam muito bem. Melhor do que Clare poderia imaginar.

— Assim que o cachorro fizer as necessidades, vamos tomar um banho. — Sebastian entregou-lhe a xícara de café e acrescentou: — Estou a fim de ensaboar você.

Ela colocou Westley no chão e se levantou.

— Estou me sentindo meio suja.

Ela beijou o ombro nu dele e sorriu. Ele sempre estava a fim, o que era ótimo, porque ela também sempre o desejava.

Agradecimentos

Gostaria de expressar minha gratidão àqueles que responderam às minhas perguntas enquanto escrevia este livro. O professor de jornalismo do Texas, da Arlington e repórter da *Time*, Adam Pitluk. Gerri Hershey, editora assistente da *Vanity Fair*, *GQ* e da revista do *The New York Times*. Um agradecimento especial a Claudia Cross, da Sterling Lord Literistic, por ter ido além do que podia para me passar nomes e contatos.

LEIA TAMBÉM, DA MESMA AUTORA

SERÁ O DINHEIRO MAIS FORTE QUE A PAIXÃO?

De volta à sua cidadezinha para atender ao funeral do seu padrasto Henry, a bela cabeleireira Delaney é surpreendida com uma cláusula do testamento dele: se quiser receber a sua herança, ela deverá permanecer um ano inteiro na cidade e não ter "contato sexual" algum com o *bad boy* Nick, filho bastardo de Henry. Acontece que, dez anos antes, ela e Nick viveram uma paixão, e embora ele seja um mulherengo incorrigível, a proximidade de ambos reacende a antiga chama. Será Delaney capaz de resistir ao motoqueiro de conversa fiada?